说不出口

时代出版传媒股份有限公司
安徽文艺出版社

作者　尹学芸

尹学芸，天津市蓟州人，中国作家协会全委会委员，天津市作家协会主席。已出版散文集《慢慢消失的乡村词语》，长篇小说《菜根谣》《岁月风尘》，中篇小说集《我的叔叔李海》《士别十年》《天堂向左》《分驴计》《青霉素》《鬼指根》《花匠与看门人》等。作品被翻译成英、俄、日、韩等多种文字。多部作品入选年度排行榜和各类年选。曾荣获首届梁斌文学奖、孙犁散文奖、林语堂文学奖、《北京文学》优秀作品奖、当代文学奖、《小说月报》百花奖和第七届鲁迅文学奖。

当代名家精品珍藏

说不出口

尹学芸 著

时代出版传媒股份有限公司
安徽文艺出版社

图书在版编目（CIP）数据

说不出口/尹学芸著. —合肥：安徽文艺出版社，2024.5
（当代名家精品珍藏）
ISBN 978-7-5396-7593-0

Ⅰ.①说… Ⅱ.①尹… Ⅲ.①中篇小说－小说集－中国－当代 Ⅳ.①I247.5

中国版本图书馆CIP数据核字(2022)第222874号

说不出口
SHUO BU CHU KOU

出 版 人：姚 巍	总 统 筹：汪爱武
责任编辑：张 磊	装帧设计：观止堂_未氓

出版发行：安徽文艺出版社　www.awpub.com
地　　址：合肥市翡翠路1118号　邮政编码：230071
营 销 部：(0551)63533889
印　　制：安徽新华印刷股份有限公司　(0551)65859551

开本：880×1230　1/32　印张：9　字数：210千字
版次：2024年5月第1版
印次：2024年5月第1次印刷
定价：45.00元(精装)

（如发现印装质量问题，影响阅读，请与出版社联系调换）

版权所有，侵权必究

目 录

行走的小阿 ／ 001

说不出口 ／ 061

活在他们中间 ／ 117

破阵子 ／ 170

手语 ／ 224

行走的小阿

题记：小阿是我的朋友，确切地说，是我的网友。八年前，我们相识于一家BBS论坛，那时她在广东的一家公司做营销，负责华北市场。再确切地说，这家公司的董事长是她父亲。有一晚，她认真地对我说："山姐，我要去西藏行走了。"对，她不是跟我商量，她说行囊都准备好了。我问："你父亲知道吗？"她说："我到了西藏再告诉他。"

她又说，关于她父亲是董事长的事，这个论坛只有我一个人知道。

1

小阿说，拉萨如一个强大的精神病院，病好了就走；回去，就有复发的危险。

小阿越来越孤僻了。

朋友说:"下午我们一起去逛街吧。"小阿说:"好。"然后撇下同伴,一个人骑车到拉萨河边坐着发呆。朋友打电话问她在哪,小阿支支吾吾不肯说。朋友说:"一起去吃饭吧!"小阿说:"好。"可不等别人吃完,小阿提前溜回了宿舍。朋友问她要闹哪样。小阿说:"我头痛。"在拉萨,头痛是大事,谁能拿一个头痛的人怎么样呢?

入夏,拉萨的好季节来了,连风都有糌粑的香味。这可是小阿等了整整一个冬天的夏天啊!在拉萨,似乎只有两个季节,冬天和夏天。春天不是没有,可似乎不等你感觉到,倏忽就没了,就像秋天不容人感觉到一样,风才开始凉,雪就到了。漂在拉萨三年,小阿憧憬的夏天像神的福祉一样宝贵,所以从大雪封路时,小阿就等啊等。终于等来了夏天,小阿却似乎变了个人,她的心终日灰扑扑的,打不起精神,变得对拉萨的夏天没有感觉了!

"我们都取一个名字吧,"朋友说,"你叫纳木错,我叫羊卓雍错,怎么样?都是神湖的名字。"朋友想了想,兴高采烈地说,"羊卓雍错,真不错!你说呢?"

小阿坐在摊位前编一种长寿金刚结,有风从耳边掠过,她把长发撩起来,让风吹透脖颈儿。没有顾客的时候,小阿一准在编金刚结,手里干着活,心里就安宁。

"明信片哥要走,是吗?"见小阿心事重重,羊卓雍错小心地问。

小阿笑了笑,那笑却没在脸上多停留,倏忽就不见了,比风掠过都快。

"或者我们也去墨脱吧!"羊卓雍错抢过她快要收尾的金刚结,放到了摊位上,"墨脱是伤心者的天堂。活人从那里走一遭,能死;死人从那里走一遭,能活。去不去?"

手里陡然空了下来,小阿变得无所适从。她不想谈明信片哥,也不想去墨脱,这个夏天让她变得慵懒和疲倦。她看了朋友一眼,想了想,轻轻说了句:"我就叫纳木错吧。"

"嗷——"羊卓雍错一声怪叫,吸引了十几个人同时回头。小阿红了脸,想嗔怪句什么,却没有说出口。她一向不爱说话,这个夏天,话更是少得像是金口玉言。为了哄她高兴,朋友总是遍使招数,甚至从遥远的山巅采来山桃花,骑车从拉萨的街头招摇而过,那粉白的颜色,点亮了整座城市。小阿真担心山桃花会撞伤哪位僧侣的眼睛,在拉萨,桃花妖冶得让人神侧目。

十二点收完摊子,同样的路,同样的灯光,耳机里放着同样的歌,是仓央嘉措的情歌。小阿和羊卓雍错默然骑着车,车身上挂满了摊位上摆放的物品。突然,小阿紧蹬了两下自行车,与羊卓雍错拉开了距离,放出了一个高音:"啊——"引得行人侧目,亦把羊卓雍错吓了一跳,慌乱中从车上跳了下来。小阿并不在意,脚下蹬着车,用最大气力,几乎是吼出一段歌来:

  那一日 闭目在经殿香雾中 蓦然听见是你诵经中的真言
  那一夜 摇动啊所有的经筒 不为超度只为触摸你的指尖
  那一年 磕长头匍匐在山路 不为觐见只为贴着你的温暖

那一世　转山啊转水转佛塔　不为来世只为途中与你相见……

羊卓雍错车把上挂着的包裹掉了下来,她一边捡起,一边欣喜地看着夜风中长发飘飘的小阿。在她的印象中,小阿已经许久没有这样响声大气了,她真怕她憋坏了。

小阿一溜烟地远去了,羊卓雍错朝夜幕中喊:"纳木错,你恋爱了?你是不是恋爱了?"

小阿没有回应。拉萨的夜空盘旋着黑色的鸟,像凌厉的闪电一样。路上行进着狂野的车辆和人流,有的因为疲倦,有的因为醉酒。白色的布达拉宫就在不远处,冷峻地面对着朝圣者。朝圣者亦步亦趋,伪朝圣者花天酒地。

她们两个认识并不长久,是初春的时候。严格一点说,是小阿把她捡来的。

三月,小阿从尼泊尔旅行归来,那时正是拉萨旅游的淡季。小阿早晨十一点多起床,然后跑到楼顶晒太阳。拉萨全城大街小巷都被挖开了,安装暖气管道,大街上杂乱无章。

下午两点开始吃午饭,小阿啃一个馒头,或者在宿舍偷偷煮一口东西吃。客栈的多人间不允许自己做饭,小阿偷偷煮饭的时候,老板娘其实是知道的,但她选择了睁一只眼闭一只眼——藏漂们都太苦了,他们节俭得时常让人觉得不合常理。小阿不是藏漂,而是"藏熬"了。三年的藏漂成"藏熬",不只是时间和空间上的熬,还有熬身体,熬品格,熬意志,熬心性。你不用问那些藏漂或"藏熬"活在这里是为了什么,他们也许什么也不为。人选择在哪里活着都是一个过程。选择西藏肯定不是为了生活安逸和舒适。那么好吧,他们就是为了生活不安逸和不舒适,总可以了吧?

小阿端了一碗面又去了楼顶。拉萨的太阳就像打了赤膊,裸露得像是人光着的脊梁,而且是最亲密的人光着的脊梁,让你总想亲近和抚摸。小阿的家乡是一个梅雨肆虐的城市,整个夏天都难得见到阳光。她整个中学生活就是窝在那种霉烂里,身上都似长了木耳。后来,她又把这身"木耳"带进了工作室。她选择来西藏,纯粹是为了晾晒一颗已经发霉的心。

大街上,挖出来的土就那么随意地堆放,给行人和车辆造成了很多麻烦。打老远,小阿就看见一个紫衣女孩朝这边走来,她微微驼着背,背上是一个硕大的包裹,手上提了不知道多少只袋子。她走得很吃力,手上的东西似乎是提不牢,总是掉了捡,捡了掉。小阿闭目养了一会儿神,见她还在原地弯腰捡东西,显然是她的物品散落了,索性一屁股坐下了。隔着两层楼和几十米远的距离,小阿甚至能听到她气咻咻的呼吸声。小阿把汤碗放到一块砖头上,下了楼。自从来西藏,她就见不得有人为难或需要帮助。事实上,在她最困难的时候,都是陌生人伸出的援助之手。她现在用的摊位还是一个叫"大叔"的人提供的。当时她摆地摊,被城管追得满街跑。大叔看她跑得惊慌,把她拦下了,把自己摊上的物品归拢了下,给她腾出了一块地方。小阿顺眼一打量,就发现自己卖的工艺品有许多跟大叔的相同。大叔一点也不忌讳,倒是小阿自己不好意思,以后再进货物,努力进的跟大叔的商品不一样。

小阿来到紫衣女孩五六步远的地方,女孩已经站了起来。就像知道小阿是神派来的,她龇牙一笑,首先说:"找住处呢。原来的客栈涨价了,要五十块,实在付不起。"小阿说:"我们宿舍八个人,男女混住。正好有一个女的去了阿里,你来吗?"女孩问:"包月?"小阿说:"包月。"女孩说:"来。"小阿便帮她提东西,一堆手串散落在地,小阿全部套在了自己的胳膊上。小阿"领"着女孩走进了客栈,一屋子的男女都从床上爬了起来。小阿说:"我捡了个人来,你们欢迎吗?"

明信片哥第一个说:"只要不嫌这里臭,我们都欢迎。"

紫衣女孩看了看房间:"我们过去的宿舍住过二十多人,这里已经好太多了。我没有名字,你们就叫我'哎'吧!"

这个叫"哎"的女孩,自己没有名字(大家都知道她不愿意暴露而已),也很少叫别人的名字。比如,她就很少叫小阿。至于其他的人,小阿叫大叔,她就跟着叫大叔,小阿叫明信片哥,她就跟着叫明信片哥。

拉萨是一个见怪不怪的城市,多奇怪的人,多奇怪的事,在这里都不算什么。

这个"哎",今天终于有了名字,叫羊卓雍错。

拐入一条僻静的小巷,小阿闭了嘴。前边就是客栈门上吊着的灯笼。小阿下了车,才发现羊卓雍错没有跟上来。她靠在墙上等了会儿,喉咙还有些痒。高原的天空星海灿烂,分不清天上、人间。小阿怔怔地看了看前方,又看了看来路,没有谁,谁都没有。狭小的街巷成了屏障,把喧嚣和热闹屏蔽了。小阿又吼起了那几句歌词,歌声未落,就见一个背包客匆匆走了过来。安静的天空下,她的吼声突兀而苍凉,灌满了整条街道。小阿赶紧闭紧了嘴。背包客穿一身帆布衣,帽檐朝向脑后,脸上是一副没有镜片的黑框眼镜。走过几步,他忽然又回转身来,咧嘴一笑,一口雪白的牙齿像幼发拉底河的贝壳一样:"请问,青年客栈怎么走?"

小阿忽然泄了气,用手匆匆一指,连句话也懒得说。

背包客似乎已经非常满意了,不停地在黑暗中鞠躬致谢,牙齿像眼仁一样闪烁。

小阿好笑地看着他远去的背影,笑着笑着,眼窝突然湿了。

2

拉萨河,藏语称"吉曲",发源于念青唐古拉山南麓,西南流经拉萨,至曲水汇入雅鲁藏布江。

明信片哥就是沿着河流走来的。他用一台相机拍摄沿路的风景,做成明信片卖给游人,赚出到下一站的旅费。他已经走了很多年,川陕、云贵、河西走廊,都留下了他的脚印。他就是这样走一路拍一路,攒够了路费就继续往前走。谁也不知道他的终点在哪里,明信片哥自己也不知道。有一次小阿问过他,明信片哥说,终点也许就在路上,走不动的那一天,就不走了。他特别希望有朝一日去印度的奥里萨邦科纳拉克小镇,朝拜那里的太阳神庙。小阿景仰地看着他,就像看着自己心目中的神。

明信片哥十六岁的时候皮肤是奶白色的,如今已被风霜吹成了古铜色。他习惯穿帆布的衣服,帽檐朝向脑后,脸上架一副宽边近视镜,看人的时候,总是习惯高高地抬起下巴。

他和小阿是过年的时候在平措摆地摊时认识的。别人都叫他明信片,小阿叫他明信片哥。明信片的嘴很贱,因为见多识广,他是摊贩中有名的贱嘴哥,见谁损谁,但到哪里都受欢迎。他损别人,别人也损他。可他从来不损小阿。同样个子矮,央金就不知道挨了明信片哥多少损。明信片管她叫米粒儿,她叫明信片四眼狗。央金还汪汪地学狗叫,把大家逗得哈哈笑。小阿经常抿嘴笑着看他和别人斗嘴。也有人问他怎么不损小阿,明信片总是奇怪地说,小阿有什么好损的。

有一次,小阿对央金说:"雪顿节要到了,好想去哲蚌寺看晒佛啊!"

央金说:"我也好想去看……可惜买不起去哲蚌寺的门票。你买得起吗?"

小阿摇摇头:"我也买不起。"

这段时间生意不好,摊位上的货物总也形不成流水。

转天,明信片把两张门票送到了央金的手上,还不忘损两句:"哲蚌寺是有名的白米堆,你进去了千万别找不回来了!"

央金说:"你是担心小阿吧?"

明信片故作吃惊:"小阿也去吗?那我应该多买一张。"

位于拉萨西郊根培乌孜山下的哲蚌寺,是藏传佛教格鲁派的三大寺庙之一,海拔 3800 米,始建于公元 1416 年,外观与它的名字极为相符——哲蚌寺外墙呈白色,整个建筑群依山而建,自然地形成一个山城,从远处看状如一个巨大的米堆。而米堆在藏语里就称"哲蚌",这也就是哲蚌寺名称的由来。

两个人玩得尽兴,自然讨论起了这两张门票。央金说:"小阿,你有没有觉得明信片对你和对别人不一样?"

小阿说:"有吗?"

央金说:"我人小心眼儿不短。他来送门票,你们俩都装吃惊,你说是有还是没有?"

被人说穿了心事,小阿的脸红得透亮,心却甜滋滋的。

央金说:"你们将来会在一起过日子吗?"

刚才还是晴空万里的天气,乌云立刻遮住了日光。小阿的愁绪像雨天的蘑菇一样疯长,甚至从发根长至发梢。心上有了阴影,眼里立时有了水汽。她碰不得这个问题,那是她心底很大的一个伤口。

明信片哥这几天正在准备下一个旅程,从拉萨去尼泊尔,然后翻越喜马拉雅山。他坐在院落的石墩上,用石头打磨另一块石头,他预备在石头上刻几个字,自己做枚印章。

石墩在门口的侧前方,从这里能看见门口外面的一截胡同。纸灯笼的光晕洒在了对面的墙上,小阿悄无声息地进来,车子故意没弄出声响。大叔在教央金劈柴。央金用斧头横着剁木板,大叔让她把木头立起来,顺着碴口劈下去,然后再横着剁开。央金使劲一剁,木头飞了起来,像兵器一样在空中乱舞,央金赶紧丢了斧头捂住了脑袋。央金口无遮拦,说:"坏心肝的大叔!你下辈子死了会做无头鬼!"

大叔说:"你像旱獭一样笨!长的手难道是猪手?"

竹竿老 K 晃着走了过来,说:"若是咸猪手,晚上就不出去吃饭了。"

小阿像土拨鼠一样拐到了两个屋檐的胡同里,羊卓雍错在后面跟着。明信片哥在小阿出现的一瞬间就发现了她。他坐在石墩上打磨石头,就为了能第一眼看到小阿。他跑过去接小阿的自行车,问小阿怎么回来得这样晚。小阿不想说话,嘴巴累得似乎张不开。明信片哥帮她们把货物往屋里搬。羊卓雍错宣布:"我要告诉大家一件重要的事,从今天开始,小阿叫纳木错,我叫羊卓雍错。"

大叔说:"纳木错、羊卓雍错,都是好名字啊!"

明信片哥困惑地看着小阿:"纳木错……为什么?"

小阿用手比了一下自己的身高:"我叫那么矬……这回懂了吧?"

原本是句玩笑话,可从小阿嘴里出来,却有了潮乎乎的味道。

小阿匆匆进屋,她忽然没来由地悲伤。她的悲伤肯定与名字无关。可羊卓雍错误会了。同样误会的还有明信片哥。明信片哥责怪地看了羊卓雍错一眼,怪她不该起这个名字。羊卓雍错自然是懂的,恨不得找个地缝钻进去。小阿曾经说过,她要是再长十厘米就好了。小阿在意自己的身高,与她相恋多年的男友,就是因为她的身高选择了别人,他说这是他们家族的意愿。他只能跟她做朋友,却不能繁衍后代。这些,羊卓雍错哪会知道?羊卓雍错是个脸上有雀斑的姑娘,以为别人生气时,自己脸上的雀斑就像芝麻一样往下跳。她闷闷地去水房洗脸,出来晾晒毛巾时,央金看到了她脸上的泪痕。

央金说:"你哭了?"

羊卓雍错说:"沙子眯了眼。"

央金小声说:"你干啥给小阿起那样的名字?她本来就够不开心的了。"

羊卓雍错突然叫了起来:"一个名字有什么了不起!不叫纳木错

个子就会高起来?!"

大家紧张地一起看小阿,小阿已经爬上了床。小阿的心情无关羊卓雍错的声音,她对羊卓雍错的挑衅无动于衷。

明信片哥把自己的石料收拾起来,放到了屋里,回转过身来,站到门槛上,一脚门里一脚门外。他又看了羊卓雍错一眼,明显开始不耐烦:"都准备好了吗?走了走了。人到齐了,我们出去喝酒了!"

小阿闷声说:"我可以不去吗?"

羊卓雍错整理自己床上的货物,硬硬地说:"我有事,我不去。"

大叔走了进来:"可我们一直在等你们啊。"

央金走到了床脚下,拍了拍小阿的腿:"起来吧,以后再也没有这种机会了。"

小阿说:"我累了。"

竹竿老K说:"丫头,明信片明天一早就走了,这顿酒是大家最后的缘分。"

小阿突然警醒了,脑子里过滤了一下竹竿老K的话,嗖地坐了起来,眼睛睁圆了:"明天?为啥是明天?"

羊卓雍错抻了件衣服往外走。大家都看着她,她走得风风火火,就像外面有人等着她一样。明信片哥想拦住她,羊卓雍错一闪身子,躲开了。

小阿眯着眼睛,上下睫毛虚架着,能看到明信片哥中间的一段身子,在踌躇。他倒换了一下脚,但还是一脚门里一脚门外。他心中的犹疑都在这两只脚上。

小阿不解:"不是还有十多天吗?"

明信片哥站到了屋外的台阶上,影子映上了窗玻璃:"车子丢了,必须得提前上路了。"

小阿"哦"了一声,心底像是有什么东西沉落了。

明信片哥似乎听到了小阿心底的那一声沉落,解释说:"我也是临时决定的。今天在摊位上跟人讨价还价,一转眼,车子就被人偷走了。"

小阿跳下床,用两只手梳理长长的头发。小阿说:"小偷越来越多了。没有车子,你是得提前走。"

小阿朝外走去。其他人也都相跟着。老板娘问他们去哪里喝酒。大叔说,到路口的格桑家。

春天的时候,明信片哥要小阿帮忙拍一些客栈的照片,放到网站上。是他自己的旅游网,专门介绍旅游知识的。小阿不单是模特,还是写手。那些小块文章妙笔生花,为他的照片添了许多彩。过去这个网站的点击率很少,有一次,小阿无意发了她的"藏獒"见闻,一下就让网站热闹起来了。

明信片哥是去年秋天到拉萨的,起初住在大昭寺附近的牦牛酒店,后来为了拍片方便,就搬到布达拉宫对面来了。小阿记得明信片哥第一次进客栈的情景,他穿了一件花格子羽绒服,各种包包背在身上,人鼓得像浣熊一样。那次模特任务完成以后,明信片哥犒劳她,请她骑游普兰。安顿好住处,明信片哥就继续骑车去科迦寺。小阿因为想去看旧城,两人暂时分开了。小阿从旧城回来,又饿又累,把车扔到路边,一个人跑到超市门口的台阶上晒太阳。快睡着的时候,路边正好有三个人经过。他们看着小阿,小阿也刚好看见了他们。就是那样傻傻地对看了一阵,小阿方才困惑地问:"你们……有什么事吗?"

一个年长者问:"你从哪里来?"

小阿说出了自己的梅雨城市。

三个人对视了一眼,都笑了。他们说:"我们也是从梅雨……附近的城市来的,一看你就像乡亲。"说完,三个人也坐了下来,和小阿一起晒普兰的太阳。到了晚饭时间,他们邀请小阿一起吃饭,小阿说:"我要等明信片哥回来一起吃。"他们说:"那就拉明信片哥一起吃好了。"违拗不过,小阿只得和他们一起走,到了饭店想联系明信片哥,才发现手机没电了。

晚上十点小阿回到宿舍,才发现明信片哥正在疯狂拨打电话。小阿的手机总是处于无法接通状态,他便打给拉萨所有认识小阿的人,寻找小阿。第十五个电话还没打完,小阿醉醺醺地推门进来了。明信片哥一顿狂轰滥炸,炸出了小阿的眼泪。明信片哥说:"你到底跑哪去了?不知道我担心吗?我还以为你被人绑架了!刚才打出去几个电话,我都宣布你失踪了!"

小阿只得又把电话一个一个打过去,宣布自己没失踪。明信片哥气咻咻的样子让小阿很难过。小阿不知道,明信片哥骑车找遍了普兰,连晚饭都还没吃。

小阿的忧郁好像就是从普兰回来开始的。他们走的时候,说了一路,回来的路上,却一句话也没说。是小阿不肯跟明信片哥说,小阿拒绝跟他说话。长这么大,小阿从来没有过这种感觉,拒绝跟一个人说话,那么坚决,却又把他的一举一动看在眼里,放在心上。明信片哥每天卖了多少货物,小阿都支起耳朵谛听。因为她知道,明信片哥要赶在夏天前凑够盘缠,然后上路,去尼泊尔。他得赶在大雪封山之前翻过喜马拉雅山。

明信片哥也越来越谨慎地对待小阿,所有的语言都在眼睛里。他们甚至极少单独处在一起。但小阿所有的事,明信片哥都会抢着干。有一次,小阿夜里拉肚子拉得昏迷,明信片哥背着她到医院打吊针。

大叔曾经问过明信片:"小阿这么好的姑娘,你能给她一份安定的日子吗?"

明信片望着高远的天空摇头。他已经习惯了走在路上。

大叔说:"那你就早一天上路吧,越早越好。"

如果不是丢了单车,明信片大概还会在拉萨待十几天。突然发生的变故,一下子打乱了他的计划。

拉萨啤酒喝了一瓶又一瓶,他们就那样说、喝、唱歌。开始是他们一拨人,后来邻桌的人也并了过来。他们有的认识明信片,有的不认识。不认识的人听说明信片明天一早要远行,也纷纷过来敬酒。小阿静静地看着别人喝酒,半天连筷子也没动。大叔喝了酒,就成了红脸关公。他跟小阿耳语:"明信片是太阳,你是月亮,若有心思,跟着太阳吧!"

小阿一下把大叔冒着酒气的嘴巴推开:"你胡说什么呀!"

大叔嘿嘿地笑:"你的心事,连雪山都知道。"

喝了酒,大家又一起唱歌。大家唱歌的时候,小阿突然想喝酒。她举起了酒瓶子,咕嘟咕嘟往嘴里倒。明信片跑过来抢酒瓶子,小阿挣扎了一下,给了他。两人对望着,都没有说话。望着望着,两人眼里都有了泪花。

小阿不胜酒力,半瓶多啤酒就把自己放倒了。

凌晨四点,大家回了客栈,几个人摸到床边就打起了呼噜。小阿却睡不着,她想吐。她摸黑来到了外面,喉咙里呕得厉害。她骑车来到了拉萨河边,裹了裹衣服,坐下了。小阿觉得自己此刻就是条鱼,滑溜溜的,无从倚傍,身子的热和空气中的冷胶着在一起,她禁不住要打摆子。她紧紧抱住了自己的两肩,清露和着眼泪一起淌了下来。小阿觉得心好痛。她知道,她的某一根神经因为明信片哥揪扯着,可她不知道拿那根神经怎么办,她的痛说不出。她慢慢躺在河滩上,忽然一只手被人攥住了。小阿想,这是神来安慰我了。雪山之神,快来拯救可怜的小阿吧!拉萨河又叫欢乐河、幸福河,远处荡漾着牛皮船的暗影,安静的空气里都是青草湿润的气息。

明信片哥说:"小阿,跟我走吧!"

小阿慢慢坐了起来,攥住她手的原来是明信片哥。明信片哥的手心温暖、湿润、光滑,像铺着一层云彩。可这手心不属于小阿。小阿慢慢退出了自己的那只手,清澈的眼睛里映着远处雪山的影子。小阿知道,自己不可能跟着明信片哥走,明信片哥的旅程,也不可能带一个小阿。他们的命运注定是在平措相遇,在拉萨分手,就像天空飘泊的两朵云,彼此撞一下肩膀而已。不过有明信片哥这句话,小阿那颗愁肠百转的心就很满足了。小阿轻轻地说:"我三月才从尼泊尔回来。"

这话是意料之中的。明信片哥还是有些感伤,他颓然地坐在了地上:"是啊,我要走的路是你已经走过的!"

小阿说:"请原谅我不会重复走!"

明信片哥说:"换了我我也不会。"

大朵的云团在空中翻滚,一条鱼突然跳出了水面,把河水里的云团搅乱了。

小阿说:"这段路不难走,翻越喜马拉雅山就不同了。"

明信片哥说:"我知道。"

小阿低下了头:"你是真正走路的人,你的脚下没有难走的路。"

小阿站了起来,把自己亲手编的长寿金刚结戴在了明信片哥的脖子上。明信片哥用手摸了下,突然哽咽了。明信片哥站起身来,把小阿拥住了,头抵在小阿的颈窝。小阿附在明信片的耳边,轻声喊了句"哥"。

小阿闭上了眼睛。拉萨河水从他们的身边悄然流过,再不回头。

小阿睡着的时候,明信片悄悄踏上了旅程。他在小阿的床头放了一本影集,都是小阿当模特时的写真。它们一直存在他的电脑里,离开拉萨了,他觉得应该送给小阿。

3

不愉快的事接二连三,让小阿觉得这个夏天是那么难熬和漫长。

网友小虫是第三次来拉萨了,可仍像第一次来一样,全程都让小阿陪。晚上小阿请她吃藏面,她只吃了一口,嚷了句"真难吃"就丢掉了。小阿很难过,藏面在小阿的眼里已经足够金贵,与干馒头相比,吃一碗藏面简直是奢侈。

那么不爱说话的小阿也发了脾气:"在西藏,好吃的高档馆子都经营川菜,你一个四川妹子,想吃川菜就在家吃好了,跑来西藏干啥!"

小虫是成都人,在一家建筑企业做绘图员。每完成一项工程,她就有一个长长的假期。小虫来拉萨就像走姥姥家一样方便。她和小阿在网上相识,曾经是很有情分的网友,大小节日都会给小阿寄一份礼物。小阿称她为亲情姐妹。第一次来西藏时,小虫是来为爱疗伤,小阿曾经陪她在拉萨河边坐过两天两夜。

小虫并不在乎小阿发脾气,拽着小阿来到了拉萨繁华的八角街。小虫频繁地摆姿势照相让小阿忍无可忍了。这些地方小虫过去都走过,甚至都拍过照,小阿不明白她这样热爱照相是因为什么!

因为是旅游旺季,八角街上的人流摩肩接踵。小虫挤进人群去看杂耍,被一个汉子扯散了头发。看那一张苍黑朴拙的脸,汉子也不像故意的。可小虫尖刻的叫嚣声瞬间就响彻了八角街,汉子窘得恨不得给小虫跪下,小虫仍是不依不饶。小阿先是劝解,小虫不听,小阿就赌气走开了。小阿越走越生气,索性越走越远,心里恨恨地说,辫子散了再编就是了,你这样对人是要闹哪样!

小虫给小阿打电话,小阿不愿意接。小阿不接电话又有一种负罪感。后来小阿打电话小虫又不接,小虫回去就在 QQ 上把小阿拉黑了。

不久,朋友姐姐的朋友的朋友又来西藏了,是两个大男人。他们需要小阿订房间、陪出游。小阿说好啊好啊。凡是朋友托付的事,不管拐了多少道弯儿,小阿都极力去办。提前一天订了朋友的客栈,朋友的客栈是新开的,就在布达拉宫对面,比许多星级宾馆的条件都好。两个大男人对客栈很满意,可背转过身去,就给朋友姐姐的朋友打电话:"这样好的房间,我们怕是要被宰吧?"小阿听见了,却装没听见。这样的内地人她见得多了,他们总是需要帮助,可又总是对提供帮助的人缺乏信任。他们不懂得漂在西藏的人有一颗怎样的赤子之心,他们在这里也是"穷游"的,人在旅途,容易常怀善念。那个年长者问小阿是做什么的,小阿说摆地摊。年长者不信,说小阿是搞旅游的。言外之意无非是说小阿是赚游客的钱,也就是说,赚他们的钱。"我们要到你的摊位上去看看,顺便买点什么。你的摊位在什么位置?"小阿告诉他们在宇拓路,就在东端靠近大昭寺的路口。约好了时间,小阿一直等到很晚,他们并没有来,小阿就知道他们是在试探她。小阿感到很好笑,他们总在提防着受骗,他们来拉萨,仿佛就是来提防受骗的!

小阿早出晚归在外跑,货物有时被大叔带到摊位上,有时就在床上堆放着,经常一天只有十块、二十块的营业额。有一天,大叔兴高采烈地告诉小阿:"我帮你卖出一只包包,三十元啊!"小阿哭笑不得,那只包包进价都要三十五元,不算大叔的辛苦,小阿净赔了五块。可小阿还是很高兴,因为这个晚上是七夕节,大叔从外面带回来几串烤肠和烤蘑菇给她和央金做礼物。小阿这才意识到,好几天没见到羊卓雍错了,她的床铺干干净净的,那些堆放在床上床下的货物不知什么时候被她搬走了。

大叔告诉小阿,羊卓雍错搬到北郊花园客栈去了。小阿的脑袋轰地响了一下,这一段时间她总在外面跑,把羊卓雍错忽略了。她们碰过几次面,却似乎没有好好说句话。顾不得吃冒着热气的烤肠和烤蘑菇,小阿就骑车去了北郊花园客栈。羊卓雍错站在楼梯上跟她说了几句话。羊卓雍错说:"我给你起纳木错的名字不是故意的,我也知道你知道我不是故意的,可我过不了自己那道坎儿,想起明信片看我的眼神,我就永远不想再面对你。"

话说得如此明白,小阿这一趟路就算白跑了。她知道,自己那天没帮羊卓雍错说话,羊卓雍错误会了。小阿从北郊回来,一路走一路哭,她觉得,她被整个世界抛弃了。

夏天已过大半,淡季说来就来了。摊贩比游客还多,央金连续十二天没有开张,破了小阿保持的八天不开张的纪录。没有游客光顾的时候,这些小摊贩就互相讲故事、聊天,到各摊前乱串,或拿自己的东西与别人的东西交换。小阿没有参与到这种活动中来,她把货物托付给大叔,自己就跑到拉萨河边编长寿金刚结。她享受这种安静祥和的天地空间,忧伤像河里漂浮的水草一样没有分量。明信片哥一走就再没消息,这是小阿预料到的。可每一次手机短信的提示铃音,小阿都会心惊肉跳,都会呆呆地冥想很久,到日喀则了,到樟木了,还是到科达里了?天边的浮云急急地朝南走,小阿便对那些浮云说几句话:"看见明信片哥代我问声好,祝他一路平安……"

大叔其实不老,只有三十七岁。小阿初见他时他蓄了脸大胡须,小阿看不出他的年龄,就叫他大叔。后来大叔就成了官称,老板娘比他年龄大,也叫他大叔。

大叔在这里就像家长。他代卖小阿的货物,都是免费的。可如果哪天小阿和央金代卖他的货物,不管卖得出卖不出,他一定各给小阿和央金十块钱作为工钱。因为大叔知道,她们俩过得不好。羊卓雍错走了,央金占了她的位置,央金比小阿还要穷。有一天是小阿的生日,小阿自己没开张,代卖的大叔的货物也一宗没有卖出去。可大叔还是给她开了工钱,并且多给了五块钱,把小阿感动得泪眼婆娑。

这天大叔回来得早,见宿舍站了个陌生人,他说他来找小阿。大叔连忙用电话把小阿叫了回来。小阿匆匆把货物塞进床底下,请陌生人坐在床上。陌生人问:"你是小阿?"小阿点点头。陌生人说:"你把手机拿出来。"小阿听话地把手机拿在手里。陌生人拨出了一个号码,小阿的手机响了起来。陌生人又拨一次,小阿的手机又响了。如是三次。陌生人说:"没错,你就是小阿。"说完,走到了院子里,从一个口袋褡裢里拿出一把吉他。陌生人说:"是一个叫明信片的人送给你的。在日喀则,他碰见了从尼泊尔来的马队,头马的褡裢里有一把吉他。明信片问这把吉他多少钱,人家说是尼泊尔的朋友送的,不卖。明信片说:'我若把身上所有的钱都给你,能不能换你一把吉他?'人家说:'你到了尼泊尔,想买什么样的吉他都有。'明信片说:'我想买一把吉他,送给拉萨的朋友,她太忧郁了,我想送她一点快乐。你们知道的,送快乐越早越好。否则,我怕她忧郁坏了。'明信片说完,眼里含了泪水。那人沉默了片刻,把吉他取出来,递给了他。后来明信片遇到了我,给了我他身上的几张明信片,让我把吉他送给一个叫小阿的人,而且一再嘱咐我,要拨三次电话确认,千万不能送错了人。"

小阿眼里的泪珠就像钻石一样噼里啪啦滚了下来。她记得,她对明信片哥说过,最后悔的事情,就是没有从尼泊尔带把吉他过来,她太想学习吉他了,心中的忧伤,都可以通过吉他传递出来。

可陌生人嘴里"所有的钱"这几个字刺痛了她。她知道明信片哥不是有钱人,若是用"所有的钱"换了吉他,以后长长的路怎么办呢?小阿焦急地问这把吉他到底用了多少钱,陌生人憨憨地笑了,说不知道。明信片买了吉他三天后才与他碰面,他们在一起喝了壶奶茶,其余的事都还没来得及说,彼此就分手上路了。

陌生人把明信片拿出来,请小阿签字。小阿说:"我的字很丑。"陌生人说:"你收到了吉他,就该留下凭证,有朝一日我再见到他,也好拿给他看。"

小阿心里说:"我什么时候才能再见到他呢?"

4

小阿和央金摆弄了一晚上,也没能把吉他捣鼓出想听的音律。转天一早,小阿写了张纸条,贴在了支撑摊位的横杠上。

"我们想学吉他,可我们没有钱。如果你会吉他又肯教我们,我们可以进行技能交换,我可以教你学粤语、日语、软件……"

一个上午没有顾客,也没有人来"应聘"吉他教师。央金都泄气了,小阿总是说,再等等,再等等。

中午吃了一根五毛钱的冰棍,小阿肚子里咕噜咕噜的叫声,连央金都听见了。央金说:"我们打赌,我赌全拉萨都不会有吉他教师。有吉他教师也不会看见这个小广告。看见这个小广告也不会免费教你吉他。否则明天中午我也不吃饭。"

小阿嘴里嘬着冰棍棒,胃里似乎有虫子在爬。早晨她跟央金说今天就能遇到吉他老师,遇不到她不吃饭,一天遇不到一天不吃。她也不知怎么的,就想赌这口气。

小阿饿得都要眩晕了,支撑她的是明信片哥的双脚,从时间上算,明信片哥该走到樟木了。小阿只是饿,明信片哥是又累又饿。他用身上所有的钱买了吉他,路上说不定就靠乞讨了。

每每想到这些,小阿的心里都像有枚针在扎。

太阳落下去了,街上行人更少了。小摊贩们都收拾东西准备回家,小阿也把货物打进了包裹,正要去揭横枨上的小广告,身后突然有人停留了。

"你想学吉他是吗?"

小阿一回头,惊喜的叫声,让她生生咽了下去。眼前的这个人一身帆布衣,帽檐朝向脑后,脸上架一副黑框眼镜,身量、神态,这不就是明信片哥嘛!可又分明不是!这是一张小白脸,嘴唇像点了胭脂,似乎还没喝过拉萨的水。小阿抬起脸来时,那人吃惊地指着她:"你是……你是……"

央金在旁边说:"她叫小阿。"

那人击了一下掌:"对,你叫小阿。"

小阿疑惑:"可我不认识你啊?"

那人热情地说:"你认识,你认识,我一说你就会想起来的。我第一天到拉萨曾经跟你打听过路。在一个胡同口,我问你青年客栈怎么走,你不说街巷,也不说方向,就那么胡乱一指……"

小阿还是想不起来。

那人又说:"当时我在用手机导航,知道路怎么走。我看你当时的神色怪怪的,我跟你打听路其实是想看你有没有什么事需要帮助。"

那人的白牙齿一晃,小阿想起了幼发拉底河的贝壳。

那人又说:"我听到你吼仓央嘉措的情歌,转山转水转佛塔……"

小阿脸红了,终于想起来了。这是那晚的背包客,曾在黑暗中不停地向小阿鞠躬致谢。因为他的形象像明信片哥,小阿还为他湿了眼睛。

想起明信片哥,小阿的眼睛又要湿,还好,她忍住了。

"你能免费教我们吉他吗?"小阿问。

那人看了央金一眼:"请叫我达瓦老师吧!"

小阿说:"你也起了藏族名字?"

达瓦老师说:"没有藏族名字,就白漂在拉萨了。"

达瓦是个好老师。好老师的概念就是不用学生找,而是主动找学生。有好几次都是小阿还在梦里,达瓦老师已经找上门来了。他们有时候去楼顶,有时候干脆去拉萨河边。达瓦老师教得专注,小阿学得用心。达瓦老师抱着明信片哥送的吉他,总让小阿产生幻觉。达瓦老师那么像明信片,看着他灵动的手指,小阿经常忘了他是谁。

达瓦老师也是四川人,他从绵阳来,在一所中等专业学校教音乐。达瓦利用业余时间写歌,几首耳熟能详的西藏歌曲都出自他的手。他此次来西藏,就是想写一首有关西藏爱情的歌曲。他对小阿说,西藏的爱情都让仓央嘉措写绝了,可那是天国的爱情,不染尘埃。他想写世俗的爱情,有烟火气。达瓦说,有一种爱情在天上,有一种爱情在心里;有一种爱情是春天的花,有一种爱情是秋天的果;还有一种爱情是古老的种子,埋在土壤里,永远都不会发芽。

小阿痴痴地问:"是吗?"心里却在想自己的爱情是什么。

他试着调试琴弦,把这些歌词放到了琴弦上。不知为什么,小阿想到了热锅里的豆子,在锅里蹦呀蹦。那些歌词在琴弦上也蹦呀蹦,然后蹦到了达瓦老师的嘴里。达瓦老师启开贝壳一样的牙齿跟着琴弦唱,他的声音绵软、含蓄、深厚,像是从雪山顶上传过来的那么纯净。

小阿的心情豁然开朗,她想,生命其实就在琴弦上,有好的乐师拨动,它就会响。

5

八人的寝室住了六个人,明信片哥走了,羊卓雍错搬走了,空出两张床来。其实不断有人过来看,但没有一个人能留下。因为都是商贩,即便少了两个人,货物还是把角角落落都挤满了。再加上小阿他们在房间偷偷烧东西吃,陌生人进来吸鼻子,总是嚷:"臭,太臭了!"结果人就被臭跑了,让老板娘的愿望落空。又一次把人熏跑,老板娘追出去很远喊:"这里没打扫呢,很快就不臭了!"这间客栈是老板娘家的客房,多放了几架床而已。因为工、料贵,据说现在还有账没还清呢。少一个人不算什么,一下少了两个人,老板娘就有点着急了。小阿说:"我们不能再这样下去了,我们得打扫卫生,否则,这里会是全拉萨最臭的地方。"小阿说干就干,先把自己的货物搬了出去,然后又搬央金的,搬大叔的。竹竿老K起初还不同意,他总说:"我们住的是客栈,花钱的,卫生还要自己打扫吗?"小阿说:"慢说老板娘要操持一大家子人,没有工夫,就是有工夫,面对这么多货物,她又如何打扫呢?"小阿细声细气,说话却毋庸置疑。这不打扫不要紧,一打扫才发现臭味不完全是他们散发出来的,那些陈年的酥油、糌粑、面包、鞋袜、吃剩的面条都不知道几朝几代了,统统腐烂霉变在他们的床脚下。花了大半天的时间清理干净,又打开窗子通风,房间里的气味果然就变清爽了。小阿又把自己的檀香珠子盒子打开了,让那种清香慢慢弥散。

事情就是这么巧,这天晚上,央金就领来个新房客,是从广场上"捡"来的。那人名叫多宝,是做毛皮生意的。他的皮货放到了外边,可自从他一来,宿舍的臭味又冒了出来,这次还不是腐臭,而是一种酸臭的味道,比那种腐臭更刺鼻。小阿搜索臭源,才发现是多宝的两只脚氤氲着臭味朝外散发。因为是第一天来,大家都不好说什么,只是像约好了一样谁都不跟他说话。他一个人待着无趣,只得早早爬到了被筒里,这下屋子里的气味轻薄了很多。多宝睡着了,大家对了一下眼,跑到院子里来了,所有的人一起指责央金,怪她不该把多宝领回来。央金开始还觉得有愧大家,说多宝像狗一样围着广场的留言板乱转,找不到住的地方,她好心领他回来,当然不会闻他的脚。可指责的声音一多,央金立马神气了。她说:"老娘就是这么脑残好不好?老娘愿意把臭脚的多宝领回来。有钱难买老娘愿意,有本事你们把他铲出去!"央金也就十九岁吧,这样老娘老娘地自称了一晚上,让谁都没了脾气。竹竿老 K 说:"明信片不走就好了,他能整治央金这张嘴。"还特意问小阿,"你说是吧?"小阿抿着嘴笑,她愿意看央金和他们斗嘴。央金脸上有两块明显的高原红,底气就来自这里,她年龄小,却是老"拉萨"了。

多宝是个规矩人,似乎知道自己有双惹事的脚,每天都是回来最晚的一个,然后立马钻进被窝。可那种酸臭的味道越少似乎越明显。竹竿老K出来进去用毛巾堵着鼻子。还是大叔厚道,每晚都把多宝的鞋子拿出去吹风,早上再给他拿进来,多宝一点也不知道。有一天,达瓦老师来找小阿,进来倒吸一口凉气,立马就出去了。达瓦老师吃惊地说:"你怎么住在这种地方?"小阿也很吃惊:"你来过多少次了呀!"达瓦老师顿了顿,说他是来过很多次了,但一次也没进来过,都是从院子里直接去楼顶,或去拉萨河边。他知道这里是混居,住的都是摊贩,房间应该杂乱,但他怎么也没想到居然这么臭!达瓦老师有点闷,他恍惚知道小阿有轻微的洁癖。小阿说,所以她不睡客栈的被子,哪怕天气再热,她也睡自己的睡袋。这天他们去拉萨河边坐了很久,却没怎么上课。小阿发现达瓦老师有些心不在焉,小阿没有问什么,也没有急于请教,她已经学会了基本的指法,甚至能弹出一首达瓦老师编的曲子。她想,达瓦老师心情不好,就让他静静地在河边坐坐吧!

达瓦提出让小阿搬到自己住的地方。他说他租了一套单元房,正好还有一间空屋子。小阿摇头说,暂时还不用。达瓦说:"有好的房子不住,客栈有什么吸引你?"小阿知道达瓦不会常住拉萨,他还要回去工作。小阿说:"你在拉萨我住在那里。你不在呢?我连房租都付不起。"达瓦说:"这个你不用担心,我先付一年的好了。"小阿说:"这怎么可以?"达瓦说:"这怎么就不可以呢?我有这个能力呀。"想了想,小阿说:"我还是舍不得客栈那些人,这些年我们都是互相损着过来的。"达瓦笑了笑,说:"我猜你就是因为这个。今天先不谈,走,我请你吃个饭!"

达瓦用租来的摩托车载着小阿转了半天农贸市场,买了各种蔬菜和牛肉。小阿背着吉他跟在他后面上楼,达瓦边走边介绍,当初他来拉萨住的也是客栈,青旅的条件比小阿这里好,可乱糟糟的,还是不利于创作,他就从客栈搬了出来。眼下这幢房子卫生间、厨房一应俱全,地板上甚至铺着厚实的地毯,墙壁是淡蓝色的,几件老家具都是典型的西藏风格。西藏的家具很少,一般的藏民很少用,所以小阿一眼就认出了柜子的主料是喜马拉雅软木,表面有大面积的彩绘图案和浮雕装饰。进到里间,小阿发现这里住着两个人,另一个是来西藏行走的吉娃,短头发,运动衫,很有朝气的样子。达瓦介绍说,吉娃是他从街上"捡"来的。有一天,吉娃因为找不到住处坐在布达拉宫门口发呆,刚好达瓦从那里路过,顺便就给"捡"了回来。吉娃是个闲不住的人,小阿的吉他刚放在那里,吉娃就捡起来弹拨了两下。小阿没什么表示,达瓦老师突然发出了一声吼:"放下!"把两个女人都吓了一跳。达瓦并未善罢甘休,从厨房跳了出来,铁青着脸说:"不要乱动小阿的东西,我已经告诉了你,小阿有洁癖!"吉娃像松鼠一样受了惊,就迅速溜走了。小阿有点迷茫地看着达瓦老师。达瓦老师还怒气未消,他说:"若是我的学生乱动我的乐器,我会把他铲出师门,永不见他!"

"你真厉害!"小阿这话说得听不出褒贬。

达瓦老师说:"我说你有洁癖,这已经算给她情面了,否则我会劈手把吉他夺过来。一把好吉他,不应该让陌生的手碰触。吉他有灵性,它会因为陌生的气息损了音质。"

小阿的感动油然而生。她本想问一句,这把吉他好在哪里,可她问不出来。明信片哥用全部资财换的吉他,当然是最好的。但这一点,她一直没有对达瓦老师说。

她把对吉娃的歉疚埋在了心里。达瓦老师因为对吉他的情意发脾气,这让小阿的心一下子变得柔软无比,有人肯称赞这把琴,小阿就觉得能给行走在旅途上的明信片哥些许安慰。

一顿饭却吃得祥和而美好。他们喝了一点白酒,达瓦老师兴之所至,自弹自唱了很多曲目,其中一首就是仓央嘉措的情歌,他自己编的曲子。这个时候小阿才发现,仓央嘉措的情歌柔美、温婉,里面充满了女性的气息。与刚才的雷霆之怒比,达瓦老师也判若两人。

达瓦老师问:"当初你唱仓央嘉措的情歌是谁的曲子?"

小阿想起了那一晚的"吼",谁的曲子也不是,那就是小阿的心声。小阿就是想把心底的东西"吼"出来,否则她就是点燃的花炮突然断了引信,那种想炸而未炸的感觉,是要憋死人的。

达瓦老师的皮肤被酒烧灼得鲜红。他说:"你知道吗,当初我是未见其人先闻其声。你'吼'歌的声音有一种异质的感觉,很动人。那时我就想,我有朝一日转山转水转佛塔,不为修来生,也只为与你相逢。"顿了顿,又说,"没想到我们真相遇了,这是神的旨意。"

达瓦老师再一次问小阿要不要搬过来,小阿叹了口气:"等我无处可去的时候再说吧!"

6

小阿兴冲冲地告诉达瓦:"下周不要上课了,大叔要请我们几个

'藏獒'骑新藏线!"

"骑……新藏线?"达瓦有点不相信自己的耳朵。

小阿大声说:"是啊,骑新藏线! 我做梦都想!"

待搞清了小阿所谓的骑新藏线是倚靠那辆又老又破的自行车,达瓦老师的头摇得像拨浪鼓:"小阿,咱不受那个罪。咱坐火车,或者租越野车,或者租直升机都行。只要你愿意,哥都帮你!"

小阿注意到了那个"哥"字,幽幽地说了句:"那是老师的游法,我们在西藏,都是穷游的。"

达瓦说:"舒服无罪! 穷游富游都是游,过程不重要,重要的是结果!"

小阿忍了忍,还是把话说了出来:"老师,结果不重要,重要的是过程! 你没听说过一句话吗? 来拉萨的人,忘记昨天做过什么,不知道今天要做什么,没想过明天准备做什么。拉萨如一个强大的精神病院,病好了就走;回去,就有复发的危险。"

达瓦困惑地望着小阿。

小阿有点不忍,解释说:"你不要以为我们骑新藏线就是一直骑车到阿里,我们有那个心,也没那个力,有那个力,我们也没那个时间。我们顶多走到日喀则,这一路,还要到处去搭顺风车。"

达瓦不解:"顺风车?"

小阿说:"是啊,我们出行都是搭顺风车。手里举个牌子,或者招手拦车。卡车、小车、拖拉机、摩托车、警车,甚至救护车、邮政车,我们统统拦住过。我最喜欢的就是拦到拖拉机,有时候一辆拖拉机或一辆大货车上,都是徒步或骑行拦车的人,我们和货物各种挤压,超好玩,还能分享各种故事。人分七色,故事能有九种。一男一女最容易搭到便车,有时候人品爆发会遇到有钱人,被'包养'。'包养'就是他会让你搭到你想去的任何地方,帮你找住宿的地方,还为你的餐饮买单。路上这样的好人真是超多,他们都是无条件帮助人的人。每当被别人帮助的时候,我们就会送上一些小礼物,或自己摊子上的一些小东西。而我坚持送的就是亲手编的金刚结,也有人想买,我坚持不卖,一个都不卖。金刚结是护身符,我一定要送给那些曾经帮助我的人。"

小阿说这番话时,脸上洋溢着一种少见的神采。

达瓦看着小阿,痴痴地说:"小阿,我从来没见你这么美丽过。"

小阿不好意思了:"是我从没说过这么多话吧?我今天成话痨了。"

知道小阿一行要从嘉信超市门口过,达瓦早早到了那里,买了几大袋子好吃的。他没有提前告诉小阿,这个小个子女孩,越来越让他牵挂。小阿一行骑行到这里,被几个大袋子惊呆了。小阿说:"你把超市搬出来了?"达瓦把东西往她的车上挂,说:"走不动了就回来,千万别撑着。"大叔忍住笑,对达瓦说:"背上琴,跟我们一起走吧!"央金抢着说:"他吃不了那个苦。"小阿赶忙说:"老师是背包客,什么苦没吃过?"竹竿老K从袋子里摸出根火腿,用牙撕开了肠衣。竹竿老K说:"达瓦,我们以后再不说你的坏话了。"

达瓦疑惑:"你们说我什么了?"

大叔说:"你别听他的。"

竹竿老K说:"在拉萨不说诳语,我们一直认为你是伪背包客,虽然你跟明信片那么像,但明信片是真的背包客。"

达瓦眨巴一下眼睛:"明信片是谁?"

央金说:"你连明信片都不知道? 送小阿吉他的人啊!"

一行人上路,达瓦在后面跟了几十米,直到看不到了这支骑行队伍。他拿出手机给小阿拨了个电话,小阿一看是达瓦,一只手扶着车把,一只手接通了手机:"什么事?"达瓦说:"你怎么没跟我说起过明信片?"那种感觉小阿说不出。小阿说:"哦,我忘了。"说完,把手机挂了,里面掩住了达瓦说话的半截尾巴。大叔问她是谁的电话,话说得那么简约,小阿笑了笑,没答。

他们一行的运气非常之好,在318国道上,正好停着一辆大货车。师傅是一个长着胡子的大肚汉,拿着一个小暖壶大的玻璃瓶,到附近的餐馆去灌开水。车上已经有了三个搭车的人,两女一男,都是年轻人。看见小阿一行,他们一起招手,问:"去尼木吗?"尼木是拉萨辖下的一个县,大方向与他们一致。大叔和竹竿老K把东西往车上搬,小阿和央金迎出几步等师傅。师傅一晃一晃地朝这边走,还没等小阿说什么,就一晃大水瓶:"上车吧。"大叔和竹竿老K把两个人拽了上来。司机把车发动,从驾驶舱探出头来问:"坐好了吗?"大家一起说:"坐好了!"大货车轰隆轰隆往前走。拉萨的路都是沙土路,不一会儿就尘土飞扬。但一点也没影响车厢的热闹。三个年轻人抢着问这问那,你们是干什么的,要去哪里,来拉萨多久了,是藏漂还是藏熬。他们三人都是第一次进藏,对身边的一切充满了热情与好奇。

达瓦老师过了几天无所事事的日子。他来西藏肯定不是专门来教吉他的,可生活中突然少了这个学生,达瓦一下子觉得整个一天都是留白。从早上起来,到夜晚睡去,他就这么从早到晚惦记小阿。她到哪了,遇见了什么人,碰见了哪些事,有没有送出金刚结,都在他的脑子里当一回事。他每天都拨无数个电话,小阿的电话不是关机就是无法接通。关机和无法接通都好,这让达瓦老师的心里好受些。如果电话突然接通了,达瓦会觉得非常难为情。他总是问自己,你爱上这个女孩了吗?你爱上了她什么?达瓦逐条逐缕地分析,他确实搞不清自己爱上了小阿什么。小阿个子不高,模样不漂亮。可这些似乎都不是爱的理由。爱的理由是什么,达瓦又想不出。他几乎每天都到客栈来,进不去屋,就在院子里的石墩上坐一坐。坐到院子里,他就觉得心神安定。有一天,老板娘看他奇怪,问他到这里来干啥。达瓦一时有些窘,指着屋里说:"我来感受吉他。"

老板娘提着簸箕出去倒垃圾,奇怪地说:"真是搞不懂,啥叫感受吉他?"

达瓦终于找到了事情做,到市场听人讲故事,市场专门有出售故事的人。听一个故事,你要从他的摊位上拿走一件东西,达瓦已经"拿"了十几件小物件,当然不能白拿,得付钱。这天达瓦正听得专注,老板娘急火火地跑了来,她找达瓦老师已经很久了。达瓦把她拉到僻静处,问她有什么事。老板娘嗔怪说:"不找你的时候你天天来客栈晃,自从想找你,你一次也不来。"原来她的客栈有一批散客要上门,不能包月了,她想让小阿他们一行马上回来,搬出货物,给新来的客人腾出屋子。

包月的费用每月三百元,而散客一天就要付八十元,所以老板娘急如星火。

达瓦问:"你有他们的电话号码吗?"

老板娘说:"有电话号码就不找你了。"

达瓦试着拨了小阿的手机,还是无法接通。老板娘焦急地问有没有别的办法联络。还真有。达瓦先是给小阿QQ留言,想了想,达瓦又发了一条微博:

> 寻人,十万火急!骑行新藏线的小阿看到请联系!要赶快回家!

达瓦发完合上手机,继续去听故事。老板娘跟在他身后走几步,追问:"小阿有回话了吗?"

达瓦说:"会有的。有了我会告诉你。"

7

大货车在离尼木十几公里的地方抛锚了,搭车的人只能从车上下来。小阿送给大肚师傅一个金刚结,师傅很喜欢。他说他的老婆总也编不好,拿回去正好给老婆做样品。

余下的路程他们起初一起走,慢慢队伍就分化了。路上多的是背包客,也有骑行的,但都是专业的自行车,像他们这样一支奇怪的破车队伍还真是少见。他们在尼木住了两天,又继续往前挺进。小阿的手机总是自动关机、自动开机,自从走出拉萨,铃音就没响起过。竹竿老K让她换个新的,小阿说,要让专业修机子的师傅看看,否则怎么知道彻底不能用了呢。

竹竿老K是他给自己起的网名。他经常向小阿他们炫耀,别看他在生活中名不见经传,在网上可是名人。竹竿老K总吹嘘自己在网上多么有名,小阿和央金都如同刮耳旁风。不管多么有名,他都是比竹竿还细的小腰身,饭量惊人,爱放屁。放屁的时候用尽全力,就像开山放炮一样,一点也不避讳。竹竿老K曾经是贵阳的中学语文教师,后来辞了饭碗来拉萨行走,是最早一批开设网上微博的人,曾经直播自己从贵阳到拉萨的旅程,赢粉无数。如今他的粉丝逾百万,有太多的人想从他的微博中了解西藏。他说自己是名人,一点也不夸张。

大叔、小阿和央金都不知道,这次骑行新藏线竹竿老K也在直播。大叔不上网,央金只聊QQ。小阿除了聊QQ,偶尔泡泡论坛,自从明信片哥不再打理论坛,那里就荒凉了,经常只有小阿一个人"挂"在那里,论坛空空荡荡,连只"鸟"也没有。

休息时,就看竹竿老K手机不离手,或者自己对着手机屏傻笑。他们三个人不知道,不单他们名字随着竹竿老K的微博传遍了四面八方,同时竹竿老K还上传了许多张照片,越来越多的人知道了他们是博主的同行者。这天骑行拉普公路时,竹竿老K的手机总是唧唧响个不停。他抽空看了一眼,发现满屏都是寻找小阿的。大多数是转发,写着"十万火急"的字样。但也有原创,写的是:"小阿,你妈喊你回家!"私信多得看不过来,随便打开几条,就有网友焦急地询问:"你的同行者是不是别人正在找的小阿?""小阿也在骑新藏线,不会这么巧!"竹竿老K有点奇怪,喊大叔停下了。于是四个人坐在沙土地上研究微博。小阿首先否定网上寻找的那个人是自己,理由很简单,自己没有被人寻找的理由。可一查到原始出处,竹竿老K吓了一跳,他把手机拿给小阿看:"这个叫黄某某的,不就是你的吉他老师吗?"

小阿凑近了看,果然是达瓦老师。头像是他正在弹吉他的照片,但似乎是几年前的,比现在要年轻许多。

小阿连忙把电话打了过去,反复拨了三次,手机终于接通了。达瓦老师的声音隔着时空有一点陌生,像闷在坛子里一样有种意外的回响。达瓦老师说:"小阿,你终于有消息了。你们赶紧回来吧,老板娘都快急疯了!"

骑行新藏线的行动就这样夭折了,达瓦老师买的食品甚至还没吃完。找包月客栈越来越难了,大叔首先联系了自己的湖北老乡,让他提供一张床。竹竿老K有粉丝活跃在拉萨,这个时候他表现得很有优越感。央金问小阿去哪里,小阿说:"手机也不给力,回家再说吧!"央金说:"我的货物你们能不能分担下?我得回徐水老家相亲了。"小阿问:"你不回来了?"央金说:"要是相成了,就回不来了。"小阿在颠簸的拖拉机上抱了抱央金。央金说:"小阿,我会想你的。"看了看大叔和竹竿老K,"我也会想你们的。"竹竿老K说:"别煽情了,我们就当你死了,把你的遗产瓜分就是了。"大叔说:"央金比小阿还小吧?"小阿无言,央金抢着说:"我哪能跟小阿比?我不过是好歹找个人嫁了就是了。"

达瓦老师早早租了三轮车来给小阿拉东西。见到小阿,达瓦老师第一句话就是:"你现在终于无处可去了。"又说,"知道你有洁癖,为了你,我特意又安装了一个热水器。"

8

小阿暂时寄居在达瓦老师那里,除了摆摊和编金刚结,有空就到处找房屋租赁信息。她还是想找能包月的客栈,不管住多少人,不管多臭的空气,她都能忍受。两个人住在一幢房子里,小阿却没有时间学吉他,这让达瓦老师很失落。吉他挂在墙上落灰了,小阿不学,达瓦老师也没了弹的兴致。

达瓦老师曾经问过小阿,这把吉他是怎么回事。小阿不想说。有关明信片哥的一切,都被小阿封存了。那是小阿心底隐秘的一个区域,小阿对谁也不愿意开放。达瓦没有得到回答,也不再追问。一个女孩子漂在西藏,会有多少伤心以及温情的过往,达瓦能够想象得到。有一天,小阿的身份证放在了桌子上,达瓦随意看了一眼,发现这天正好是小阿的生日。达瓦跑了出去,买了串菩提子给小阿做生日礼物。小阿看了一眼,惊讶地说:"莲花菩提!你买了莲花菩提!"

达瓦温情地笑,特别欣赏小阿的好眼力。

菩提的意思是得道,念经用的。菩提子有上百种,但常见的有三十六种,如金刚菩提、金线菩提、小凤眼菩提、龙眼菩提、麒麟菩提、星月菩提等等。其中莲花菩提是最珍贵的。莲花在佛教中是纯洁清净的象征,依之可以证大道。莲花菩提原产印度,是一种大叶蕨类植物的种子,质地坚硬,从种植到采摘都非常困难,所以稀有难得。因为状如莲花,故而得名。小阿细细看了下品相、成色、密度,都无可挑剔。小阿怯怯地问:"达瓦老师,你能退回去吗?"

达瓦说:"你不喜欢?"

小阿无言。她知道达瓦老师的心意,可这么贵重的礼物,她实在是承受不起。

达瓦说:"小阿,我就是想让你知道,我对你好不是心血来潮,是实心实意、百心百意、全心全意。我喜欢像你这么特别的女孩子,我愿意跟着你走,或者,带着你一起走。"

小阿诺诺地:"我哪里特别了?"

达瓦说:"从听你吼歌的那个晚上我就喜欢你了!"

小阿说:"可是,你是我的达瓦老师啊。"

达瓦的脸涨红了:"你的意思是……你不喜欢我?"

小阿连忙摆手:"不是,不是……"小阿不知道如何表达自己。唯一能表达的,就是此时的达瓦老师一点也不像明信片哥——小阿又说不出口。

达瓦长出了一口气:"不是就好。拉萨的夏天走了,我也该走了。小阿,你好好想想,我等着你。"

小阿在八角街上疯狂疾行,她一遍一遍对自己说,不,不!她喜欢达瓦老师,但不是像对明信片哥的那种喜欢。那种愁闷的带着血肉的喜欢,是属于明信片哥的,只属于明信片哥一个人!也许,就是因为那个人是明信片哥,小阿才带血带肉地喜欢!那串莲花菩提被小阿放在了达瓦的衣箱里,小阿还是不能接受,一点也不想接受!当务之急就是必须从那里搬出来,越快越好!找到包月的客栈!必须找到包月的客栈!

小阿找个铺子先把手机修好了,出门时,差点撞了想进门的人。

两个人同时叫了声:"哎——"她们都没喊彼此的名字。

小阿不喊,是因为没等小阿熟悉这个名字,羊卓雍错就走了。羊卓雍错不喊,是因为她对当初起名的事还耿耿于怀。她总也忘不了明信片责怪的眼神。

羊卓雍错上下打量着小阿:"你的手机也坏了?"

就好像昨天她们还在通话一样。

小阿点点头:"我的修好了。你的手机怎么了?你还好吧?"

羊卓雍错有点兴奋:"我到店里去给老板卖货了,再不用拖着货物跑来跑去了!"

小阿由衷地说:"你找到工作了?真羡慕你!"

可那兴奋只是昙花一现,就像没了根的曼陀罗,瞬间就枯萎了。羊卓雍错拉小阿来到了屋角,这里相对清净些。羊卓雍错神秘地说:"你不会比我更挫(运气差的意思)吧?去沟通花一百买个手机,别人都好好的,就我这个老坏,修了好几次都修不好。早上起床烧开水,我一摁开关键,电热壶马上坏掉了!借店长的平板玩游戏,平板立刻黑屏了!我们骑车去雄巴拉曲看寺庙,就我的车子爆胎了!在店里打扫卫生,居然把铜像的手弄断了!难道我是神人吗?过去我不是这个样子,小阿你说是吗?"

羊卓雍错困惑地看着小阿,似乎有满腹的心事等着小阿解答。

小阿赶忙安慰:"这些挫事谁都能遇到,都是偶然的,过去你当然不是这样。"

羊卓雍错连连摇头:"过去我不是这样的,现在我是这样了,证明其中有什么变故了。这么多的挫事都让我一个人遇到肯定不是因为偶然。小阿,我整夜做噩梦。我完了,我也许真的要完了,我怀疑这是上天在惩罚我。"

说完这话,眼泪突然涌出眼眶,鼻子一抽,羊卓雍错要哭出声来了。小阿赶紧过去抱住了她,用力拍了拍她的后背:"别瞎说!运气不好都是暂时的,谁没有走背运的时候呢!你没有做过坏事,上天凭啥惩罚你呢?"

羊卓雍错咬了咬嘴唇,把余下的眼泪咽了回去。羊卓雍错要走,小阿赶紧说:"我现在没有住处,你知道哪里有包月的客栈吗?"

羊卓雍错想了想,说:"你介意跟我住在一起吗?"

原来,羊卓雍错住在店面后面的一间客舍里。过去有个女孩跟她同住,自从她总出现莫名其妙的挫事以后,女孩害怕得夜里睡不着觉,搬走了。她说羊卓雍错得罪了神,她要遭报应了。

羊卓雍错从那时开始失眠,她已经要服四片唑吡坦了。

小阿想也没想,说:"我去!"

羊卓雍错眼里冒出了亮光:"我失眠的时候就听月光在外面行走,我不会打扰你的。"

旁边一个摊位的老板一直用奇怪的眼神看着她俩说话,小阿发现了,走了过去。那是个卖各种水杯的摊位,其中一款玻璃杯上挂着银饰吊坠,很精巧。老板用蹩脚的汉话说:"买一个吧,安慰一下朋友。"这是一位突尼斯商人,他的商品都是从国外带回来的。小阿问多少钱,老板说八十。小阿摸了摸口袋,还有一张整钞。小阿拿出钱来买了那只水杯送给了羊卓雍错。小阿说:"谢谢你收留我!"

羊卓雍错愣了一下,说:"这么好的杯子,你干啥不自己用?"

小阿说:"买了就是为了送你的。"

羊卓雍错说:"你买杯子送我,是想说一辈子还是想说我是悲剧?"

小阿说:"一辈子,我们都是好姐妹。去吧,把手机修好,等着我电话。"

两人约定明天,最多后天小阿把货物搬过来。小阿说按照包月的价格缴费,羊卓雍错说,员工都是免费住在这里的,老板是一个大度的人。羊卓雍错提出晚上去跟小阿看摊,小阿说:"好啊,过去大叔怎么给我发工钱,我就怎么给你发工钱。"羊卓雍错说:"我倒不是为了工钱,我的钱现在够用。"小阿说:"我的钱现在也够用,连包月的钱都不用花,我很快就会成富翁了。"

9

达瓦老师心神不宁。他越来越心神不宁了。小阿像神兽一样在房间出没,达瓦老师经常只看到她的身影,却越发看不到她的心。达瓦的创作很不顺利,他的爱情歌曲还在天上飘着,像风一样令他无法把握。他总对自己说:"能俘获小阿我就能专心创作了。"事实证明,两个人人近了,心却远了。小阿似乎在回避他。每每稍微有一些亲昵的举动,小阿就像泥鳅一样逃脱了。

达瓦整理衣箱的时候发现了那串莲花菩提。那串象征纯洁爱情的尊贵手串如今孤零零地躺在衣箱的角落里,看上去就像个嘲讽。这让达瓦老师火冒三丈,这个让他花了大价钱的劳什子没能让他如愿以偿追来姑娘,达瓦瞬间就变成了一头暴怒的狮子。此时小阿刚与羊卓雍错分手。天黑了,八角街上的灯陆续亮了。肚子有些饿,小阿翻出衣兜看了看,还有五十几块钱。她很想吃碗藏面,或者四川的担担面,可终究还是有点舍不得。"晚上你不能吃太多。"小阿对自己说,"你原本就是纳木错,再吃很多面,早晚有一天,就成那木球了。"

大白馒头是现出锅的,店面写的是"朱桂芳馒头"。这明显是位陕西老客,拉萨的馒头市场几乎都叫陕西人包圆了。大馒头一块钱一个,小馒头一块钱三个。小阿在外面喊了声"朱桂芳",就有一个拖着长辫子的女人转过头来,女人脸白,微胖,笑容像馒头一样温暖。小阿用并不地道的陕西话说了句:"买个'馒'头。"朱桂芳说:"买'义'个?"小阿说:"就买'义'个。"朱桂芳不想走过来了,朝小阿晃了手:"拿去吃呗。"小阿:"不要钱了?"女人偏转头来笑了下:"不要了。"小阿拿起了一个大馒头,还是把钱放在笼屉边上。刚咬第一口,电话响了。

小阿把咬下的一口热馒头吐到了手心里,把嘴里的馒头屑咽了咽,小阿喊了声:"老师!"

手机里没有声音。小阿以为手机又出问题了,使劲晃了晃,又喊了声:"老师!"

达瓦突然说:"你退回了我的情意是吗?"

小阿有些心虚,又小声叫了句:"老师!"

达瓦说:"你想好了是吗?"

小阿闭紧了嘴。

达瓦的怒火快要把自己烧着了。他哇啦哇啦吼了几句什么,啪地把电话挂了。过了不到一分钟,达瓦又把电话打了过来。达瓦说:"你快把东西搬走,给你一个小时时间!我一眼也不想看见你那些烂东西!搬走!赶快!都搬走!"

达瓦在那里吼,小阿的脸上早已泪流成河。小阿默不作声,她听着,手心里还端着吐出来的那口馒头。周围的人都奇怪地看着她,有人想过来跟她说话,小阿闪过那人,来到了路边。

达瓦听不见电话里有动静,"喂"了一声,喊:"小阿。"

小阿答应了:"老师,我这就去搬东西。"

达瓦叹了一口气。小阿小心地把馒头放到嘴里嚼了嚼,馒头已经冷了,那个香喷喷的味道都飞了。

小阿挂了电话,顺便租了一辆三轮车。怎么那么巧,车夫就是那天跟着达瓦帮她搬家的人。小阿想,这才几天的时间,就又是一个轮回了。

小阿在一个客栈住了两天,这让她动用了自己不多的储蓄。她搬家的时候,达瓦老师没在现场,小阿把房间打扫得干干净净,在桌子上留下了自己的长寿金刚结。两天以后,小阿搬到了羊卓雍错那里。那里是宽敞的房间,有前后院落,像家一样。她们可以自己煮饭吃,或去不远处的四川人家喝面汤。羊卓雍错经常半宿半宿地跟小阿说话,她睡不着,也不希望小阿睡着。有时小阿太困了,在羊卓雍错的叙说中睡着了。羊卓雍错并不停止话题,直到把小阿再次说醒。

在羊卓雍错的叙述中,小阿断断续续厘清了一些事。羊卓雍错是个不幸的姑娘,从小没了父亲,是在四川的大巴山里跟着继父长大的。继父对她很好,比自己的亲生儿子都好,吃的穿的用的,家里都尽着她。母亲也感恩戴德,教育她长大一定要对继父好。十三岁那年,继父和母亲做主,给她和哥哥定了亲。这件事当时是征得她的同意的。她上学要过一条河,哥哥每天都陪她到河边,背她过河,放学再来河边接她,背了整整三年。哥哥对她是真心好,秋水凉得浑身打战,哥哥也舍不得让她的脚丫沾水。那时她就想让哥哥背她一辈子。三年以后,她要转到镇子上读书,母亲不同意,怕费钱,也怕她放开了眼界,野了心。她以死相拼才换来了读中学的权利。中学毕业后,母亲和继父开始谋划她和哥哥的亲事。地里种了棉花和芝麻,圈里养了肥猪,园子里种了打打熟,用打打熟的种子装枕头,据说可以让铁石心肠的女人回心转意。她从没对谁说过她不想嫁给哥哥,但脸上的意思很明显,她确实不想嫁了,她稍稍懂了些男女之事,对与哥哥的关系有了说不出的憎恶。她偷了家里仅有的七百块钱跑了出来。她从青海到内蒙古跑了两年,开始只是搭车,她贪恋长途旅行带来的视觉变化和身心愉悦,后来在车上给人做伴。那都是些长途贩运的孤独的旅客,有的人善良,有的人邪恶,有的人给些小钱,有的人只给她几顿饭。后来有人把她带到了拉萨,这里的天地、寺庙、空气、雪山、河流、人,都对她的胃口,她发誓不走了,在这里隐姓埋名,做一个自食其力的人。

她说她在拉萨最幸福的日子,就是跟小阿一块贫穷、一块守地摊的日子。但什么都不能长久,明信片跟小阿不能长久,她跟小阿也一样。她赌气从客栈搬出来,也是看到了一切都是暂时的,搬离和分别都是不久以后的事,她不过是先走了一步。

小阿默默地听着羊卓雍错的声音,她的声音有一种奇妙的磁场,把小阿的睡意吸附得干干净净。小阿失眠了,她想起了自己的童年,跟着乡下的爷爷和奶奶,守着几亩水田过日子。十五岁跟父母进城,小阿就发现自己跟父母以及整个城市都格格不入,那种对抗甚至不是暂时的、和缓的。读大学时她选择了最冷僻的专业和最偏远的城市,假期跟同学来拉萨旅行,同学走了,她留了下来。

那是她第一次到拉萨来。她觉得,拉萨就是一个能安放灵魂的地方。

睡眠对羊卓雍错来说比金子都宝贵。小阿听着她均匀的呼吸声,一动不敢动,连翻身都要用胳膊把身体支起来,唯恐把床弄出声响。蒙眬之中,羊卓雍错又开始说话,小阿以为她在说梦话,听了听,不像。

"前不久我突然想家了。"羊卓雍错的语气有些含混,但传到小阿的耳朵里很清晰,"就是从你们那里搬出来以后,我很迷茫,不知道下一步应该怎么走下去。有个老板问我愿不愿意到他的店里去卖货,我很高兴有这样一个机会。小阿你发现没有,来拉萨的人很少谈想家这样的话题,好像大家都是没有家的人,没有家人。或者,都是把拉萨当成了家,把周围的人当成了家人。那天有个人到店里拿货,开了辆我家乡牌照的车,我突然觉得想家想得不行,于是搭车跟他们回去了。小阿你能想到吗,我出来六年了,家里一点变化都没有,只是房子更老了,人更老了,厕屋更臭了,家里的一切一切都更破更旧了。他们看见我就会抹眼泪,一家人都在那里抹眼泪。我说:'你们哭什么?我死了吗?'我妈骂我没良心,偷家里的钱,家里连买盐的钱都没有,然后就把我推到了哥哥的房里,说:'这些年一直等你回来跟你哥成亲,你再不回来,你哥都老了。'

"我在家里一口饭也没吃,就背着行李出来了。我妈哭成了泪人,当着全村人的面给我跪下了,求我别走。或者在家住一晚,哪怕就住一晚。我妈的要求看上去合情合理,可我知道,打打熟的枕头就在炕上,那是他们的全部希望。我如果住下,就再也走不了了!

"哥哥变成了一个朴拙木讷的汉子,看我时眼神都不敢直接打过来。可我从他面前走过时,他突然把我死死地抱住了,往家里拖。我顿时血往头上涌,只有一个念头,撞死他!或者撞死我自己!我拼尽全力用头抵住他朝墙撞去,就听'咣当'一声……

"小阿你在听吗?"

小阿在喉咙里应了声。

空气有些凉。

羊卓雍错忽然觉得意兴阑珊,用力裹了裹被子。

"怎么了?"小阿警醒了一下。

"没怎么。"羊卓雍错的嘴捂到了被子里。

小阿含混地说:"我说的是你哥……他怎么样了?"

羊卓雍错翻身把脸朝向墙:"……不关你的事,你睡吧!"

10

小阿是先认识雁七,随后又认识竹舞的。

疯人院的叫法是拉萨独有的,意味着喧闹、发泄、人多、混居、杂乱等等。疯人院的老板是小阿的朋友,当年明信片哥的旅游网站曾挂过他们的宣传资料,照片是明信片哥提供的,文字都是小阿的手笔,当时小阿在这里免费"宅"了很长时间,后来实在不好意思了,才搬走。老板是新疆人,见了小阿就竖大拇指,说她的文字顶呱呱,说小阿是个女秀才。

老板在电话里说:"小阿,这里有个叫雁七的想认识你一下,你方便过来吗?"

小阿把货物托付给大叔照料,骑车去了疯人院。在拉萨,遇见的人点头就能成为朋友,何况这样隆重的介绍。小阿特意带上了自己编的金刚结。

小阿到了那里才知道,老板是想给她介绍生意。雁七是位戴眼镜的南方姑娘,她想买四十四个金刚结,回家带给奶奶。奶奶是虔诚的佛教徒,对金刚结有两个条件,必须是主人自己亲手编的,而且编金刚结的必须是一个未婚女子。

雁七把事情说给老板听,老板第一个就想起了小阿。

这样古怪的要求雁七当然知道为什么。奶奶觉得转了几手的金刚结不洁净。妇人编的金刚结烟火气太重,而女孩子的手是香的。所以她一再叮嘱孙女要看好卖金刚结的人。跟信佛的人不说诳语,老板带小阿进来,雁七就盯牢了小阿和小阿的手。见小阿纤瘦的模样,一张白净的瓜子脸,一双沉静的眼睛里似乎含满了天空的云彩,一双手洁净修长,十指尖尖,雁七心里一动,突兀地说:"我想给我奶奶买四十四个金刚结,她九十一岁了。随便你要多少钱,我都不会讲价的。"说着就从口袋里掏钱包。

老板做了个手势说:"你们谈,你们谈。"就出去了。

小阿为难了。她说她的金刚结从来没有卖过,过去没有,现在也不会:"如果你喜欢,我多熬几个夜,给你编出来就是了。这样的,可以吗?"

小阿拿出来自己带来的那一个,是用五彩丝线编的。

雁七接过来仔细看了看,说:"我不是要四个,是四十四个。你听好了,是四十四个!"

雁七怕自己的南方口齿不清楚,一个劲儿强调。

小阿说:"我知道,是四十四个,对吧? 我也是南方人啊,不会听不懂你的话的。"

雁七不好意思地笑了,她其实听出了小阿的南方口音,她们的居住地差别不大,应该是一个语系。只不过小阿的口音杂了,经常有一些西北腔调。雁七强调四十四纯粹是出于习惯。

小阿说:"来拉萨几年,我记不清编了多少金刚结,又送出去多少。但从没送过九十一岁的老人,我喜欢有这个殊荣。谢谢你给我这样一个机会,九十一岁的老人都该成佛了,我能编金刚结送她,是我的造化。"

雁七还是难以相信:"你是说一分钱不要?"

小阿点了点头。

雁七受了感染,把自己的旅行袋搬到了床上,打开拉链,把里面的东西一件一件往外掏,衣物、化妆品、旅游纪念品,以及杂七杂八从内地带来的东西。雁七说:"小阿,你可以不收费,这些东西随你挑,无论挑中了什么,我绝不皱眉头。"

小阿把东西依次装了回去,笑笑:"你的东西你在旅途上有用处,我有什么用?"

雁七说:"可你多卖钱总是好事情!"

小阿说:"当然是好事情。但我不卖金刚结,请你成全我。"

一连几天,小阿忙着赶编金刚结。有游客过来买货,都是大叔帮忙打理。大叔觉得很奇怪,他说小阿中魔了,怎么能一次送人家那么多金刚结。

小阿神秘地说:"就是因为有人肯要那么多,才特别值得一送。"

大叔说:"送完你也可以成佛了。"

小阿说:"你说对了,我就是要成我自己的佛。"

小阿给雁七打电话,说:"金刚结编完了,是你来取,还是我去送?"两人约好在阳光酒家见面,小阿拗不过雁七,来吃请。两人刚坐定,就有一个男人走了过来:"请问,你们想去新藏线到阿里转山吗?我有车,可以拼的。"

雁七瞅也不瞅来人:"来将通名,你从哪里来?"

小阿崇敬地看着雁七,这种豪侠作风让小阿喜欢。

那人说:"我叫竹舞,从艳遇墙来。"

艳遇墙在大昭寺广场对面,本是信徒们供养数千酥油灯盏的灯房之墙。过去常有磕长头的信徒们靠墙休息,几年前被网络炒成了艳遇墙,就被一群群寻求艳遇的游客占据了。据说真有人在那里寻得艳遇。

雁七对小阿说:"他从艳遇墙来。"问竹舞,"有艳遇吗?"

竹舞说:"在那里晒了三天太阳,遇到的多半是征老板娘的。"

大家都笑了。

竹舞说:"我是认真的,今天遇见两位美女就算艳遇了。我本来想只身去阿里,可考虑到车子空着太浪费,拉萨是一个不应该浪费的地方。"

小阿搬来凳子邀他一起坐,竹舞也不客气,坐下就喊服务员要瓶啤酒。

竹舞是一个阳光的大男孩,脸上总是有着粉红色的微笑。他的脸就带一点粉红的颜色,被高原的风一吹,那粉红的颜色就深了。他们互通姓名,竹舞看了小阿一眼,说:"你也是南方女孩吗?哎呀,怎么跟雁七长得这么像?"两个女孩对视了一眼,发现彼此是有一点点相像。雁七指着小阿说:"她是我姐姐。"竹舞说:"小阿更像妹妹啊!"小阿问他为啥要去艳遇墙晒太阳,那里是单身男女的天堂。竹舞说:"我就是单身男人啊,做梦都想在拉萨有份艳遇——我这样说不会吓着你们吧?"

一顿饭竹舞点菜,雁七买单,三个人吃得很是热闹。泡萝卜炒牦牛肉、凉拌牛舌头、炒辣土豆,这是很久以来小阿吃得最奢侈的一顿饭。雁七对竹舞的邀请一直犹豫,她问小阿:"你有想法吗?你如果想去我也可以考虑。"小阿说了上次骑行新藏线,只走了很短一段路程,就无功而返。竹舞给自己倒了杯啤酒,大大咧咧地说:"你当然要无功而返,命里注定要搭我的车去阿里。"

雁七问:"我们的费用 AA 制?"

竹舞说:"车不要你们负担,你们只负责一路自己的吃住。如果饭量小还可以,饭量大会把我吃破产的。"

雁七对小阿说:"我看行,你看呢?"

小阿兴奋地说:"我看也行!"

雁七说:"好,就这么定了!"

事情就这样定了下来,大家商定三天以后出发。竹舞叮嘱小阿和雁七除了日用品什么也不要带,他越野车的后备厢里储满了食物,已经没有多余的空间了。

小阿跟大叔说起这个事,还满脸的兴奋,她没想到运气这样好,终于有机会去阿里转山了。大叔故意满脸妒意,说:"你的货还要我来卖,早晚有一天我会都给你卖丢。"小阿说:"好大叔,卖丢了一点都不怨你。等我从阿里回来,我请你吃最好吃的藏包子、牛肉、羊肉、牛油、羊油,咬一小口,油就像洪水一样往外流。"说得大叔用舌头直舔嘴唇。小阿还是到超市买了些风干肉等属于拉萨的食物,她想这些东西竹舞和雁七未必知道,他们毕竟在拉萨待的时间短。买回的东西放到屋子里,羊卓雍错视而不见,她心情不好,一连几天没有跟小阿说话了。

小阿告诉她要搭车到阿里去转山,大概要走二十天。羊卓雍错冷冷地说:"你回来就不会见到我了。"

小阿问为什么。

羊卓雍错反问:"你说为什么?"

话不投机,小阿只当羊卓雍错说气话。一个整天面对挫事的人,在拉萨这种宗教氛围浓郁的地方,心情不好是难免的。小阿收拾一下先睡了。她渴望坐着竹舞的车去阿里转山,来拉萨几年,除了尼泊尔,她只到过普兰和林芝。

11

车子箭一样射出拉萨,小阿的心也开始海阔天空。临行前雁七小心地跟她商量,雁七想坐副驾驶,可以帮着竹舞盯着前方的路。这有什么不可以呢?小阿一个人坐后排,可以把腿收到座位上。腰累了,还可以在座位上斜倚着。座位上有靠垫,还有毯子。雁七果然是个称职的副驾驶,盯着前方,也不忘看后视镜,不断给竹舞以提醒。竹舞吸烟,她负责点火。她切了一块大的梨子,用指头捏着喂竹舞。喂完竹舞,她又转过身来喂小阿,小阿还有些不习惯。雁七说:"你摸一次就多一次污染,反正我已经污染了,不如让我一次污染个够,对不对?"

雁七快人快语。

旅程轻松而愉悦,午饭是在路边吃野餐。一条折叠餐桌只有小腿高,酒精灯烧水做泡面,罐头、榨菜、饼干、面包摆了一桌子。竹舞对小阿的风干肉赞不绝口,有嚼劲,还能补充营养,远不是过去吃过的牛肉干可比。问了价钱才知道,要四百元!竹舞吃惊地说:"小阿你发财了啊!"小阿腼腆地笑,说自己蹭白车,吃白饭,出点血也是应该的。竹舞说雁七:"你看看人家小阿!"雁七说:"我蹭白车了吗?这一路要不是我监控,你早把车开沟里去了!是不是小阿?"小阿笑得透不过气,不知道帮谁说话好。看他们熟稔的样子,小阿简直要起疑:"你们哪里像临时拼车的人,简直像……哈哈……我不说!"

竹舞说:"小阿你说你说,我们是不是像欢喜冤家?"

雁七拿汤勺的另一端一下敲到了竹舞的脑袋上:"什么冤家不冤

家,看你再胡说,小心把你的脑袋敲成漏勺!"

竹舞缩了一下脖子,抵挡雁七可能的又一次侵袭,雁七却用汤勺刮罐头,竹舞的躲闪落了空。竹舞正色说:"雁七,我们不应该再骗小阿,即使是善意的,骗小阿这样的人也会遭天谴的。"

雁七一下子不说话了。

小阿愣住了,不知道他们骗了自己什么。

竹舞从腰间的包里拿出两张身份证递给小阿,小阿看一眼就明白了,地址是一栋楼,一个门牌号,竹舞和雁七是夫妻,他们有个女儿,已经六岁了。雁七搂了搂小阿,说:"原谅我,我和竹舞做了个局。如果事先让你知道我们是夫妻,我怕你不来。小阿,很高兴在拉萨认识你,也特别高兴能邀你一路同行。"

小阿半天才笑了笑:"我就像个傻瓜一样。"

竹舞紧张地说:"小阿不要生气,我们都是好意。"

小阿看了看竹舞,说:"我没有生气,真的,我怎么可能生气呢?你们用这种办法来圆我来阿里的梦,我谢谢你们夫妻。"

小阿举起水碗敬他们。竹舞对雁七说:"你接受,你是事情的总导演,我就是你安排的一个演员。还让我去蹲艳遇墙,喊!"

雁七说:"人家小阿说敬夫妻,你是夫吗?"

竹舞连忙说:"我是,我是!"然后把水碗端了起来,一饮而尽。

路长得没有尽头,说累了,笑累了,就剩了疲乏和困倦。雁七睡着了,竹舞把车停到路边,拿起毯子给她盖了过去。竹舞说:"小阿怎么不睡会儿?"小阿说:"我不困。"竹舞说:"小阿别下车,我出去办点事。"小阿说:"好。"竹舞下车绕到车后,小阿就知道他去干什么了。

在车上无聊,小阿拿出手机搜网络,不知为什么,小阿总有些心神不宁。起初,小阿还以为这种心神不宁与竹舞和雁七有关,小阿曾经问自己,如果在拉萨就知道他们是夫妻,还会跟他们一起上路吗?不会的。因为四十四个金刚结,小阿肯定认为人家的邀请是客套。即使不是客套,小阿也不愿意这样被人家投桃报李,给人家夫妻添这样大的麻烦。所以无论如何,小阿是不会跟他们一起出来的。雁七是个聪明人,她把这些都想到了前边,导演了一出戏,把小阿绕进了这个行程。

登陆了QQ,小阿发现羊卓雍错更新了QQ空间,里面只有一句话。

"我要去墨脱了,我要死在那里,这是神的旨意,别管我。"

小阿吓了一跳,急忙往前翻,才发现羊卓雍错的日志一直都在记录噩梦,里面都是死亡的阴影,其中一个噩梦写到哥哥变成了鬼魂来抓她,只一把,指头就抠进了她的脖子里,鲜血像水一样从洞里往外流。小阿呆住了,她恍惚记得羊卓雍错说起过哥哥的事,可具体说了些什么,她实在没记住。她那几天太困了,被羊卓雍错折磨得有些恍惚。她赶忙拨通了羊卓雍错的电话。羊卓雍错的声音听起来像是在梦游:"怎么了,小阿?"

"你还问我,到底发生了什么事?为什么要去墨脱?"

"哦,你知道吗?最近有一个女孩在墨脱行走时失踪了。"羊卓雍错的声音听起来又遥远又亢奋。

"这与你有什么关系?"小阿疑惑。

羊卓雍错说:"我也想在墨脱……失踪啊!"

"可是……你这是为什么啊?"小阿着急了。

羊卓雍错很冷静:"不为什么,这是神的旨意。"

小阿说:"你想死就死好了,别假说神的旨意,神不会让你这么年轻就喂秃鹫的。"

"我本来征了两个'驴友',可他们都背叛了我。"

"这也是你想死的理由?"

"不是,是我活着没有理由了。"

羊卓雍错的声音突然变得冰冷:"小阿,我不是你,我没有活着的理由,我不想活下去了。死是最好的解脱,墨脱是最好的归宿。"

小阿想了想,问:"你预备什么时候走?"

"25号。"

"哦。"小阿心底迅速盘算了一下,眼下已经是20号的傍晚,灰白的天空刮着凌乱的风,沙石在地面上滚动。小阿突然下了下决心:"你等着我,我争取赶回去见你最后一面。"

羊卓雍错有点意外:"你为啥见我?"

小阿说:"你说为啥?"

羊卓雍错说:"你见不到的。我知道你没在拉萨。"

小阿说:"就因为没在拉萨,我才要见你一面。你放心,我以神的名义起誓,最迟后天晚上我就可以回去了。"

手机里忽然没了声音,就听咔嗒一声,羊卓雍错在那端消失了。

雁七不知什么时候已经醒了,正看着小阿讲电话,眼镜后面是一双不安的眼睛。

"小阿,有麻烦了?"

小阿应了一声:"我得往回走了。"

雁七说:"我们就几天在路上的缘分?"

小阿说:"还有四十四个金刚结。"

雁七隔着座位拍了下小阿的膝:"小阿,我会永远记得你。"

小阿说:"有空再到拉萨来。"

雁七说:"你预备什么时候回南方?总不能在拉萨漂一辈子吧?"

小阿说:"鸟儿飞倦了是会停下来的,这个不用担心。"

两人沉默了一会,竹舞回来了。雁七说:"小阿想往回走,她的朋友遇到麻烦了。怎么办?"

竹舞二话不说:"我们下去拦车。"

墨脱意为隐秘的莲花,是中国境内唯一不通公路的地方,在喜马拉雅山南麓,与印度毗邻。那里山高林密,水深瀑急,是冒险家的乐园,各种各样的凶险事件也层出不穷。羊卓雍错在网上看见一个女孩在墨脱行走失踪,一下子让她兴奋了。许多日子的幻视幻听把她折磨得精疲力竭,她一下有了灵感和方向,她觉得墨脱就是天堂,死亡者的天堂。

她从心里渴望。

12

小阿这一路又冷又饿。搭乘的拖拉机里只有她一个人,她像个粽子一样在里面摇啊摇,人都要摇散了,也就走出了几十公里。走曲水过白地至羊湖,这些刚刚走过的路,眨眼又要回头走。三个人和一个人,越野车和这辆快要散了架的拖拉机。小阿倚在角落里,想借助睡眠让自己忘掉饥饿和寒冷。可哪一样也忘不掉。黑黝黝的天空底下镶嵌着细小的星辰,晶亮晶亮。小阿觑着眼望天,猜测哪一个星辰是自己,哪一个又属于羊卓雍错。这颗年轻的星辰,真的要陨落了吗?小阿想起初次见到羊卓雍错的情景,穿着紫衣服,手上提了不知多少袋子。小阿把自己的摊位归拢出一块地方让给她,她高兴得就像开心果一样。那正是小阿带血带肉愁闷的一段时日,羊卓雍错那时还没名字,可她总想着法让小阿高兴,甚至去遥远的山巅上去摘山桃花……那些日子,一天一天都在眼前打晃。小阿伤感得自己都要哭出声来了,眼泪和鼻涕一起流了出来。走到一个岔路口,拖拉机要往另一个方向走,小阿终于下了车。当初拦车时,竹舞给了拖拉机手两盒烟,拖拉机手千恩万谢。小阿走了几公里,到后半夜如愿拦到了一辆大货车。坐到暖和的驾驶室里,有人好奇地打听小阿孤身一人为何走夜路,小阿实话实说,车上的人都很惊讶,说:"你傻不傻?放着那样好的越野车不去阿里转山,怎么能相信一个神经不正常的人随便发在网络上的几句牢骚呢?要知道,网上的神经病可多了。"

小阿懒得辩解,知道他们都不是漂在拉萨或熬在拉萨的。藏漂和藏熬都不会说这种话。

小阿两天以后的中午在居住的客舍见到了羊卓雍错。羊卓雍错看到小阿很吃惊,一下就把她抱住了,说:"你还真回来了啊!"

小阿拍了拍她的背:"为什么不呢?"

小阿没有劝羊卓雍错不要去墨脱,小阿知道,有些事情,不是阻止了就能解决问题的,就像当年自己执意要来拉萨。后来她与父亲闹僵,父亲说:"你或是回来,或是断绝父女关系,你选一样。"父亲说,没有她这样丢人的女儿。小阿知道,自己是丢了父亲的人。可不丢又怎么办呢?小阿战胜不了自己啊!她只是帮羊卓雍错备东西、问攻略。她知道羊卓雍错没有钱,她把钱全放在了老家,就给她备齐了所有的食品、药品,送给她金刚结手链,以及熬了一夜才第一次编好的九眼长寿不灭金刚结。几天不见,羊卓雍错显得消瘦寥落,小阿发现她明显厌食,即便喝一口水,也表情痛苦得难以下咽。小阿暗暗吃惊,意识到自己回来对了。羊卓雍错开始像个孩子一样依赖她,走路甚至想牵她的手。陪她去拿边防证时,挫的事情又出现了。在拉萨办边防证,要两个人同去才能办理。羊卓雍错和一个男游客同时办理,边防证拿到手才发现,性别一栏写了个"男"字……小阿当时心里咯噔了一下,她怕由此给羊卓雍错增加新的心理负担,产生新的联想。羊卓雍错皱了皱眉头:"小阿,我怎么变成了个男的?"

小阿说:"因为那个男的变成了女的。"

羊卓雍错哈哈大笑,说:"还有和我一样挫的人啊!"

小阿说:"你可以变成男的,男的肯定不愿意变成女的,他比你挫多了。"

羊卓雍错点头,她认为小阿说得合情合理。

最后一餐饭,大叔给羊卓雍错饯行,竹竿老 K 也来了,他们都是小阿喊来的。小阿没有提前告诉羊卓雍错,等于给了她一个意外的惊喜。羊卓雍错一直在流泪,她没想到大家都来给她送行,她一直觉得自己是这个世界上可有可无的人。她一边流泪一边吃,吃了很多,厌食的症状一下子消失了。

小阿说:"我不陪你去墨脱,但请你每天给我个电话或信息,报个平安,可好?如果你不想被打扰,就每天在QQ空间写一下心情,向我分享。我还没有去过墨脱呢。"

大叔说:"你别让小阿失望,她跑那么远的路回来送你,你别没良心。"

竹竿老K说:"如果你死在墨脱,我们就把你的遗产瓜分掉,你看着办吧。"

临散场,大叔和竹竿老K都给了羊卓雍错一些钱,因为小阿告诉了他们,羊卓雍错的钱留在了老家。大叔说:"用这些钱一路祈福用,为自己祈福,也为小阿、我和竹竿老K祈福。我们都是没有机会走墨脱的人。"

羊卓雍错走的时候,小阿没有去送行。她轻手轻脚起来,唯恐惊醒了小阿。小阿一直在装睡,一动不动,但眼角冰凉冰凉的,眼泪一个劲往外涌。她不知此一去羊卓雍错的命运如何,那么长的旅程荒无人烟,什么样的事都有可能发生。羊卓雍错在318国道上拦车走了,连续几天没消息。竹竿老K几乎每天都打个电话问行踪:"羊卓雍错死了没有?我们是不是该分她的遗产了?"小阿在网上查行程,知道很多地方没有手机信号。小阿总是说:"再等等,再等等。"就像真的有遗产要分一样。

两周以后,羊卓雍错终于出现在QQ空间里:"小阿,我一定活着走出墨脱!"

小阿心神一松,"哇"的一声哭了。

13

　　夏天连个影子都没了。草黄了,树叶落了,一个萧疏的拉萨裸露出了胸膛。小阿早晨吃完东西,经常一个人跑到公交车站新安的椅子上,闭着眼睛晒太阳,肩上背着琴,若有若无的音乐从指间流出来,谁也听不懂她弹了些什么,脸上写满了清净。游客少了,但朝拜的信徒并不少。他们一路走一路磕头,只为心中对佛不变的信仰。信徒朝圣是拉萨的最大景观,你看得久了,心便越来越热。有些信徒来拉萨要走好几年,那些因病倒在路途上的人,就用石头敲下自己的一颗牙齿,让能来拉萨的人捎到大昭寺。先有大昭寺,后有拉萨城,关于这片土地,还能说什么呢?

　　真正的冬天来了,大叔走了,竹竿老K也回家了。羊卓雍错从墨脱回来后,就像变了个人,她把自己所有的东西都托付给了快递公司,也早早回去了。至于会不会与哥哥成亲,羊卓雍错没说,小阿也没问。冬天拉萨的街道上突然多了许多藏族人。小阿这才意识到,这才是真正属于藏族人的季节啊!盛装的藏族妇女,脚蹬高靴的藏族汉子,转着经筒的老人,偶尔还能看到肥肥的放生羊。主人摸着羊角走,放生羊乖得像只猫。这是农牧民忙完了秋收,赶在冬季来拉萨朝圣。街上藏族人一多,西藏的味道就越来越浓郁。小阿喜欢这味道。从春天起,这些人似乎一直在蛰伏,街上涌动的人流像条河,那都是些从四面八方来的旅行者。西藏人没有嫌那些人扰了自己的清净,似乎一直在选择避让。

拉萨真是一座包容的城市。

小阿也常到拉萨河边弹琴。夕阳让河水变得静谧而温暖。水里有云,小阿就抬头望天。大朵的云团朝南走,小阿就会跟它们说几句话,其实也没有什么特别想说的,她就是想知道明信片哥到哪了,然后让云朵捎去一句祝福。

2016年秋天的某个夜晚,我睡不着,突然发现有个陌生的人要求加微信。我审视了半天,加了。一句"山姐"发过来,我就知道她是小阿。自从那家BBS论坛倒掉,我已经有两年多没有她的消息了。我问她在哪,她说在广东。随后她发过来一张照片,是刚满月的婴儿,有一张星月般的面孔。我问:"你儿子?"她说是女儿。我没有问孩子的父亲,那一瞬,我想起了小阿说起过的明信片哥,也不知他有没有到达驿站。

小阿终于结束了行走。

我说:"我写了个有关你的小说。"

小阿发回来两个字:"等看。"

说不出口

好吧,我不隐瞒,我就叫莫小琴。

我十七八岁的时候,迷恋过一个人。我好好想了想,就是十七或者十八那年的夏天,我偶然到戏台底下看了出戏,是县剧团演的评剧《杨三姐告状》。这个荡气回肠的故事没怎么吸引我,我的注意力都被那个"高小六"吸引了。他是反派,白面相公,有点流气。但演员的扮相俊俏,身量有点矮,穿着厚底靴,举手投足的那个帅劲,让我舍不得看别人。他一出场我就觉得心脏那个地方被人攥了一把,长出了许多褶皱,又被根细绳提溜起来,像个瘪了的球一样在那里晃。

这个故事是个悲剧,相信大家都知道,结尾是高小六变成了杀人恶魔,被绳之以法。这些因素都没有影响他在我心里的位置,我分得清戏里戏外的角色。这出戏我一共看了四场，罕村、念头、高桥、于庄，剧团走到哪里我追到哪里，骑着父亲的那辆除了铃不响剩下哪都响的破自行车。我的十七八岁是一段盲目和封闭的日子，我在村与村之间穿行，路上看见狗，我会照直了撵过去，把狗吓得卷着尾巴逃。路两边是大片的庄稼地。我还曾在庄稼地里解过手。从庄稼地里出来，正好碰见一个男同学去供销社买苇席。他问我干啥去，我说去赵庄走亲戚。说完，骗腿上了车。男生看我的目光有点恋恋不舍，我没有回头，是用后脑勺感觉出来的。我都走出了很远，他还在后面喊："你啥时回来？我去看你！"我心里说，看啥看？这不都看见了吗？

我为啥骗那个男生呢？为啥不邀请那个男生一起去看戏呢？这个问题我事后分析过。先说为啥骗他。我要去的于庄离我的家乡罕村有十五里，十五里不是一个小数字，那时的路疙疙瘩瘩，都是土路，跑那么远的路看场戏，会让人觉得不正经。尤其是我这个年岁的女孩子，乡间的说法是十七大八，本身就含了贬义，稍一出格，就会被人指作疯疯癫癫。更不光彩的是，我还不是为看戏，而是看那个高小六，一个投毒杀了自己老婆的人。若是真实想法被人知道，估计只剩一条上吊的路可走。老话说，演戏的是疯子，看戏的是傻子。我心里清楚，我是比傻子更傻的人，那样一点虚幻的念想让我食不甘味，其实我连人家姓啥叫啥都不清楚。如果邀请男同学一起去看戏呢？我连想都没这样想。当时就怕他看穿我的把戏，恨不得一步远离他。我着急忙慌地往前走，男同学驮着一个大席筒往村里走，边走边回头望，走出十几步远，才上了自行车。

于庄是最后一场，我以为像别的村庄一样，是下午演出。到了那里才知道是晚场。大半天的时光无处打发,我就在村里到处闲逛。一户人家院墙外面被泼了许多水,整条街巷像是把水缸打翻了一样。几个丫头在院子里尖声辣气地说话,明显撇着洋腔。其中两个丫头手里都拿着洗脸盆,还有人拿着一面镜子或毛巾。一伙人都是梳妆打扮时的节奏。我受了吸引,在门口站住,伸头往里看,见那些丫头衣着鲜亮而又随意,比乡村的颜色艳丽很多。头发都是古怪的发型,披散着,或被定型胶固定了。其中一个高个子说:"晚上也不知是什么饭,我不想吃了。"另一个说:"还能有什么?不是馒头就是粳米饭。"高个子撒贱儿似的说:"我不想吃粳米,一吃胃就酸。"一个孩子拿着风车冲了过来,故意往姑娘堆里扎了一下,似乎要冲撞谁,嘴里喊:"高小六胃酸喽!高小六胃酸喽!"高个子起初闪了一下,很快意识到自己被骗了,作势追打那个孩子,那孩子从人缝里钻出来,从我身边跑走了。

我心里忽悠了一下,仔细端详那个高个姑娘,脸形和眉目是眼熟的,耳朵光闪闪,穿着耳钉。她在这里显得高,在舞台上却显得矮。原来她就是高小六。我心心念念的人,原来是个女的。

天都塌了。我踩着棉花一样推车往西走,大热的天却觉得浑身发冷。谁家的一只狗朝我狂吠,我直着眼睛朝它撞,它夹着尾巴边跑边回头看,不明白为啥跑的是它而不是我。我把一条村路走到了头,外面是大片的麦田,收割后的田野一片荒芜。我在田垄上坐了很长时间,麦茬是枯黄色的,上面缠着绿色的野草,有蚂蚁在草刺上爬来爬去,就像爬在了我的心上。我想,眼下该怎么办呢?我不想再看戏了,见不得她在舞台上。可我又不愿意这样回去。顶着大太阳一路跑了来,这样回去算怎么回事?我虚弱地寻找留下来的理由,我是来看戏的,不是来看她的,这几场戏我都没好好看过,现在终于有机会了。高小六是谁或不是谁,哪里算得了一回事?不过是多看几眼、少看几眼罢了。台下的观众千百人,人家根本不知道你莫小琴是谁!

自己想通了,世界就清朗了。虽然浑身乏力,我还是去了村南,那里是一片打麦场,戏台就搭在两根电线杆之间。我把车子靠在远处的一棵白杨树上,在戏台下面找好了位置。锣鼓家伙一响,高小六又出场了,我甚至不愿意朝台上看。我假装掏耳朵,余光瞥见了高高的麦垛,上面有三个孩子叉开腿坐着,都把嘴张成了O形。忽听台上的声音有些沙哑,不是那个脆亮的嗓子了。我赶忙盯上一眼,发现男人的鸡嗉子脖子扯得老高,身形像电线杆一样。扮相也差太多,这个演员细鼻子、大嘴、方额头,长了两只爹爹耳。这让我有点发愣,原来高小六换人了。

我提起的一口气终于放下了,这才规规矩矩地把这场戏看了下去。

这一年的夏天定格在我的记忆里,因为我一直在等高考结果,让未卜的前途折腾得心力交瘁。也是为了从那个情境中挣扎出来,我才跟着剧团到处走,无端地生出了这样一段故事。

这种事,我当然不会对任何人提起。

举全县之力打造第一届菊花节,是1994年秋天的重点工程。那个秋天有着金黄和嫣紫两种颜色,许多年后仍令人记忆犹新。转眼我到文化馆工作五年了,赶上了黄金时代的尾巴。文化馆人嘴里的"黄金时代"包括能报销差旅费,能报销医药费,能报幼儿园学杂费,诸如此类。总之,别人有啥我们有啥。当时有一个口号叫"经济搭台,菊花唱戏"。占地百余亩的花圃就在山脚下,花丁几十名,一半姓黄,一半姓紫。培育黄花的就叫黄花丁,培育紫花的就叫紫花丁。大朵小朵黄的紫的花朵被人从花圃运出来,装扮成各种造型。山、树、花篮、松塔、仙女,让一座城市如梦如幻。全县一盘棋,各部室委办局各司其职,光准备的请柬就有几邮袋。空中要成为标语的海洋,写标语的任务就落在了文化馆头上。内容提前都上了县委常委会,宣传部门把打印好的纸条从一只包里掏出来,桌子上就有了一堆"雪"。

单位三十几个人,分了几个小组。红布标从商店买了来,要根据标语的字数断开,宜长宜短。写好的标语要挂到指定位置,高低都有讲究。虽是文化部门,但写大字是技术活儿,不是谁的字都能拿得出手。任务紧急,有点火烧眉毛。单位有个姓僧的老师,人古怪,整天眉眼不睁,八分醉相,但手底下有绝活。屋里摆了一长串课桌,上面铺上剪裁好的红布。红布叠成四方形,用尺寸比出大字的大小。两端各有小姑娘抻扯,旁边有人手里拿着纸条提示内容。僧老师手拿一根铅笔,乜斜着眼随手朝布上画,先写外框,再写内胆,唰唰唰,一幅标语十几分钟完活了。外面等候的人拿着板刷往铅字框里抹白油漆,方方正正的大字看起来有模有样,其实都是你一个我一个涂抹出来的。

这天早晨,单位来了新人。领导给大家开会,说剧团解散了,裴红分流到了我们单位,创作组人手少,就暂时在创作组帮忙。我这才注意到穿着碎花小腰身夹克的裴红靠窗站着,鞋跟足有三寸高,脸上像蜡像一样毫无表情。无论领导说什么,她眼珠都不转一下。会散了,我和裴红回创作组,合伙涂一幅标语,她从右往左,我从左往右。我发现,我很难和她找话说。我是一个爱说话的人,跟卖桃卖杏的都能搭上话,打小我妈就说我有嘴无心。可我却跟裴红说不上话,她也没有跟我说话的欲望。这个标语一共十三个字:"热烈庆祝首届菊花节隆重开幕。"我瞥着裴红干活,手下暗暗加快了速度。我已经涂完了第五个字,她第二个字还没涂完。馆长是个胖子,姓楚。他在屋里转了一圈,又转了一圈,憋不住了。楚馆说:"裴红,你这样干活不行,这速度得干到驴年马月。"裴红先要保证油漆不能沾手和衣服,身子尽可能地远离桌面,然后才像绣花一样,用排笔一点一点往铅笔框里抹油漆。裴红不像是在干活,更像是在磨蹭。她的两只高跟鞋估计也难以承受,不时倒来倒去。楚馆就在裴红弓起的腰背后面,却像在说别人。楚馆碰了软钉子,脸上挂满了霜雪。他又咕哝了句什么,裴红却把排笔"啪"地拍在桌子上,顺势往身后的窗台上一靠,说:"人善被人欺,马善被人骑。这是什么破单位,我回剧团去!"

楚馆吓了一跳,鄙夷地说:"你回得去吗?"

裴红嚷:"回不去不是我的错!"

楚馆高声说:"我说是你的错了吗?矫情!"

接下来的几天,裴红手熟了些,但速度仍然很慢。手笨是一方面,喝水、上厕所,包里放着带手柄的小圆镜,裴红一天不定照几次。我发现,她会冲着镜子扮表情,哭的、笑的、悲伤的、绝望的、欣喜若狂的……她做的时候会展现充分,调动所有的面部肌肉,就像镜子后面是万千观众。这让我好奇,我总在偷偷打量她。创作组三个人,另外两个是老廖和老柯,经常无故旷工。老廖说腰疼,柯大姐说腿疼,经常只有我和裴红两个人干活。一天一天,这屋里就跟死了人一样。开始我特别不适应,总想挑头跟裴红说点什么。可发现她不长耳朵,我就发狠地想:看谁熬得过谁!

地上红色波浪一样堆满了写了大字的标语,最后一幅就要完工了,连我都懈怠了。一个大字总也涂不完,油漆没调适度,拉不开栓。排笔的毛飞了起来,总有白色油漆溅到画框外。裴红忽然说了句:"去厕所吗?"我有点受宠若惊,也没感受下膀胱,就慌忙说"去",丢了排笔跟她出门。出门左拐是个月亮门,我是急性子,几步就蹿了出去。裴红却走路轧八字,一步挪不了四指。这里原先是一个纺织厂的机修车间,有很大的院落。纺织厂倒闭了,机修车间由政府调配给了文化部门办公用,工人宿舍成了办公场所,大车间的厂房还原样矗立着,里面有文艺组的人在扎花篮。我和裴红从那里过,就有人探头探脑。想起那天楚馆的态度,我想安慰裴红:"没想到剧团说散就散了,当年多红火啊!"她停下脚步看我,眉眼突然变得生动。她问:"你看过我们的戏?"我不好意思地说:"岂止看过,还是戏迷。不过那是很多年前的事了。"我回忆剧团第一次到罕村来演出,村里杀猪宰羊,新媳妇把洞房腾出来让演员住,大姑娘、小伙子都像着了魔一样,整座村庄都亢奋。家家接闺女、叫女婿,三亲六故奔走相告,像过大年一样。裴红叹了一口气,说:"那时真是黄金日子,一张票两毛钱,每天数钱数得手抽筋。看着台下黑压压的观众,就觉得剧团的日子会永远这样下去。一天演三场,连倒台口的工夫都没有。为了能让乡亲看场戏,有些村干部追在团长屁股后头整盒地递烟。后来就不行了,票卖不动,团里派业务员四处联系包场,给人家上烟,说拜年的话,费用一压再压,给人家演一场戏还要好大的面子。业务越来越少,挣不出饭钱,这不,就散了。"她轻轻叹息着,语气像烟雾袅袅,说剧团散了,家就没了。她们都是十一二岁就进的剧团,都把剧团当家,把师傅当爹妈的。家没了,爹妈散了,她们都成了后娘养的。她的情绪瞬间变得激愤,我都有点鼻子发酸。我说:"这样也好。奔波了这些年,是该过份安稳日子了。文化馆吃财政,是份死工资,撑不着、饿不死,但这份工作适合女人。"

她问:"你看过我们哪出戏?"

"《杨三姐告状》。"想了想,我兀自笑了下,"当年有个女扮男装演高小六的,我追着跑了几个村庄连看她的戏。"

她嗷地叫了一声,一下抱住了我,使劲摇了摇:"亲爱的,那就是我啊!"

这算一种什么感觉呢?我有点想不出。我看不出她与当年的高小六有什么关联。她体态有些胖,脸上有许多雀斑,身材也看不出优势,如果不穿高跟鞋,跟我不相上下。舞台上的那种光鲜真的没留印迹,也许是年岁大了?看出了我眼神中的内容,裴红解释说,剧团散了以后,她在家里窝了八个月,体形就是在这八个多月里走样的。不练功,心情差,整天就是吃了睡、睡了吃,皮肉都睡散了。我心里很不是滋味,仿佛是年轻时的一个迷彩气泡,得知她是女扮男装时破了一次,眼下……又破了一次。这次破得彻底,断了我心中所有的念头。想起大热的天我追了她一程又一程,如何能想到有朝一日她会来到我身边,而且是以这样一副慵懒和憔悴的姿容?淡淡的意味里,有一种对她的悲悯,可又不全是。还有一点幸灾乐祸?好吧,确实有点幸灾乐祸。她也才三十出头,艺术生命被拦腰折断,吃了那么多苦练的童子功,到文化馆派不上用场了。文化馆不唱大戏,充其量在各种节日演个表演唱之类的。

菊花节办了七天,经济效益、社会效益都海了去了,当然这是广播里的说法。单位组织看电视直播,签约的场面花团锦簇。县长胸前戴着花,笑得嘴都咧到耳岔子上去了。那些签约的项目都是大数字,让人一听就心神激荡,感觉县里马上就要有好日子了。我和裴红的关系就像热闹的菊花节,节节攀升,只要是在单位,几乎是形影不离。一块去厕所,一个蹲着一个看着;一块去逛街,买了铁蚕豆你一粒我一粒。裴红喜欢花钱,哪天不花钱就肉皮子发紧。那天开总结会,我和裴红主动坐到了一起。我悄声说:"剧团解散,就是因为财政太紧张了,养不起。若是以后形势好了,剧团说不定还会再拉起来。中央都在讲不能一手软一手硬,硬的是经济,软的是文化。有朝一日两手都硬起来,剧团就又活了,到那时,你还想去演戏吗?"裴红却不降低分贝,旁若无人说:"想啊。我天生就是为舞台而生的。你不知道我多热爱舞台,只要面前有观众,吃再大的苦,受再大的累,我也不怕。"我心说,在一个县剧团,演到老也不会成为艺术家,哪里值得那么留恋?但嘴里说:"你可真行。听说你们在外演出经常风餐露宿。"裴红说:"只要有人爱看,风餐露宿怕什么!"此时会场鸦雀无声,我这才发现,几乎所有的人都在看我们。楚馆斜着牛铃铛眼往这里瞥,看意思已经容忍我们许久了。我恨不得找个地缝钻进去,裴红却是个不怕死的,张开嘴又要说什么。楚馆厉声说:"外头说去!"裴红起身就往外走。她也想拉我,我没敢动。看着她出了门,楚馆剜了我一眼说:"跟好人学,别跟不三不四的人学。"我羞得满脸发热,嘴里咕哝了句:"谁不三不四啊!"

为期一周的菊花节结束了,大街上的那些花朵都凋零了。好一些的被人拿走做插花,更多的被人踩烂了,成了垃圾。地上一片片红一片紫,看着那叫触目惊心,这都是钱啊!办公室的窗台上摆了一排罐头瓶,裴红把捡来的大朵小朵菊花都插到了我们办公室。柯大姐说:"你咋不把花拿到文艺组去?"裴红说:"我不,我愿意插到这里。"柯大姐说:"快要谢的花有一种烂柿子的味道,不好闻。"老廖说:"黄花不是吉利花,你没文化,不懂。"裴红直勾勾地看着我,我假装看书。裴红赌气地把所有的花都收走了。我无言地看着她的背影。老廖踱着方步走过来,对我说:"你没听馆长说吗?裴红是不三不四的人,你少跟不三不四的人交往。"

我终于了解了些裴红的历史。裴红年轻的时候是团里的台柱子,模样好,嗓子也好,本行是小生,小闺门旦也能演,经常充当救火队救场。十七八岁的时候,团里明令不许谈恋爱,裴红不管那一套,恋爱谈得轰轰烈烈。春天,剧团到山里演出,青杏只有鹌鹑蛋大。她吧唧着嘴说:"想吃酸的了。吴晓东,上树给我摘几个。"吴晓东就是她对象,人窘得不行,最后也不得不乖乖爬树给她摘青杏。这下整个团里都知道了,裴红怀孕了。别人不许谈恋爱,裴红居然敢怀孕!还居然敢这样大张旗鼓!可团里拿她没什么办法,因为哪场戏也缺不了她。两个人匆匆结了婚,可这个孩子没保住,有一次,下乡演出坐的拖拉机翻了,一车人都被甩到了桥底下。裴红大出血,孩子没了不说,子宫宫颈还出了问题,从此没了怀孕的条件。

她跟吴晓东结婚五年,吴晓东很宠她,把她当公主。下乡演出回来,她往床上一坐,说想吃鸡了,吴晓东半夜也出去给她买;说肚子疼了,吴晓东就半宿半宿给她揉,把她揉睡了自己才去睡。因为婚后几年没怀孕,医生都说她的子宫有问题,可她非逼着吴晓东喝汤药。剧团的人都为吴晓东鸣不平,吴晓东人长得精神,在乐队坐头把交椅,裴红那么作,凭什么呀?!

有一次演《穆桂英挂帅》,裴红扮演杨宗保,去邻县遵化演出,一个富二代看上了裴红。那小子是个小公鸡,刚会打鸣,每个晚上都抱着一束玫瑰等在台后。开始吴晓东都没当回事,裴红比人家大五岁,还不会生养,富二代乐意,富一代也不会乐意啊。有一天睡到半夜,吴晓东一摸身边没人了,才心说不好。裴红与小公鸡的这场恋爱持续了一年多,裴红离了婚。吴晓东曾经求过她,说富二代靠不住。可裴红说,跟富二代待在一起才是幸福生活,哪怕这种幸福生活只有一天,都值得用一辈子去换。裴红离了婚,小公鸡却过了新鲜劲,不想娶她了。裴红拿了根绳子到人家家里去闹,说:"哪怕跟小公鸡结一天婚,也得嫁他一次,否则这辈子就是有他没我、有我没他。"那家人怕出什么事,答应了她的要求,让小公鸡跟她领证、结婚,可婚后一天都没让她进家门。第二次婚姻就像进了一座魔鬼城堡,她压根儿没往里面送过脚印。

难怪裴红显得孤寂,原来文化馆的人都知道她的底细。

老廖是退伍军人,说话口糙,写出的小品、相声之类的也是脏话连篇。柯大姐是回乡知青,去过一次海边,连续几年写的诗都带海腥味。全文化馆的人都羡慕我们创作组,因为我们三人也占一间办公室。美术组八个人,文艺组十二个人,他们的办公室桌子挤得就像搭积木一样。所以裴红爱往我们屋里跑,我以为她是来找我的,后来我发现,她跟柯大姐和老廖都聊得来。有时候我不在,他们也聊得很热闹。

老廖有一种念珠,据说挂在脖子上能治病。裴红那段时间颈椎不好,有些压迫神经,晕起来就天旋地转。念珠卖一百五十块,如果多拿几串卖给别人,自己可以白挂念珠,还能赚钱。裴红动了心,答应先买十串。转天早晨一上班,柯大姐拿来了一个淡粉色塑料盆子。她把裴红叫了过来,说:"你先拿回去泡脚,这个盆子下面有电磁,通过神经末梢一直往上传导,可以直达颈椎。盆子只卖七十块钱,你如果卖出去五个,就可以赚一个盆子。"柯大姐正在这里说,老廖冲了过来一脚就把盆子踢飞了,说:"你泡脚丫子治颈椎,剃头削鼻子——好大的脸!"柯大姐也不示弱,说:"你的破念珠能把真和尚都挂假了,还说能治病,纯属扯淡!"他们在那里吵,吸引了全馆的人围观。裴红一溜烟地钻出了人群。厂房后面是一大片荒草地,能拍《聊斋》。我找到她时,裴红正在捉蚂蚱。她用一根长毛草的草茎把蚂蚱穿起来,大个的蚂蚱能有两寸长,有尖头的、方头的,有绿色的、土黄色的。方头的蚂蚱称作油葫芦,能发出一种"咕咕"的叫声。我问她逮蚂蚱干啥用,她说油炸了很好吃。我又好气又好笑,说:"老廖和柯大姐吵得不可开交,你却没事人一样。"裴红说:"他们吵与我没关系。"我问她是咋想的,她反问我:"啥咋想的?"我问:"你到底是想买念珠还是买塑料盆?你先答应了谁?"裴红说:"让他们吵去吧,谁的我也不买了,没有他们我照样能赚钱。"

我扑哧笑了,觉得裴红的想法怎么像个小孩子。我问:"你到底是想治颈椎还是想赚钱?"

裴红说:"我想赚钱都想疯了。你们都有的靠,我靠谁?"

裴红解释了一下那个"靠",是指家里的那口子。两个人有一个工资有保障,日子就不这么提心吊胆。剧团解散后那八个月,她一分钱的收入也没有,她穷怕了。我说:"你那么明白,怎么不再找一个?"她说:"你以为是去市场买牲口,随便拉来一头就行?"

"传销"的事就这么不了了之,老廖和柯大姐彼此臭,谁都不跟谁说话。裴红却照样来我们这里串门,那两人不理她,她就跟我说话。有一天,她喜眉笑眼地进来对我说:"快摸摸我的两只小手,滚热。今天我吃鱼了。"

看见老廖和柯大姐交换了一个鄙夷的眼色,我也没好意思表示什么。鱼不是稀罕物,但也不是想吃就能吃的,最起码在我家还是这样。

文化馆终年处在无所事事的状态。打牌的,跳舞的,这都算是好的,最起码人在单位。僧老师经常人来打一晃,就神龙见首不见尾。据说他给一个广告公司做文案,收入很可观。县里出台了种种政策繁荣经济,提倡公职人员去夜市做些小买卖,或者以物易物。于是整个县城都成了大市场,晚上路灯一亮,街上就像赶大集一样。县长跟一个企业家一起逛夜市,成了报纸和电视台的头条新闻。他们原本是不睦的,两人携手揽腕上头条新闻,既是姿态也是信号。同属一个系统,图书馆的人几乎"倾巢"而出,小买卖做得五花八门,针头线脑、手工制品,吃的、穿的、用的,甚至家里有啥卖啥,每天上班第一件事就是彼此分享心得和收获。文化馆却一个做买卖的也没有,大家自恃是知识分子,拉不下这个脸。图书馆的人说,文化馆的人天生是受穷的命。市面流行一种套圈的游戏,两块钱给十个铁环,几米外摆放着各种毛绒玩具或生活用品,看中什么套什么,只要能套住,东西就归你。文艺组的人从中看出了玄机,他们在那间大厂房里用砖头瓦块练套圈,把手练熟了,希望能在外面套得百发百中。还真有人套来了许多东西,只不过拿回来才知道,那些东西都是伪劣产品,毛毛熊肚子里的棉花都被拉到外面来了。

裴红素来不跟文艺组的人一起玩,文艺组的人也自觉闪着她。人家成群结队去逛街,就没人招呼裴红一声。她跟美术组的于一丁摽在了一起。于一丁上中央美院时学的是泥塑,曾经塑过《水浒传》里的一百单八将,可他塑谁不像谁,这在文化馆也是"美谈"。于一丁高挑的个子,脸上有深深浅浅的疤痕,据说是天生的,眉毛、眼睛摆放得都很合理,就是眼角、眉梢往上吊得不像话,看着不像好人。那天早晨他请裴红吃小笼包,两块钱一屉,裴红吃了两屉。我从那里过,正好看见了。我问他们俩怎么赶在了一起,裴红说:"我今天要给于一丁打工,于一丁今天是地主。"原来于一丁是彩票爱好者,他经常守在那里分析中奖走势和概率。如果确定彩票所剩不多而有些重要的奖项并没有被人摸走,他会把剩余的彩票都买到手里。他最多中过两万块,也中过彩电、洗衣机之类的大宗商品。据说他家的很多东西都是他抽奖抽来的。那个晚上果然有喜讯传来,裴红在彩票摊前守了一天,断定有个五千块的彩票还在票箱里。于一丁当机立断,用八百块钱把彩票包圆儿了,结果不出所料,于一丁一下就赚了四千二百块钱。

裴红对我说:"我真傻,我咋不自己把彩票包圆儿呢?"

我说:"是啊,你为啥不自己包圆儿呢?"

裴红说:"有个事情我忘了跟于一丁说,有两个人买了四张彩票并没有现场开启。"

我说:"那两个人运气差,否则于一丁就赔了。"

裴红说:"我要赔了就麻烦了,存款一共也不到八百块钱。"

我说:"那你就别做梦了,乖乖地等于一丁给你分红吧。"

我去党校交报名费,回来看见裴红在街边站着。我说:"嗨,想什么呢?"吓了裴红一跳。她问我干啥去了。我说:"你也上党校混个文凭吧,反正单位给报销学费。"裴红噘着嘴说:"我认识的几个字都就饭吃了,哪里还上得了学?"她问我学啥文凭,我说专接本。领的几本书都在车筐里,裴红拿起来翻了翻。裴红说:"这么多字儿,我都认不全。"我说:"也不一定都认得全……党校的文凭好混。"我问她站在这里干啥,她说等我。我以为她在说笑话,也开玩笑说:"半天没见就想我了?"

我能感受到裴红越来越依赖我,这让我警惕。她跟我一起往单位走,说:"你能不能给于一丁说说,多给我点钱,哪怕给一百五呢?"我问他给了多少,裴红扭捏了一下才说:"给了十五。"我惊讶地问:"这十五块钱他是咋算出来的?"裴红说:"于一丁说了,现在的小工费就是这么多。"我说:"你不是小工啊。"裴红说:"他说我的工作就值这么多,我也没辙,才想起让你给我说说。"我叫道:"我说管什么用?他连楚馆都不放在眼里。要不你就找找老廖,他们之间关系不错。"裴红一牵嘴角,我就知道话说冒了。没买老廖的念珠,还要找他帮忙,好像老廖不是睚眦必报的人。来到月亮门前,就见于一丁正好从办公室里出来,左手捏着烟,使劲嘬了一口,把烟头使劲扔掉了。他从我们身边过,连正眼都没瞧我们。

一股阴冷的风吹走了我心里的所有热气,我心里忽悠了一下。过去于一丁对我不是这样的,他喜欢跟我开玩笑。我看了裴红一眼。裴红递上去的笑脸像菊花一样,都没来得及绽开,就枯萎了。

她还想拉着我说话,我推托还有事,一个人闷闷地走了。

僧老师到我们创作组来,碰巧老廖和柯大姐都不在。僧老师坐在老廖的椅子上,笑眯眯地问我:"想成仙吗?"我喜欢这个僧老师,总是黏糊糊的,睁不开眼,其实心明眼亮。我说:"我做梦都想成仙,您就告诉我怎么成。"僧老师说:"成仙也简单,说成三桩婚事,你就可以上天了。"我明白了,他这是要让我当媒婆。"您是不是惦记上裴红了?"我灵机一动。僧老师说:"你们俩关系好,你帮我渗了渗了。"我特别不爱听这话,拉长声音说:"好,我帮您渗了渗了。"僧老师说:"男方在交通部门工作,虽说比裴红大几岁,可还是个童男子,年轻的时候因为家庭变故一直没结婚。"我说:"您咋不自己跟她说?"僧老师说:"我跟她不熟。你们都是女人,好说话。"我说:"那我就试试,不成可别怪我。"僧老师说:"男方过去看过裴红的戏,所以你任务不重。"我说:"这是男方托您出来保媒了?"僧老师说:"我也想成仙啊。"

我把信息告诉了裴红,裴红也很高兴。单了好几年,估计她也寂寞坏了。因为两次婚姻几乎都是因为她年轻的时候耍麻包(没事找事型),所以她名声很响,这些年都没人敢给她做媒。这天中午她死拉活拽要我跟她去吃饭。她租住在城中村的一间倒房里,白天也要灯光照明。煤气灶就安在外面的走廊上,她用胡萝卜和鸡蛋做馅给我烙素合子。房东是一个与我年纪相仿的女人,过来搭讪说:"你过去是不是唱戏的?"我说我的嗓子像破锣,啥也唱不了。女人说:"裴红过去是唱戏的,扮相真英俊。"她拉我到裴红的屋里,只见墙上挂着大大小小很多相框,都是裴红的剧照,现代戏、古装戏,还真有饰演高小六的剧照,穿一身白色的中山装,是我少女时期的偶像。想起当年连看四场戏的日子,我的心里很不是滋味。我在那里盯着看,女人在旁边啧啧有声。看得出她是裴红的粉丝,而且属于一粉到底型。一顿饭我们三个人一起吃。我问起女人的丈夫,女人说在外搞劳务。她问起我丈夫,不等我回答,就被裴红打断了。裴红说:"你们都不说我做的合子好不好吃,夸我一句有那么难吗?"于是我和女人争先恐后地夸奖,皮薄馅大,油多肉少。裴红扑哧笑了,说:"根本没放肉,哪里是肉少?"

　　裴红下午四点去相亲,从我们办公室门前过,特意竖起两根指头晃了晃,一副志在必得的模样。老廖说:"她相不成。"柯大姐说:"她相得成才怪!"我奇怪他们怎么会这么说。柯大姐说:"你白跟裴红好了,你不了解她。"老廖说:"裴红是这样一种人,你要觉得她是只小鸡,她就觉得自己是只鸟;你要觉得她是只鸟,她就觉得自己是只孔雀。"我大不以为意,像自己相亲一样激动难耐,心里不太平,脚底下也不太平。柯大姐婉转地批评我,说:"你转得我头都晕了,你就不能坐下来歇歇?"

　　附近有一家寺院,名曰独乐寺,是安禄山起兵叛唐的地方,寺名有"众乐乐不如独乐乐"之意。想起此刻裴红正在那里独乐乐,我就总想笑。裴红很快就回来了,脸是灰的,擦着墙根儿走。我心说不妙,跑过去问她怎么样。裴红气鼓鼓地瞪了我一眼,吼了句:"你知道他是干什么的?"我说:"交通局的啊!"裴红说:"他是开卡车的,工人,司机!"我是有点意外,交通局有很高的楼,以为他们都坐办公室,原来还有开卡车的,没想到。可开卡车不也是份工作吗?裴红抹着眼睛说:"我知道你们都瞧不起我,我是落魄的凤凰不如鸡。在你们眼里,我就配给个工人当老婆。"她一扭身,把我撇下了。我心里很不是滋味,想工人这样的称谓,过去多响亮,现在居然这样没身价,也是落魄的凤凰。老廖他们一直在门口看热闹,此刻说:"怎么样,我说她相不成,你还不信。"柯大姐振振有词:"如果是小车司机,她会说不是干部。如果是干部,她会说不是科长。如果是科长,她会说不是局长。"我心里叹气,嘴上却什么都没说。老廖在后面跟着我进办公室,半真半假地说:"都怪那个老僧,是他打了埋伏。一个卡车司机还想娶干部,这是癞蛤蟆想吃天鹅肉。"

我一屁股坐到椅子上,问:"裴红是干部?"

柯大姐说:"事业单位的都是干部。她顶了干部的岗,就是干部。"

我去找僧老师通报信息,僧老师的消息比我的快,此刻他摸着光溜溜的下巴嘲讽说:"人家刚离两次婚,人家且得挑挑呢!"

好日子说来就来了。裴红穿了大摆幅的纱裙,我就知道她又要去跳舞了。开始是文艺组的人自娱自乐,后来被当作工作提上了议事日程。原来新来的县委书记在"三干会"上公开说:"连个三步都学不会,你还能干啥?跳舞就是交际,不会跳舞就像人不会说话一样!"跳舞被提到了这样的高度,想不成风都难。文化单位要领风气之先,楚馆号召大家一起动手,腾空了一间库房,抹了水泥地,安上旋转灯,摆了一排折叠椅,把文艺组的大功放机搬了过去,简易舞厅就算完成了。创作组和美术组的人都笨,也不想学。柯大姐没有乐感,老廖舞步像冲锋打仗一样,没人肯跟他搭伙。楚馆把学跳舞当成了政治任务,下班不许回家,把人都关到舞厅里,他在外面把门儿。音乐放得震天响,他靠在椅子上打瞌睡。也有人问他为啥不带头学,他比着自己的肚子说,实在太大了,能把人顶到一米开外,搭不上肩膀,搂不着腰。说得有些夸张,但也是实情。

馆里男人少,像我们这样个子高的就学走男步。我们都还没学会,文艺组的人已经出去交际了。机关、厂矿有舞会都会来请她们,管饭,还发钱。裴红每天都兴兴头头的,久不化妆的脸,突然浓妆出现,我都有点不敢认她了。舞姿和容貌,她无疑是最出众的。人家经常点名要她去,带谁不带谁,有时她说了算。我学了个半吊子,也在上瘾阶段。有天裴红对我说:"今天钨丝矿有舞会,我带你去吧。"我嘴上推辞,其实是有点不自信。裴红说:"你别把跳舞看得神秘,只要有好舞伴,用手一拉你就会了。"矿里来了辆面包车,把我们几个人拉了去。舞厅空间不大,还带一个"刀把"。我始终坐在"刀把"的位置,只有第一支曲子有人请我跳舞,连着踩了人家两次脚,那人一个劲说"放松,你放松"。可他越说我越紧张,胳膊像树枝一样直挺挺的,人家抖了我几次,都没能让我的胳膊柔软。曲子没跳完,我早就一身大汗了。我直不老挺的样子大概所有的人都注意到了,以后的曲子再没人请我。我开始无地自容兼度"时"如年。裴红的曼妙轻盈和美丽怎么形容都不过分,人与人之间的差距真大。舞厅里灯光很暗,谁都无法看清她脂粉下的雀斑。我想,舞厅真是个好地方,就好像专门为裴红这样的人开设的一样。

  舞会我去了这一次,就再不敢去了。裴红左三右四邀请我,我知道她是好意,脸上还是挂了鄙夷,说不喜欢那个地方。裴红动手来摸,似乎想把那层脸皮摸到手。我一闪,躲开了。这年的春节联欢会,裴红大出风头,她编、导、演的水鼓舞好评如潮。柯大姐写了个小话剧,有点沉闷,但沾了主旋律的光。老廖写的是相声,像他的人一样三俗,但包袱不断,活跃了整个演出现场。我一年就写了一首歌,请人谱了曲子,好歹在晚会上唱了。演员不熟练,唱得我出了一身汗,走出影院我都要虚脱了。

  一个长相帅气的男人经常来找裴红。每次来,他都站在月亮门下喊:"裴红!"裴红就忙不迭地往外跑,脸色绯红,神情娇憨得像个小姑娘。小坤包的链子吊在腕子上,她跑,坤包跟着她来回摇摆。两个人走出大门口就依偎了,男人把头伸过来,就……那样了。门房是个多事的人,总偷偷尾随着两个人,再当新闻说给别人听。有一天,男人刚站到月亮门底下,正好让老廖看见。老廖说:"你不是闵文利吗?"原来他们住平房时做过邻居,后来老廖搬进了楼房,把平房卖了。老廖喊他进来坐,给我们介绍时,说他是闵总,五金公司下属卖钢管的。两人聊得很热闹,我和柯大姐偶尔交换一下眼神,听出来了,这个闵总结过两次婚,都是因为他不着调被女人甩了,眼下跟女儿一起过,女儿要上初中了。他坐在那里抖腿,连椅子都跟着动。柯大姐小声对我说了句:"男抖贱,女抖穷。"我一口水险些喷出来,这话说得怪有趣。我问:"卖钢管的算不算干部?"柯大姐说:"你没听老廖说他是闵总吗?大概也是工人顶了干部岗。"我说:"那就能跟裴红平起平坐了。"老廖问他是怎么跟裴红认识的。闵文利说,是在舞会上认识的,两个人都被对方的舞姿所倾倒,共同完成一支曲子,那才叫珠联璧合。柯大姐说:"两人都热爱跳舞,有法过日子吗?"闵文利不客气地说:"你这是花岗岩脑袋——不开窍,跳舞也是生活的一部分,谁说热爱跳舞就没法过日子了?"

这回我们可有话题了。三个人上班凑齐了,就开场说裴红,预测裴红的婚姻走向。老廖还有独家秘闻跟我们分享。原来这个闵文利还骗过邻家的小姑娘。小姑娘正在读高中,暑假的晚上去他家听音乐,他假装放错了光盘,其实放的是黄色影碟。多亏小姑娘警惕性高,跑回家去告诉了父母。人家给他两条路,私了或者公了,结果那次赔了人家不少钱。柯大姐义愤填膺,说:"嫁给这样的人,裴红又要受罪了。"我其实也不喜欢这个男人,走路甩胯,有点作。那天一侧身,我发现他的裤子没拉拉链,整个气场都不好了。但我不想顺着柯大姐说,我说:"他们年纪都不小了,又都有过失败的婚姻,彼此应该知道珍惜了。"老廖说:"你这话说得一厢情愿,懂不懂得珍惜与年龄无关。"老廖不经常说在理的话,但这话让人无法反驳。

柯大姐私下对我说:"你跟裴红关系好,劝劝她吧。"

我很反感,说:"我怎么不知道我跟她关系好?"

柯大姐说:"馆里都知道你们俩关系最好。"

我说:"好不好我心里知道……再说,劝她的话怎么说?她信我还是信那个男人？"

柯大姐有点不耐烦，说："劝不劝是你的事，听不听是她的事。"

我说："我说不出口。"

柯大姐赌气似的说："明天我跟她说，我不能看着她往火坑里跳。"

我心里发出了一声冷笑。我知道柯大姐不会真去说，她这样说话不过是说给我听，我才不会上她的当。

裴红来送喜糖了，有关她的话题终于结束了。裴红的幸福溢于言表，每天只要碰到我，就说个没完没了。男人给她洗脚，抱她上床，每晚睡觉都让她枕着胳膊。我冒傻气地问："你不硌得慌？"需要装修婚房，裴红拿出了所有的积蓄，换地板，换暖气，换厨房用具，换床上用品，一万多块钱眨眼就没了，听得我直打冷战。我说："他怎么光用你的钱？"裴红说："两口子过日子，还分什么你的我的，谁有就用谁的呗。"可我想的是，万一婚姻出现波折，裴红的这些投入抠都抠不走。有一天，一个十二三岁的小姑娘跟她一起来上班，见人就叔叔阿姨地乱喊。柯大姐不乐意，说："我儿子都娶媳妇了，你管我叫姥姥吧。"小姑娘真叫姥姥，又把柯大姐叫愣了。她自言自语说："我有那么老吗？"她在那里转磨，把我们都逗笑了。小姑娘自报家门，说她叫闵洁洁。柯大姐说："叫闵洁就得了，多了一个字，多绕嘴啊！"

裴红对小姑娘的那种好，用柯大姐的话说，她纯粹是缺孩子缺的。袋子里装了两只苹果，小姑娘拿出一只想咬，裴红赶忙挡了，拿到外面的自来水管下反复冲洗。小姑娘在旁边说："在家里已经洗过了。"裴红说："洗过了也不行，袋子里也会有细菌。"小姑娘咬了一口，也想让她咬一口,裴红虚虚地做了一下咬的动作,那份亲昵,把我们都看愣了。老廖说:"这个小姑娘也是苦尽甘来,过去她妈比她爸还不着调。"柯大姐说:"裴红不是一个会关心人的人,那是没遇到爱情。"我再次让他们预测裴红的婚姻走向,两个人都不说什么了。老廖说:"闵文利再荒唐,冲女儿也该收心了。"柯大姐说:"三十大几的人了,也没啥可闹腾了。"

但文艺组的人都没这么乐观,有人私下对我说:"他们出去参加舞会,闵文利每场必到,就像文化馆的员工一样。每场舞他都会从第一支曲子跳到最后一支曲子,尤其喜欢跳恰恰和伦巴。见过爱跳舞的,但没见过这么爱跳舞的。"我说:"只要裴红当优点看,这应该没什么。"

可文艺组的人说:"关键是,他开始喜欢跟裴红跳,现在已经不喜欢了。"

事业单位改革的风声从春天就开始刮,再不改革也无路可走了。工资都是财政按人头核定的,还是八十年代初的标准。最早,文化馆只有七个人,除了正、副馆长,一个人管图书,一个人管文物,一个人管创作,一个人管放电影,一个人管组织演出。后来图书馆建了大楼,文化部门也成立了相应的机构,文化馆却骤增到三十多人,很大一部分是从企业转过来的。比如,有个人口哨吹得好,也当人才引进了。进来才知道,根本上不了台。财政供养不起这么多的人,便有了三年"断奶"的说法。开始说定员定岗,楚馆从外省市请来了三位老师,创作、美术、音乐各一位,用面试考核的办法,决定淘汰一批人。淘汰什么样的人,没有具体规定。我去考试时,老师就佛一样在床边坐着,穿中式罩衫和老头乐布鞋,床头是一张写字台,他把一只胳膊放在上面,撑着自己面团一样的上半身。他问了些基本情况,然后又问读了些什么书,创作过哪些作品。我提前并没有准备,但在那一刻,话说得云山雾罩。书读的都是经典名著,单拣外国拗口的人名说,把老师说得满脸茫然,想是那些书他都没听说过。说起自己的创作,我说我是写歌的,曾写过县歌,在春节晚会上演唱,台下掌声雷动。老师原来也是写歌的人,他看了看窗外没人,小声对我说:"这种考核就是走过场……你还年轻,别把自己耽搁了。"

说得我心里一激灵。

我说:"创作组一共三个人,我是最小的,他们总不至于让我下岗吧?"

老师含笑摇头,那意思是,你这样想就太天真了。

这天该下班了,我没走,挨到老廖和柯大姐都走了,我守在窗口等僧老师。文化馆谁都可能下岗,僧老师不会,因为以后还得办菊花节,满城的标语都在等着他。僧老师坐在我的椅子上,我坐在他对面。我不好意思提话头,僧老师先点破了:"是想打听上岗的事吧?"我问他有没有听到什么风声。僧老师摸着光溜溜的下巴说:"还风声呢,再晚你连汤都喝不着了。"我问啥意思。僧老师说:"考核只是手段,成绩不是标准。"我说:"屁成绩,就那样随便一问,能有什么成绩?"僧老师说:"你既然知道,还不赶快行动?"我问啥行动。僧老师恨铁不成钢的样子,点着我说:"人家都该揭锅了,你还跟我这打哑谜。"看我确实愚钝,僧老师凑近了我,小声说:"这年头,该出血就得出点血……

多亏老楚还是贪财的人,你知道吗?他手里还有一个名额……大概就在你和裴红之间了……"

"这么残酷?"我瞪大了眼睛。

僧老师诡秘地一笑:"你以为呢?"

惶惑地从馆里出来,我还是觉得不甘心。穿过一条主马路拐到了城中村的一条胡同里,依稀记得一户人家的外面挂着蓝布幌子,上写两个字:算命。我每次走到这里都会看一眼那扇门,猜想里面的坐堂先生是个什么样的人。我推开虚掩的房门,是贴在墙壁上临时隔出来的小屋子,很狭窄。师傅是一个四十几岁的盲人,有很高的身量。他坐在床沿,翻着眼皮对我说:"是问婚姻还是问前程?"我说:"问前程。"报上生辰八字,师傅用手一掐,说我遇到坎了,是大坎。这次若迈过去,就永远迈过去了。说得我直起冷痱子。我赶紧问:"若迈不过去呢?"师傅说:"那就栽在坎这边了,而且永远都爬不起来。"

我嘴里说着不可不信,不可全信,心里还是长毛了。

城南的那一片小平房,是埧城最早的商品房,我只知道楚馆住在其中的一幢房子里,但具体在哪一排、哪一幢,我却不知道。好在并不难打听,我问一个出来泼脏水的人楚为其住哪,她说她不知道谁叫楚为其。待我一说出文化馆,她恍然大悟:"你要找的是楚胖子吧?"她看了一眼我提着的袋子,说,"这两天来他家串门的真多。"她一直把我送到了楚馆家门口,帮我喊开了门。我从没干过送礼的事,进门都不好意思看楚馆。楚馆对我却很热情,喊他夫人倒水。他夫人是个特别朴实的人,看一眼我提来的东西,高兴得眼都眯成了一条缝。她说:

"是整条牛尾骨吧？明天正想熬牛尾汤呢，刚好你就送来了。"

我说："还有一箱酒和两筒茶叶，也不知道楚馆喜欢什么牌子。"

他夫人说："什么牌子不牌子的，他没啥讲究。"

坐在薄饼一样的沙发里，楚馆说："我对莫小琴印象一直不错，比那谁都强。"他没说那谁是谁。我心里打了一晃：难道说的是裴红？

我真诚地注视着楚馆，说："我从您身上学到了很多东西，特别希望继续给您当下属。"

话说得这样赤裸，我的脊背上似乎有无数只虫子在爬。但看得出，楚馆很受用。

转天刚到办公室，裴红在外喊我去厕所。我说我不去。裴红进来拉我，我只得跟着她走。裴红问："上岗的事你有谱吗？"我故意叹了口气，说："哪有谱？"裴红着急地说："你咋不想想办法？"我说："你都想了啥办法？"裴红说："我跟你不一样。他们总不至于让我下岗吧？论年龄，论功夫，论身体条件，文艺组的人跟我都不在一个档次。"我看了她一眼，裴红脸上都是自信。我说："就怕人家不跟你比这个。"裴红说："不比这个比啥？"我没说，想起僧老师的话，我对裴红有保留。进到厕所内，裴红小声说："你知道吗？楚馆手里接到的条子都有寸把厚。"我问："什么条子？"裴红说："几个局长写来的，还有县里的领导写来的，都是说情的呗。"我笑了笑，文化馆统共才几个人啊。裴红正色说："你别笑。创作组虽然人少，但那两个人都比你有背景，你是最悬的。"我问："你怎么知道？"裴红说："楚为其说的。"我吃惊地问："他怎么会对你说这些？"裴红蹲在坑上，摆出一副特别的样子说："他怎么不会对我说这些？"我着急了，说："你别说半截留半截，不知道好奇心害死人?"裴红跟我要手纸,擦干净了提着裤子蹭过来,几乎贴着我的脸说:"你没发现楚胖子看我的眼神跟过去不一样?他最近总找我谈心。"我激灵了一下,嘴里说:"怎么会?"裴红说:"他就会。"我说:"看来你是不会下岗了。"裴红说:"所以我才为你着急啊!你走了我连说话的人都没有,我比你更不希望你下岗。"

裴红像刚生完蛋的小母鸡一样,满脸都是红通通的,脖子努力往上挺,有点唯我独尊的架势。我不喜欢看她这样,沉默地离开了。

下岗名单贴出来,裴红一下子就哭了。她去找楚馆理论,说他用得着老娘的时候如何,用不着又如何,纯粹是狗娘养的。楚馆猫在屋里不敢出来。柯大姐传播小道消息,说:"裴红原本可以不下岗,不知谁给局里写了匿名信,说她与楚为其有一腿。局长找老楚谈话了,问他要裴红,还是要位子。老楚被逼无奈,只得抽刀断水。"老廖说:"裴红那样的人老楚也敢上,明显是饥不择食。"我端着一本杂志遮住脸,没放过他们说的每一个字。柯大姐问写匿名信的会是谁,老廖说:"还能有谁?肯定是与裴红有利益冲突的。"柯大姐见我半天不说话,故意说:"莫小琴,会不会是你?"她喊了两声,我才懒洋洋地说:"我与裴红有啥利益冲突?"老廖说:"莫小琴不至于,她跟裴红有感情。"柯大姐说:"裴红如果不下岗,莫小琴也许就下岗了。"

我把杂志摔在了桌子上,质问柯大姐是听谁说的。柯大姐赶紧说:"你别不识逗,我这是说着玩呢。"

老廖看不过,说:"哪有这样说着玩的?老柯你嘴太损了。"

为了应对可能到来的紧张的经济形势,楚馆整天外出跑项目。有一天,馆里噼里啪啦放炮仗,原来楚馆终于把项目跑来了。大卡车轰隆轰轰开进了院子,拉来了好几台机器。厂房车间是现成的,机器装在里面,大筒子房居然很像样子。楚馆带头到车间干活,肥胖的身子套一件小背心,阔大的后背流着无数条小河。他站在哪里,哪里就像下雨一样,地上周遭都是湿的。厂子是从河北某地移植过来的,算分厂,生产吃西餐的刀叉用具。局长过来开会,狠狠表扬了楚馆,说文化馆开了事业单位办企业的先河,这样即便将来财政一分钱不给,企业也能自己养活自己。

也有人发出疑问,说:"现在的企业不好干,很多国有企业都亏损,文化人办企业,能行吗?"局长说:"那要看办什么企业,有没有发展后劲。改革开放以后,人民的生活水平都提高了,西风渐行,全民吃西餐的日子指日可待。所以从这个意义上说,上马的这个企业完全可以说是技术含量高,前景好。楚馆是一个意识超前的人,全文化局系统的干部职工都应该向他学习。"有人问:"要是办厂赔了怎么办?会不会影响大家的工资?"局长拍着胸脯说:"赚了是你们的,赔了算我的。有文化局给你们做后盾,你们就放心大胆地干吧!"大家哗地鼓起了掌,群情振奋。为了突出主题,这年年底的表彰会就楚馆一个人上台领奖,大肚子上面顶着大红花,把全场都笑翻了。但楚馆不笑。他发言时声若洪钟,不时挥舞着拳头。尤其说到产值利税之类的数字时,会脱稿扫视全场,说不出的一种霸气。柯大姐兴奋地说:"文化馆这些年在整个系统的形象都是积贫积弱,以后终于可以扬眉吐气了。"

1997年的春天特别漫长,我们每天两班倒,到厂里干活。白帽子、白围裙、白套袖,像喂猪的饲养员一样。大家心气都不顺,说:"如果知道整天干活,倒不如下岗来得自在。"也有下岗的人回来瞧热闹,挂了一脸的幸灾乐祸。关键是,人每天忙得像陀螺似的,只比过去多为数不多的几块钱。我对金粉过敏,脸肿得老大,眼睛都挤成了一道缝。不能在车间干活,我到仓库当保管,可过敏症状仍然没有减轻。我只得休了病假。产品大概就走了三四批,外面的销路就断了。很显然,西餐并没有像当初预想的那样走进寻常百姓家,而餐具又属于耐用品,一套甚至能用一辈子。所以,这样的产品没有回头客。原材料都是赊来的,车间仍在正常运转,产品堆得到处都是。刚开始当礼物送人还正规,有人专门负责登记。后来简直是不拿白不拿,不送白不送,库房的门敞开着,过路的都能进来拿几把刀子、叉子。自从企业上马,就每天都在亏损。勉强支撑了两年多,局长被调走了,楚馆某一天突然不见了踪影,原来南下自谋生路去了,车间成了烂摊子,我们像没了娘的孩儿一样,整天惶惶不可终日。三个月以后才来了新馆长。新来的馆长姓代,每天都被要账的围追堵截。上班要瞅准了附近没人才做贼一样钻进办公室,下班有时要从墙头翻出去。自从来到文化馆,代馆长的眉头一天都没舒展过。他眉头不展,文化馆就没有哪天的日子是晴的。就像上顿不接下顿的日子,千疮百孔,任凭你的手再巧,也难以缝补所有的窟窿。代馆长看见那个车间就烦,脸就是黑的。他不知从哪里找来了木板,把车间的大门整个封堵了,把那些产品拉到大集上去卖,一块钱给好几把刀子,一把刀子带一群叉子。老百姓肯定不是拿去吃西餐了,而是去切黄瓜了。

某一天我与代馆长攀谈,发现他是我的一个远房表亲,要说远得不能再远,是我奶奶表弟家的孙子。既然攀得上亲戚,就是良性关系,我张口就叫他老表兄。有一天他对我说:"虽然是后取学历,你的条件也算突出,又是党员。馆里正好有一个副馆长指标,你要不要争取一下?"

那还用说?

我当晚就把两条软中华送到了他家里。因为是第二次送礼,我已经很有些经验了。礼物要轻,价值要重。我提前把他家的位置摸清楚,把他老婆的模样认准了。门敲开,先喊表嫂,后喊表兄。表嫂特别高兴,说没想到这个地方还有亲戚,以后常到家里来。

两条软中华抵我好几个月的工资。我心说,常来,来得起吗?

文化馆下岗的那十几个人就数于一丁过得好。南方修建了许多寺庙,他的泥塑手艺派上了用场。虽然塑什么不像什么,但塑多了居然自成风格,他在南方名声很响。当然这些名声传不到北方,都是于一丁自己说的。他春节回家来,浑身的名牌,脖子上、腕子上金光闪闪。四千多块钱的手机拿在手里,没事就翻开看看。脸上的坑洼也被化妆品抹平了,看上去像打了一层泥子。他笑话僧老师太保守,只肯在小店里赚小钱。若是到南方施展身手,僧老师早发大财了。僧老师黏黏糊糊地说:"我不想发大财。"于一丁说:"不想发大财的人民不是好人民,这是某领导人说的。"大家都说,于一丁去南方几年,都会说政治话了。于一丁一阵游说,僧老师无动于衷,倒把老廖说得心眼活动了。老廖他俩关系最好,过去在馆里一唱一和,被人"誉"为"狼狈为奸"。老廖转天就交了辞职报告。我问他有没有想好干啥,老廖说:"不论干啥,都比在文化馆混吃等死强。"柯大姐告诉我,老廖的岳父掌管着本地最大的酒厂,所以,老廖不愁出路。我问柯大姐怎么办?自从办了那个餐具厂,工资发不到百分之五十,日子眼见得捉襟见肘,连孩子的奶粉钱都成问题。可柯大姐稳稳地说:"只要文化馆在,我就在,不管发不发钱。我这一辈子,就跟它熬下去了。"其实我也是这样想的,连个小买卖都不会做,放到社会上,自己能干啥?

有一天,于一丁从文艺组出来,我正在院子里洗手。他朝我走过来问:"裴红呢?咋没看见裴红?"

我没好气地说:"你不问文艺组的人,倒来问我,什么意思?"

于一丁嘴里打快板:"啧啧,怎么说话呢?你不是领导吗?再说,你跟裴红是姐妹花,我不问你问谁?"

我呸了他一声:"你才跟她是姐妹花。"

于一丁说:"裴红就是没心眼。你刚进馆里的时候也没心眼,后来心眼比筛子都多,都是老廖、老柯'栽培'的。"

这话似乎有弦外之音。我把手上的水朝他脸上甩,于一丁告饶地喊"妹子饶命",嘻嘻笑着跑远了。

欢天喜地跨入了新世纪,我们坐在馆里那台老电视前,看央视在浙江衢塘直播新世纪的第一缕曙光。大家摸着黑就来上班了,就为了在一起看节目。2000年是个不一样的年份,在上初中、高中时就盼望着,说要实现四个现代化,仿佛那是天堂里的日子。变化其实早就在生活中体现了,手机代替了呼机,小房子变成了大房子。只是,家里的寥寥存款变成了银行的大额贷款。但这些都不能让人满足,文化馆还是那个破院子,本系统的政协委员和人大代表在两会上哭穷,希望能解决工资问题。这年的二月份,上面来了新精神,文化要吃香了。那晚代馆长把电话打到了我家里,高兴得像是盼到了深山出太阳。他说:"新上任的贺局长明天要召开座谈会,这个座谈会要网尽本系统的各路精英,研究文化发展方略。'三个代表'重要思想的其中之一就是始终代表中国先进文化的前进方向。以后我们要甩开膀子大干一场了。局长觉得文化馆是能人荟萃之地,所以多给了几个与会名额,并且特意提出要求,不要因为文化人有不同意见就不让他们说话,只要他有才,我们就给他舞台……"这个电话打了足足一个小时,让谁出席、不让谁出席,真是穷尽心思。按说僧老师是必须要出席的,他是文化馆的标志性人物。可他怪话越来越多,经常倚老卖老,让人下不来台。有一天,局长新买的轿车停在了院子里,僧老师围着转了一圈,说屁股底下一座楼,好大的屁股,借着灰尘,在汽车的尾部画了个大屁股,把局长气得脸都绿了。我和代馆长一致同意把他屏蔽,估计僧老师在会上第一句话就会说工资问题:"既然我们都先进了,先把工资补齐了再说。"他没有多少大局观念。经验告诉我们,会上不能提钱,提钱领导准急。

座谈会开得很成功,大家发言踊跃,但几乎都是表决心。没有一个人说问题,而问题往往都是令人头疼的:文化馆的工资待遇是秃子脑袋上的虱子——明摆着的;图书馆的购书经费问题,他们已经很多年没添置新书了,去年只买了一本书,说出来都是笑话;电影院的提升改造问题,观众还是坐小木板椅看电影,头上都露星星了。你不提,我不提,他也不提,座谈会开得祥和融洽,贺局长很满意。他说搞文化的人素质就是高,上下同心,何愁文化事业不兴旺发达?他说他没来之前文化一直提不上议事日程,他来做局长后文化突然就成了一方代表,这说明了什么?说明他与文化有缘,说明他得在文化事业上大干一场。大家都很激动,是因为贺局长的脸上有一种久违的神采,这种神采足以影响和照耀周围的人。他还批评了文化馆干企业,说:"搞企业的人都挣不来钱,你们一群唱歌跳舞、写字画画的能挣钱,还要企业家干什么!你们的任务就是活跃人民群众的文化生活,这项工作干好了,就是全县人民最大的福祉。钱的事,不用你们去想!"

不知代馆长怎么样,我都要流泪了。听多了让文化人自谋出路的话,贺局长简直就是尊活菩萨。

日子一天一天往深处走,才逐渐发现,天照样该黑就黑、该亮就亮。座谈会鼓荡起的热情都被现实中的冷风一丝一丝抽走。生活没变化,工作没变化,工资没有变化,一切都和原来一模一样。这年年底,有一次大规模的调资活动。国务院发了红头文件,让各地把政策落到实处,否则严惩不贷。得知这个消息,大家议论说,贺局长就是为了乌纱帽,也该下拨点资金了。各单位的工资都涨完了,文化馆还是大窟窿小眼的债务,工资单上没多一分钱。以僧老师为首的几个老人准备去告状,他们起草了一份告状信,数说工作和生活的种种艰难,批评前任局领导当初信誓旦旦,承诺企业赔钱也不影响大家的工资,现在却都撒手不管。柯大姐是个胸怀宽广的人,一向不给领导找麻烦。所以她一边帮忙起草告状信,一边把告状信的内容告诉了代馆长,让代馆长积极应对。代馆长跟我商量:"怎么办,是鼓励还是阻止?"从心里说,我愿意他们把情况反映出去,现在大家都是一根绳上的蚂蚱,一损俱损,一荣俱荣。万一县里的领导善心大发,给文化馆下拨资金,我们岂不是最大的受益者？抱着一种侥幸的心理，我们决定睁一只眼闭一只眼。僧老师带人直闯县委机关，只有一个办事员接待了他们。办事员看了他们的材料，说："反映问题应该去信访办，那里专门有领导接见。"二十几个人又去了信访办。信访办的人说："你们这样多的人谈不了问题，推举三个代表。"于是僧老师喊柯大姐，柯大姐却一溜烟去了厕所，再没出来。僧老师等得实在不耐烦，打发人去找，哪里还有柯大姐的踪影？有人说，柯大姐只是往厕所方向走，一边走一边佯装解裤子，其实并没有进去。

贺局长是从乡镇上来的，是有名的火暴脾气。他工作的乡镇在山区，三年倒有两年发生了大事故，一次是山体滑坡，一次是森林失火，把他晋升的路烧窄了，他的心里远不像表面那样祥和如意。这天中午，他把代馆长和我叫到了办公室，劈头就把一沓材料摔到了代馆长的脸上。他说："我看这个馆长你是不想干了，这么多人上访你连个屁都不放，你是聋子还是哑巴？"代馆长看了我一眼，说他不知道情况。我也战战兢兢地解释，我们确实不知道情况。贺局长啪地一拍桌子，指着我们俩说："撒谎！你们以为我是傻子，由着你们糊弄？你们敢说这份上访材料你们事先不知道？"完了完了，我和代馆长绝望地对视一眼，知道有人告密了。代馆长腿一软，坐到了椅子上。贺局长一指门口，大声说："不给我作脸，你还有脸在我这里坐着。我没有你们这样的下属，滚，都给我滚——"

时间像拉长的线一样没有尽头。上班喝一杯水，下班喝一杯水，一天的工作就算结束了。过去这个大院落就有些荒凉，后面的那块草地适合拍《聊斋》，现在就更合适了。我经常到草地上坐着，一坐就是老半天。这日子可真是难死人了,捧着烫手,丢了不舍得。代馆长开始上任时还热火炭儿一样,有这样那样的想法,一段时间过后,也把想法都磨没了。

这天我去给鞋跟钉掌,怎么那么巧,碰到了裴红,她是来补鞋子的。我们坐在两只相邻的马扎上,好半天不知说什么。看见她,我就知道我不是最难的。裴红的日子一看就没过好,黄脸打卦的,衣服长短不齐。我挖空心思想说点什么,刚要张嘴,裴红突然小声问我:"你知道克伦特罗吗?"我摇摇头。这么洋气的名字我听都没听过。我问:"是衣服品牌?"裴红告诉我,是一种饮品,就像咖啡伴侣一样,是白色的。我敷衍说:"听起来你日子过得不错,我都不记得咖啡的滋味了。"裴红欲言又止地说:"闵文利爱喝咖啡。"我问闵文利怎么样。裴红说:"他好着呢,跳舞的瘾就像抽大烟,一辈子都戒不掉。"我说:"舞厅都倒闭了,他去哪跳?"裴红说:"他去广场啊,每天不到半夜不回家。"裴红告诉我,她下岗后一分钱的收入都没有,吃人家的、喝人家的,人家早就不耐烦了,所以自己再烦也得忍着。我偷偷瞄了她一眼,裴红眼睛直直地望着虚空,脸上一团寒气。我问:"你就一直没想干点什么?"裴红说:"不是我不想干,是我干不了。"她把小腿亮出来给我看,上面横七竖八爬满了"蚯蚓"。裴红解释说,因为静脉曲张得厉害,她站也站不了,蹲也蹲不了,整个一废人。我问:"咋不去医院看看?"她说:"钱呢?我经常一分钱也没有。"我说:"闵文利不管你?"裴红说:"他心里没我。"鞋子修好了,她撑着马扎站起身,趿拉着鞋子要走,转过身来突然说,"我要离婚了。"我愣了一下,她又说,"天真要绝人之路。莫小琴,这次再离婚,我就不想活了。"

裴红的消息我总能听到一些。开始结婚时,两个人经常一起出入舞厅,珠联璧合。后来就出了问题,闵文利不喜欢跟裴红跳舞了,裴红不允许他跟自己以外的人跳舞。这个矛盾日益尖锐且无法调和,吵闹经常发生在后半夜,搅得四邻不安。一个叫小团子的女人爱上了闵文利,她有时半夜去叫门,说:"裴大姐给我开开门吧,让我看他一眼,看不见他我要死了。"裴红让她缠得没法,就给她开了门。小团子爬到床上不起来,有时就三个人一起睡。这些情况就像笑话一样在坊间流传,让人觉得不可思议。谁都不知道裴红是怎么想的,她个子不小,也有力气,模样也不输给任何人,怎么就能容许这样的事情发生?她长手长脚是干什么用的!理由只有一点,她爱闵文利,爱得很卑微。她在努力维系这段婚姻。

　　人一闲就喜欢胡思乱想。别过裴红的这段日子,我整天坐立不安。我想这里面似乎有差头,这差头似乎又与我有关,有什么关,我又说不出口。我对代馆长说:"帮帮裴红吧,她好歹算文化馆的职工,身体不好,没有收入,又要离婚,连住处都没有。"代馆长问我:"怎么帮?"我说:"让她回来上班,给她解决一间宿舍。馆里的工资虽然有限,但也强过她一分钱的收入都没有。"代馆长说:"你也看见了,哪有空房子?"我说:"可以把那间仓库腾出来。里面都是些破烂纸箱子,还有一些刀子叉子,连梦中的西餐都没有碰过。反正文化馆就是这个烂德行,没有肉吃,只能喝汤,多一个人,多兑一瓢水的事。"我软磨硬泡,代馆长很奇怪,说:"这个人的事你怎么这么上心?"我便给他讲我十七八岁的时候,追着裴红看《杨三姐告状》,还以为她是男的,对人家乱动心思。我说得添油加醋,代馆长听得哈哈大笑,说:"难得你有这份爱心。我答应这件事不是冲裴红,是看重你有这份情义。"

我口里叫着老表兄,给他作揖。他收住了笑,郑重地说:"这么帮一个遭难的朋友,你的人格值钱。"

我脸一红,说:"我哪有你说得那么好?"

我带几个人把那间仓库打扫出来,用木板搭了张床。床头糊了许多大美人的挂历。炉具安装好,还特意试了下烟囱是否通风。这是给裴红准备的一份礼物,她有退路也许就能硬气做人。做完这些我打心眼里愉悦,我帮不了别的,剩下的就要看裴红自己了。

我在一个午后去了裴红家。那天刮着白毛风,我是走着去的,边走边想,裴红关于离婚的话也许就是随便么一说,都不是小青年了,婚哪就那么容易离?还有那个叫闵洁洁的小丫头,该读高中了。当年裴红对她多好啊,闵文利冲这点也不会把裴红扫地出门吧!闵文利愿意离,小丫头也不一定依吧?我边走边胡思乱想。风把头发吹得都糊到了脸上,我倒着走,躲风。我知道裴红家的电话号码,完全可以不跑这一趟。但我对裴红的生活环境有些好奇,还想看一眼闵文利这个胡同串子现在成了什么样,我还真是挺关心的。

这一路我都咧着嘴,帮人的感觉真好。

依稀记得那片住宅叫四眼井,我曾随裴红来过一次。左边是一座小庙,里面曾经供奉威武大将军关云长。正殿早已坍塌了,网眼铁门上挂着一把大铜锁,钥匙不知在谁的裤腰带上。

老远就看见一户人家的门口围着一堆人,走近一看,原来是在办丧事,门口挂着白色的挂纸,里面却很安静,有两只鸟从门洞里飞了出来。再走近些就发现青灰色的门楼眼熟,门楼的上方还挂着一面小圆镜,是用来照妖的。是闵文利挂在那里的,当初裴红告诉我时,把我笑坏了。我心口扑通通直跳,没听说她这里住着老人啊。我问旁边的一个妇女,这家什么人死了,她叹了口气,说:"孩子正读高中,真可怜!"我心里一紧,急忙紧走几步,来到了门的一侧。我往院子里看了一眼,一堆纸灰显然刚烧过,还冒着青烟。闵文利怒气冲冲地从门里出来,手里拿着一截木棍,他在地上啪啪打了几下,被击中的灰尘翻飞起来,四处飘散。闵文利突然直着脖子号:"啊——"像匹绝望的野兽。

我没有再往前走,顺着原路回去了。没有见到裴红我有点遗憾,这事只能过几天再说。

三天以后,陆续有消息传了过来,裴红被逮捕了。

消息的主要来源是老廖,他是特意来通报情况的。一段时间不见,老廖像是一下长了本领,西装领带,裤缝能削萝卜,光亮的茶色老板鞋,苍蝇上去都打出溜。我从来没见他这么讲究过。原来他去一个公司做副总了,正式名称叫"下海"——老廖是海里的人了。老廖也因此成了名人,县里正鼓励公务人员下海经商,可北方人传统保守,任县领导说得天花乱坠,广大干部群众却都有一定之规,都心安理得地抱着铁饭碗,跟着领导一起吃财政。县里急于树停薪留职的"创业"典型,一下就捉到了老廖。老廖在各种会议上做报告,谈自己"下海"的心得体会,从不说文化馆发不齐工资,而是说要实现人生价值,挑战自我。那段时间老廖隔三岔五上电视,比县长的出镜率还高。

每次在电视里看到老廖,我都会想起裴红,心里会骂他挨千刀的,如果在竞聘上岗之前"下海",说不定就可以省出指标给裴红——我总觉得裴红就是被指标挤下去的,故意忽略别的。

因为与老宅还有千丝万缕的联系,所以老廖的消息应该比较准确:"那两口子,怎么说呢?总是吵啊吵、打啊打,没有哪天能消停。离婚也不知闹过多少场,但总离不了,是因为女人要条件,不给条件不走。女人身无分文,身体又有病,确实没处可去。可男人哪有什么条件?钢管公司计划经济年代效益好,一改革开放,就算没破产,也只发些生活费。孩子在高中住校,只有周末回来。男人爱喝咖啡,最近一段时间,他总觉得咖啡多了苦味,也没往心里去,但明显觉得身体不行了,手抖,心率过速,浑身乏力,有时候去舞厅连一支曲子也跳不下来,过一次夫妻生活会觉得丢了半条命。这天,孩子感冒回家了。她想喝杯咖啡,可嫌咖啡苦,就冲了一杯伴侣。喝完还想喝,又浓浓地冲了一大杯。喝完就不行了,浑身哆嗦,脸上的肌肉突突乱抖,头晕,站都站不起来。可脸上是小桃红的颜色,皮肤粉嫩粉嫩,像新出生的婴儿一样。送到医院人就没有呼吸了,医生说死于急性心肌炎。爷爷奶奶想直接送去火化,闵文利坚持报警、解剖,他总觉得孩子死得蹊跷。爷爷奶奶不干,才十六七岁的丫头,连个囫囵尸首都落不下,下辈子还能成人吗?家里因为这个问题闹得天翻地覆,到底老的没拧过小的。解剖结果出来了,原来是中毒。你们猜,她中的什么毒?"

柯大姐颇有信心地说:"一准是老鼠药。前几天还有个谋害亲夫的。"

老廖摇头。

柯大姐又说:"那就一定是毒鼠强!"

柯大姐总是这么自以为是。

我着急地说:"老鼠药就是毒鼠强,毒鼠强就是老鼠药。老廖快别卖关子了。"

老廖说:"料你们也猜不出来。丫头吃了过量的瘦肉精,她偏又是过敏体质,从吃下发病到死亡,一共不到三个小时。"

柯大姐说:"瘦肉精不是猪吃的吗?怎么给人吃了?"

老廖说:"人也可以服用,主要用于急救或肺科病,但不能过量,过量即中毒。"

我起了一身鸡皮疙瘩,难以置信地说:"这会与裴红有关?她哪来的瘦肉精?哪来的医学常识?"

说完这话,我脑子里轰地一下。

老廖说:"有些事,只有裴红自己知道了。但她想用这种东西控制闵文利,不能去跳舞,或者,不去跟别的女人乱搞,于是把瘦肉精放到了咖啡伴侣里。前一段时间闵文利只有轻微的不适,但还能出去跳舞。裴红赌气加大了剂量。只是没想到小丫头突然回来了,而且喝了两杯纯粹的伴侣,这才出了事。"

我起了一身鸡皮疙瘩,恍恍惚惚地走出了办公室。那间仓库简陋却洁净,青砖地上甚至留着笤帚扫过的痕迹。墙上的大美人冲我甜蜜地笑,恍惚间,大美人都是裴红的脸,各种各样的剧照,穿着白色中山装的高小六一身帅气,一点也不像个恶魔。

她是本色出演,心里没有魔鬼。悲哀像潮水一样吞没了我,我想到了那次竞争上岗,裴红遭受了一次打击。这次是毁灭性的,其中有没有什么关联?

我想是有的。假如裴红有一份工资,男人手心朝上,就不会这般嫌恶她。男人只要不那么过分,裴红也不会如此走极端。

我一巴掌打在了墙上,却不知拍的是什么。

裴红的判决下来那天,天上飘着大雪。告示贴到了公共厕所的墙上,我特意找到那里,使劲眨巴着眼睛看清了判决:判处有期徒刑十年。我的眼泪落在了雪地上,走一路洒一路,想起了她说过的"克伦特罗",到网上一搜索,果然是瘦肉精。

如果用手比画"三",大概有两种方法:一种是大拇指和小拇指搭桥,中间竖起三根指头;一种是做成 OK 状,大拇指和食指相顶,竖起后三根指头。这是一般人。僧老师不是一般人,他是让后面两根指头卧倒,竖起大拇指、食指和中指。他的大拇指很短,像削秃了的铅笔头。僧老师说:"你们知道一个人发财出名需要多长时间吗?"不等别人回答,他就把那个"三"亮了出来,大家哗地笑了,僧老师的那只手像只别爪子。都以为他在说老廖,老廖昨天上报纸了,整个一个大版,是他们集团公司的广告,上面还有老廖的照片,英气逼人。可僧老师说:"于一丁的珠宝行要开业了,县里的领导都要去剪彩的。"这话让人有点转不过弯来,他不是在南方塑佛像吗?可僧老师说,那早就是老皇历了。他昨天一天都在给于一丁布置展台,翡翠、玉石、玛瑙、金镶玉、玉镶金,都是真家伙,随便拿一件装进口袋,就能发财了。僧老师遗憾地拍了拍口袋,那里面空空如也。正说着话,于一丁一甩一甩地进来了,先给男士发烟,给女士发巧克力,然后坐在了一张桌子的桌角上。于一丁说他的珠宝行明天开业,请大家无论如何去捧个场。会唱歌跳舞的去出个节目,他已经请了市里的演出团体,把节目报给主持人,随便夹在哪里都行。苗乙乙端着大罐头瓶进来找开水,于一丁眼前一亮,说:"这个妹子是新来的?这么长的腿可不多见。"有人告诉他,苗乙乙是跳芭蕾的,来馆里好几年了。于一丁说:"妹子,明天去哥那里跳个舞吧。"苗乙乙说:"好啊,你给多少钱?"于一丁说:"谈钱伤感情,这么着,我送妹子一件翡翠挂件,保证是 A 货。"苗乙乙问:"啥叫 A 货?"于一丁说:"纯天然的就是 A 货。天然的就比人工的好,我要让妹子永远记住我。"大家更关心于一丁怎么突然想起做珠宝生意,这得多少底垫啊!于一丁说:"我知道大家对这个感兴趣,这里有个传奇故事。"

于一丁说,他跟人到中缅边界塑泥像,那里山高水深,附近有个石洞,当地人谁都不敢进去,说里面经常发出一种声音,很瘆人。有一天,他闲着没事自己举着火把进去了,大约走了一百米,发现里面金光闪闪,水滴在石头上的声音很密集,从狭长的洞口传到外面,就变成了一种像把口哨声挤扁拉长似的声音。他大着胆子走了过去,发现那些金光闪闪的东西是大块的翡翠玉石。

他许多天吃不好睡不好,这个秘密他不愿意告诉别人,怕惹来杀身之祸。可自己又束手无策。最终,他们三个人把这个秘密分享了,另外两个人一个是云南的,一个是四川的。

整体的石材运不过来,便在云南分割加工成了首饰。里面的惊险可以写一本书,要和珠宝贩子巧妙周旋,要和黑社会斗智斗勇。可以说,这些宝物都是他用生命换来的。

我注意观察一张一张脸,他们有的信,有的狐疑。于一丁却不管别人态度如何,从桌角上跳下来,对大家说:"明天上午九点十八分开业,谁不去谁不够意思。"

我问代馆长去不去参加于一丁的开业典礼,代馆长说不去。"我不去,你也不许去。"代馆长很少冷起脸说话。于一丁到馆里来没拜码头,过去他不把楚馆放眼里,现在代馆长也不在他的眼里。可他请了我,这让我很为难。转天只有代馆长我们两个看房子,外面锣鼓喧天,鞭炮齐鸣,间或有震天响的音乐声。我借着上厕所拐到那里看了看,恰好看到苗乙乙在跳舞。地上铺了红地毯,红的、绿的花纸在天空飘扬。苗乙乙因为没穿演出服,看不出她跳的是什么舞,有点像天鹅,又有点像孔雀。我没敢多逗留,就从那里跑了回来。

于一丁的生意好成什么样,只有上帝知道。旁边的金店冷冷清清的,他这里却总是人满为患。他隔三岔五到文化馆来,是为了苗乙乙。他一直鼓动苗乙乙给他做领班,工资是现在的两到三倍。苗乙乙有着惊人的定力,始终无动于衷。有一天,于一丁把自己新买的越野车开了来,拉着苗乙乙去了趟北京。原来,他在王府井新开了一家珠宝店,顾客都是影视圈的人,多大牌的人都有。他对苗乙乙说:"哥不说给你多少工资,钱在柜子里,想要多少你自己拿。住的地方都租好了,邻居都是外国人,楼里能打羽毛球,楼顶上能游泳,还有专门的地方跳芭蕾。"苗乙乙回来就辞了工作。她老公坚决不同意她去北京发展,两人为此离了婚。两年以后,于一丁跟家里的老婆也离了婚。我们以为他会娶苗乙乙,谁知他居然娶了电影明星。结婚的场面在网上直播,明星穿着雪一样的白纱裙,声音甜得发腻。她说她不图钱,就图于小丁这个人。他的父母都是高级知识分子,从小受过良好的家庭教育。我们都很吃惊,于一丁怎么改名了?他父母都是在水库打鱼的,怎么变成了高级知识分子?有人当即给他打电话,发现他留给我们的电话号码已经是空号。再看于一丁,挽着新娘的手,儒雅、从容,左吻一下右吻一下,不时低声耳语,笑意盈盈,看得人恨不得抽电脑一嘴巴。他啥时候变得这么绅士?在文化馆根本不是这个样!明星的脸我们都特别熟,刚在法国拿了一个什么奖,电影院正在放她拍的影片,是我们心中神一样的人物。这样的弯子转起来真让人觉得困难啊!主持婚礼的是央视综艺节目的当家花旦,每天晚上都在我们眼前晃。她居然管于一丁叫丁哥。丁哥!我们都不屑于这么叫!可以说,于一丁让我们的心理彻底失衡了,几乎每天的话题都是他。这几年,人家过的是啥日子,我们过的是啥日子?人家发了横财,我们还为一份全额工资吵嚷挣扎。跟他比,全文化馆的人都白活了!这个塑啥不像啥的人,摇身一变成了电影明星的丈夫,如何实现这一跨越,实在不是我们这种脑筋的人能够想象的。

只是这段婚姻没有维持多久,两年以后,明星鼻涕一把眼泪一把地对媒体诉说,于一丁自己没钱,还把明星的钱都拿去还账了,他根本就是个穷人。文化馆的人这才松了一口气。这才是我们认识的于一丁,于一丁就该是这个样子。北京城里大变活人,一下子又把于一丁打回了原形。

只是从此,于一丁没了音信,苗乙乙也没了音信。外面的珠宝店早换了主人,当年买了第一批珠宝的人,有人拿着去做了鉴定,有人则根本不敢去做鉴定。

柯大姐的丈夫做了副县长,正好主管文化。上任伊始,他先来文化馆调研,让代馆长一下子觉得有了希望。副县长说:"文化馆的人这些年忍辱负重,拿着微薄的工资,肩负着全社会的文化使命,是最值得敬佩的人。"这样高的评价,我们都不好意思领受。代馆长私下跟我说:"穷的单位不光是文化馆,可他第一站先到这里,这明摆着是在给谁下马威。"我问:"给谁?"代馆长说:"还能给谁?局里呗。"

转天文化局下拨了三十万,财政拨来了五十万,给大家补工资差额,文化馆一下子变得喜气洋洋,人们走在路上都像要载歌载舞。听说馆里有钱了,那些债主又纷纷找上了门,上吊抹脖子的都有。代馆长躲在屋里不敢出来,他给我发短信,让会计连夜造表,把钱先发下去再说。一下子追了几年的工资,过去的穷人个个成了财主。图书馆的人能在窗口看见我们,过去总是嘲笑,如今眼巴巴地变成了羡慕。代馆长问我:"我们怎么感谢柯大姐呢?"我说:"给柯大姐发块匾吧!"代馆长说:"不好,不实用。"我突然想到了柯大姐的年龄,她今年该退休了。我说:"我们不但要留下柯大姐,还要让她做重要的事。"代馆长说:"什么事重要?"我说:"别的区县都有馆办刊物,我们也办刊物吧。"代馆长说:"好。"我鼓动柯大姐跟县长要些专项资金,她负责递话,我和代馆长负责跑腿。我们连着跑了两次县政府,三十万到账了。于是找名人题写刊名,跑出版署要刊号,组织作者写稿件,第一期刊物很快就出来了。县领导每人案头摆一本,虽然知道他们都不看,但谁看见我们都说刊物办得好。我们要的就是这个效果。工资发齐了,正常的业务也开展起来了,文化馆又有了生机和活力。过去下岗的人一个一个回来找代馆长,哭天抹泪说想回来上班。因为彼此不认识,代馆长回绝得干脆彻底。

我几乎把裴红忘了,裴红却给我写来了信。我把信放到了包里,夜深人静时才打开。单薄的一张淡蓝色的格纸,寥寥几句话,每个字都有花生果大:"莫小琴,你好吗?我最近很想你,做梦经常梦见你。你不用惦记我,我挺好的。我在里面吃得好,睡得也好。文化馆怎么样?工资发得齐吗?我很后悔做过的事,恨不得代替闵洁洁死。其实,我没想害死人,这一切都是误会……"

蓝色的格纸飘落在地上,夜空中回响着裴红念信的声音,像舞台上的道白。我不知道该对裴红说什么,在写字台前坐了半天,也没想出一句话。我对这封信说,就当你没出现吧。

那条老街两边都是槐树,在空中搭起了"帐篷",埙城人都叫它槐树街。夏天这里都是阴凉,冬天就不行了,阴森森的,连天光都不透。这一条街开的都是各种各样的小作坊。僧老师的工作室占据了中间的两间小房子,面积不大,里面的那种杂乱就像陈兵百万一样。他干的还是老本行,写字、刻字、制作灯箱,只是很多活计不再用手工,改用机器或电脑了。一晃,他退休好多年了,有时单位有些活需要求助僧老师,我会亲自跑一趟,跟他聊聊天,回忆过去的事令我们都很愉悦。讲起许多年前的那次竞争上岗,僧老师曾给我指点迷津,可我日后从没说过一个"谢"字。僧老师说:"只是裴红可惜了,若不是那次下岗,她的命运也许不会这样。"我说:"人的命,天注定。"僧老师不赞同,说:"你的命是天注定,裴红的命不是。"我问:"为什么?"僧老师说:"你可以谋一份职业养活自己,裴红不行,她离开单位就死了。"

我说:"您当年还给她保过大媒呢!"

僧老师说,那人其实是他的小舅子,去一次文化馆,被裴红走路的姿势迷住了。他小舅子现在承包了一片矿山,家里有一辆奔驰、一辆宝马。

我说:"当时裴红嫌人家是司机。她不是有福气的人,这一辈子注定碰不上好男人。"

僧老师说:"好男人她也看不上。"

僧老师突然问我:"当初我让你去给楚馆送礼,你去了吗?"

我意识到他指的是当初竞争上岗的事。我迟疑地点点头,不知他说这话是什么意思。

僧老师神秘地说:"我还说老楚手里就一个名额,只能在你和裴红之间选择……我是在吓唬你,你是不是真信了?"

我吃惊地看着他。

僧老师得意了,继续说:"其实都是我编的!上岗下岗之类的事,人家哪会跟我说?你和裴红要好,我是怕她上岗你下岗,我是在用这个办法激将你。人不傻,怎么我说啥你信啥?不过,送一次礼,终身上岗,你也没咋吃亏。"

我心里一阵难受,连忙问:"老楚手里不是一个名额?"

僧老师嘎嘎地笑,说:"肯定不是。不过话说回来,就是有两个名额,也不一定给你。你不像裴红根子硬,她有老楚撑腰。"

僧老师诡谲地挤了下眼,又说:"若不是有人告,老楚不会让她下岗的。裴红这是吃了哑巴亏。"

我晕了一下,扶住了案板。

"你怎么啦?"僧老师关切地问,"你脸色不好,去医院瞅瞅吧?"

外面的蝉嘶啦嘶啦地叫,充斥我的耳朵。烦躁突如其来,我想走,僧老师说:"你还没喝茶呢。"他说是自己用枸杞、桂圆、冰糖、芝麻等八种物质配成的茶,健脾养神。我恍惚地说:"没想到僧老师也骗人……我不去送礼,说不定也不会下岗……"

僧老师不满地说:"你都当副馆长了,还计较这个事?"

我摇了摇头。不是对僧老师摇的,是对自己摇的。

僧老师脸有些板,盯着我问:"你在怪我?"

我又摇了摇头。这回是对僧老师摇的。

僧老师高兴了,继续说:"你知道有一天谁到我这里来了吗?"我问:"谁?"僧老师说:"老楚,楚馆。"我问:"老楚现在过得咋样?"僧老师说:"过得咋样不知道,反正肚子没了,人变得瘦溜了。"我问:"他现在在干啥?"僧老师说:"老楚一周去三次健身房。"我说:"那就是过得不错。"僧老师说:"他把手表摘下来给我看,说,老僧,你猜猜这表值多少钱?我麻着胆子说,两千?老楚说,十二万。我说,开……开……开……你开什么玩笑?"

我非常想笑一笑,可我笑不出来。

僧老师说:"老楚拍着肚子问,老僧,你猜我这条皮带多少钱?我长教训了,要往多里猜。我说,十二万。老楚这回有点臊眉耷眼的,说,皮带一万二。老僧你这是成心耍我吧?"

我还是笑不出来。有生意上门了,我借故和僧老师告别。僧老师送我到外面,一直看着我往前走。我灵机一动,拐进了旁边的服装店。

我为职称焦头烂额的时候,代馆长却优哉游哉。一起搭班子十多年,我发现我越来越看不懂这位老表兄。我和他不隔心,他有啥话却不喜欢跟我说,比如,我无数次地劝他好歹拿个职称,在事业单位混,仕途没啥想头,弄个副高、正高啥的,退休工资会多些。

他总是一笑,讳莫如深。

可职称一年比一年难弄是真的。最早要考计算机,后来又要考英语,不管用得上用不上。现在不考计算机也不考英语了,但要写论文。你想写啥就写啥不行,题目由上面出,培训、派指导老师,修改一遍不行,要修改两遍,每一次修改都明码标价。还指定在某刊发表。真是走一步剥一层皮。皮剥完了,职称没评上,明年接着剥。剥了一年又一年,有人剥得连皮都不长了,结痂了。

拿下正高,我觉得人生一下子走到了尽头,再走就掉海里了。

有一天,代馆长喝多了。他这人没有多少量,但也从不贪杯,他是个睡着了也睁着眼睛的人。那天喝多是为了给贺局长挡酒。代馆长因为馆里的人上访的事,被贺局长黑了好几年。那些年的克制隐忍和委曲求全连我看了都辛酸。外出开会,代馆长总是抢着拎包,比司机都上心。在餐桌上没完没了地给贺局长夹菜,夹得贺局长很不耐烦。代馆长本来是直溜溜的身材,只要看见贺局长,腰自然就塌了下去。后来塌腰就成了习惯。那天他的兴奋溢于言表,挥舞着手臂说,他终于要走了。我问,走哪去?他打着酒嗝说,他要调到局里去了,当公务员。我惊讶地问,是否是当副局长?他摇着脑袋说,是副处级调研员。这已经非常不错了。我失望地说,是虚职啊。他瞪着眼睛说,虚职怎么了?虚职也是领导干部,虚职也是多少人求而不得的。我这才明白他这些年的忍辱负重是因为什么。他长出了一口气,说在文化馆这些年真是穷怕了,当年从企业调进来,以为财政的饭碗早涝保收,谁知是从屎窝挪尿窝,月月不能交工资,家属整天跟他干仗,劝他下海。他扯起嗓子说:"我都这把年纪了,要文不能文,要武不能武,下海能干什么? 三五天还不就得淹死?"我酸溜溜地说:"如今你终于捧到金饭碗了。"他说退休以后拿一份公务员的工资,是他一生最大的愿望。

我很气闷。我一直觉得文化馆的工作不错,跟代馆长一比,原来自己是鼠目寸光。

有一天夜里,我家电话铃声大哗。我拿起听筒,对方问:"你是叫莫小琴吗?"

我问他是谁,他说:"你不认识我。你应该认识裴红吧?"

我吃惊地问:"她怎么了?"

那人说:"裴红整天念叨着你,背你家的电话号码,我好奇,打一下试试,没想到还真有你这么个人。"

"这是什么话?"我不高兴地说了句。屈指一算,裴红出狱两年了,大概终于嫁了人,也算有靠了。

这样想,我心安了一点。

里面半天没有声音,然后就自行挂了。我直直地盯着电话听筒,有点怀疑自己的耳朵,裴红是狐怪吗? 怎么总是在我忘了她的时候出现那么一下?

这是我上任一个月的事。代馆长如期去当公务员,我接替他当了馆长。过去这个角色对我有吸引力,我甚至偷偷算过他的退休年龄。可那天他酒醉的一席话,把我的美好感觉全都葬送了。原来这职务就像块破抹布,是人家设法扔掉的。人家设法扔掉,我就不能视若珍宝。他把这个位置比喻成尿窝,伤了我的自尊。文化馆的工作每天就是唱歌跳舞穷欢乐,一点啥额外的想头也没有。我看得重,是因为我的见识少。

所以当了馆长我甚至没能高兴一下。

早晨一上班,我就找贺局长汇报地区调演的事。这次都是庄户剧团参加邀请赛,大戏、折子戏、唱段,都行。贺局长在这个位置上坐了十多年,早由外行变成了内行。他掰着指头数,全县哪个村镇有演出团体他都了如指掌。我这次下乡摸情况,就按他点出的行动路线走,先平原,后山区,然后是水库东岸和西岸。一连跑了三天,最后一站去香水窝村,那个村有个剧团能唱整出的大戏。

村主任干瘦干瘦的,但嘴皮子很利落,他说:"你来得不是时候,杨三姐要生孩子了。"

"杨三姐是谁?"

"就是杨三娥啊,《杨三姐告状》里的杨三娥,是这村的姑娘,嫁给了这村的小伙子做媳妇。嗓子好,人也漂亮,整场戏都靠她撑着呢。"

哦,他们在排《杨三姐告状》。我对高小六感兴趣,问由谁饰演。主任说:"我儿子。杨三姐的婆婆演费氏,我演高贵和。"

村主任不好意思地笑了笑。

我问了一下杨三姐的情况,主任说:"孩子还没生,怀孕七个多月了。"

眼下离春节前调演还有两个多月,无论如何是指望不上她了。剧团都讲究 AB 角,我问村里还有没有能上位的。主任神秘地说:"要说有,还真有,但不是村里人。"

我问:"谁?"

他说:"一个房客,在宋家租房子,蹲过大狱,听说在县里的正规剧团待过。"

我心里一跳,本能地问:"是不是叫裴红?"

村主任拍了一下膝盖:"对,是叫这个名字。"

我闭了一下眼睛,说不出是激动还是心酸,就听主任说:"她出大狱以后娘家不搁,投奔这村的妹妹。妹夫也搁不得,妹妹就给她租了个小房子,她经常一个人对着墙自言自语。"

我说:"她没结婚?"

村主任说:"她谋害过亲夫,没人敢娶她。"

我哆嗦了一下,干涩地说:"那就让她来唱戏吧。"

村主任指了指脑袋,说:"她唱不了,这里坏掉了。"

我想起接到的那个莫名其妙的电话,我还以为打电话的男人是裴红的丈夫,现在看,也许是她的房东。

车子往西开,主任沿路一一介绍,裴红的妹妹家、妹妹的公婆家、妹妹的婶子家。一条胡同往深处走,最里面的小房子就是裴红住的。

我一直都很纠结见不见裴红,见到裴红说什么。这些年我过得也很辛苦,每每想起裴红的事,就像有块石头压在胸口……可那种感觉说不出口。我一直都想跟裴红见个面,见面说什么,却没想好。但见个面是必需的,否则总是心里的一块石头……在胡同口,村主任突然喊停车,开车门下去了。我这才看到一座房子的墙根蹲着个人,揣着袄袖,下巴抵在胳膊上,头发像乱草一样。村主任走过去,身子挡住了她。我侧了侧身子,还是没能看清女人长什么样。

村主任招呼我下车,说:"莫馆长,这人就是裴红。"

我一只脚刚踏到地上,裴红就像疯了一样扑住我,号啕大哭说:"莫小琴,我想你啊!"

我的眼泪夺眶而出,说不出是感动还是伤心。

村主任说:"这下就对上了。她总念叨莫小琴,原来是莫馆长啊!"

司机送村主任回家,裴红攥着我的手往胡同深处走。她的手冰凉,把我的四根手指握成了一根棍,仿佛生怕我逃跑。她走两步偷看我一眼,走两步又偷看我一眼,脸上的幸福模糊而又遥远。我没想到裴红成了这样,她认得人,生活能够自理——大概这是她目前所有的本领。一身大花棉裤棉袄,已经很脏了。裴红还知道不好意思,说:"都是大集上买的便宜货,你不会笑话我吧?"我胡撸了一下她乱蓬蓬的头发,说:"怎么不去理发店剪剪?"说完我就后悔了。裴红:"自己不挣钱,剪一次得好几块。"这几句话都还正常,我看了她一眼,裴红缩了一下脖子,眼珠飞快地转着,像做了错事一样。这个动作过去没有,不知是什么时候养成的。拐进一个更小的胡同,里面是两扇洞开的门。我说:"你到街上去怎么不关门?"裴红说:"我这里没啥可偷的,小偷都知道。"

"我的脑子里长虫子了,虫子成天咬我。"裴红抢先一步进院,回头笑了一下,说,"太小了,我都不好意思让你进。"我跟着走了进去,院子和屋子小得就像积木搭成的。我清楚,这是人家大房子边上的小柴房,抹上白灰就成了出租屋。前面隔出胡同,就与主家形成了独门独院。我夸张地说:"不错,挺暖和的。"炉子上坐着的水壶吱吱地唱着歌。我把水壶拿下来,把炉盖盖上了。裴红呆呆地在一旁看。我说:"你看上去好好的,怎么说脑子里长虫子?"

裴红认真地说:"我脑子里是长虫子了,夜里经常一窝一窝地睡不着觉,啥事都不记得了。我要是不念叨,怕把你也忘了。"裴红突然哽咽了,"我怕把你忘了,就总念叨,总念叨,莫小琴,莫小琴,29121230,29121230……在这个世界上,你是我唯一的亲人……"

我依稀记得裴红家兄弟姐妹众多,最起码,这村里就有嫡亲的妹妹。可他们都没能把裴红当亲人,我这个亲人有什么用呢?帮不上忙,还曾经……"害"了她。想起我和裴红认识的所有日子,我从没把她当过亲人。难道她一直把我当亲人?这怎么敢当啊!我坐在床边,她坐在椅子上,大花棉裤蹭着了我的膝盖,她就那样来回蹭,像个孩子一样。

我说:"你受苦了。"

裴红直着眼睛看我,说:"是受罪了。我经常想,我咋还不死呢?死了埋到地下就是幸福生活了。可我知道我死不了,我还没见着莫小琴呢。"

我说:"你见我想干啥?"

裴红说:"跟你说话啊!我给你写过信,你没有收到。"

得承认,我收到了……我不能再骗她。可当时因为忙,一马虎就把回信的事忘了。我这样跟她解释。

裴红的大眼睛闪闪发亮,说:"你收到了?我总担心你没收到。"

我难堪地点了下头。好在这里没有第三个人,看不到我脸上的窘态。

裴红说:"我就怕你收不到,就怕你收不到……路口就是大马路,我坐在那里经常想,也许有一天莫小琴从这里过,会看见我……"她啪地一拍手说,"哈,你今天终于看到我了!我今天好幸福啊!"

我抱怨说:"你干啥不去城里找我?"

裴红一歪身子,似是负气地说:"我不去!"

我看着她,想她这句话后的潜台词包裹着多少旧日时光。我叹了口气,问她关于过去的事还记得多少。她说什么也不记得了。我掰着指头给她算:"你在文化馆导演春晚水鼓舞,好评如潮。领着一群人跳交际舞,穿粉红色的纱裙,像梦幻中的仙女一样。在剧团演彩旦、闺门旦和小生,样样拿得起。你还记得《杨三姐告状》吗?你演高小六,虽然是反派,可在舞台上光彩照人……"

裴红突然激动了,捂住耳朵说:"我不听我不听我不听……"

她闭紧了眼,身子最大限度地扭过去,似乎是在躲避什么。我知道,过去的那些日子都像针刺一样扎她,让她不堪回首。

我看着她。

裴红大概误会了,一点一点回过身子,小声说:"我不是不想听,我脑子里有虫,一听这些头就疼。小琴你别生气……"

当年的事在我的脑子里回闪,但很快,那些念头就像老鼠一样不见了。记忆都是有选择性的,不单我如此,能说出来的,都是可以说出来的。我想,性格决定命运,裴红的命运大概是早就注定了,怨不得别人。我这次见她这一面,也了了心中的一种牵挂。

但我想把事情问清楚:"你觉得你那些年的遭遇都因为那次下岗吗?"裴红困惑地看着我。

我换了个说法:"你知道当年为什么下岗吗?"

裴红干脆地说:"老楚骗了我。"叹口气又说,"我这一辈子,就是被人骗的命。"

我长吁一口气,问老楚是怎么骗她的。裴红说:"老楚后来找到我,说让我下岗只是暂时的。可当我再找他时,老楚就失踪了。"

我还记得裴红在院子里指名道姓地骂老楚,不知他们俩是什么关系。

话到唇边,我想还是算了。

我说:"裴红。"

我又说:"裴红。"

院子里响起了嗒嗒嗒的脚步声,司机回来了。我赶在司机进来之前拿出了钱包,把里面所有的大额钞票都拿了出来。

司机说:"等一等,我拍张照。"

我和裴红的手刚好都落在粉红色的纸币上。

活在他们中间

1

车子停在楼下,肖凌要扶母亲下车。母亲打了她的手,说:"你以为我是废物啊?"肖凌把伸出去的手往上移,遮住母亲的头,免得让车顶的边缘碰到。母亲挣巴着自己下来,四处看了看,她是在揾摸熟人。有人从身边过,甭管老的少的,母亲都要使劲盯着看,嘴里自言自语:"这咋都不认识了呢!"肖凌说:"还别说您,我整天在这儿住着,认识的也没几个。"母亲说:"城里人就是怪,一个村儿住着,撞了鼻子也不说句话。"母亲总把小区叫"村",还总记不住小区的名儿。过去到城里来过冬,肖凌怕她出去找不着家,反复告诉她这个"村"叫"顺驰",

母亲说:"记住了,叫顺水池。"肖凌哭笑不得。

如今母亲的半个身子又被"血栓"了一下,这已经是第三次了。母亲躺了两个月,又顽强地站了起来。肖凌家在二楼。母亲执意要自己上楼。一楼的陈阿姨从后窗玻璃看到母亲来了,推开门跟母亲打招呼,母亲故意手离了栏杆,像好人一样站直了身子说话,把肖凌吓得赶紧闪到了她的身后,防着她摔倒。陈阿姨说:"转眼就是一年多没见着了,我可想老姐姐了。"母亲说:"有空来家里坐啊!"陈阿姨说:"去,有空一定去,咱们老姐儿俩好好唠唠。"

十几级台阶,母亲走得脸红气喘,她的右腿像木头一样回不了弯,每上一级台阶,都要用手往上搬一下。肖凌在身后看着母亲走,鼓励说:"真好真好,没想到自己还能走上来。"母亲得意地说:"没有你妈干不了的事。"肖凌贴着墙壁挤过母亲抢先开了门。母亲立足未稳,陈小妹兴冲冲地摇晃着尾巴扑了上来,吓了母亲一跳。

母亲顺势踢了它一脚,骂:"死狗!"

出脚的是那条残腿,但因为使足了力气,母亲的一只脚绊了一下,把陈小妹踢翻了,脚踩在了陈小妹的肚子上。陈小妹凄厉地叫着,四肢滑水一样乱扑腾。肖凌慌忙把母亲的腿搬了起来,帮助陈小妹逃生。肖凌往上搬的时候,明显感觉到母亲在往下用力。陈小妹屁滚尿流地顺着墙根溜进了屋里,一步一回头,两只眼睛里充满了惊恐。

母亲从来都不喜欢狗,不耐烦地说:"养它干啥?"

肖凌说:"是潇潇要养。"

母亲说:"潇潇又不整天在家,你给扔到外面去,就说丢了,她还能咋着?"

肖凌说:"咋着倒不会咋着,潇潇看见狗就高兴。"

母亲不满地说:"看见我就不高兴了?"

知道母亲抬上杠了,肖凌就不顺着她说了。肖凌说:"您管好自己就行了,别人的事,不用您管。"

肖凌把母亲安顿到了潇潇的房间里,屋子大些,又朝阳。潇潇则搬进了家里最小的那间房子,只有五六平米大,在阴面。一张单人床顶进去,勉强能放张小书桌。肖凌把女儿的一摞书放到桌子上时在门口发了会儿呆。为了让女儿搬家,她提前做了好几天工作。潇潇说她不习惯住这间屋子,睡不好觉,学习就要受影响。肖凌说:"姥姥现在是病人,病人最需要的是阳光。有困难咱们自己克服,还能让姥姥克服?"

2

陈小妹这个名字是潇潇给起的,她一直希望能有个小妹妹,让自己提拎着玩儿。有好吃的东西,潇潇宁愿自己不吃,也得让陈小妹吃饱吃好。陈小妹爱吃火腿,起初,肖凌不舍得给它买,可潇潇自己饿肚子给它攒火腿钱,一下子就让肖凌明白了陈小妹的意义。她哪能让女儿每天饿着肚子上学呢!只有陈小妹吃好了,潇潇才能心无挂碍,所以每次去超市,她什么都有可能忘了买,陈小妹的火腿从来也没忘记过,全肉的,还得是名牌。

当初收养陈小妹,也是迫不得已。潇潇放学回家,在路边看到了毛绒玩具一样的小博美,就把它抱回了家。肖凌不是喜欢狗的人,本着捡到东西要还的原则,携潇潇并陈小妹一起来到了带走小狗的地点。那里有几排小平房,她们很快找到了失主。但失主看潇潇抱着狗的样子,就知道她喜欢,便好心好意地说:"家旦的母狗生了三只小狗,如果卖也不值几个钱。孩子既然喜欢,就送给她一只吧。"

潇潇抱着陈小妹撒腿就跑。肖凌追到了楼下,发现潇潇躲在了两幢楼房的夹缝里,说啥也不出来。那个夹缝呈三十度角,往上看,是像粽子角样的一小片天空。潇潇抱着陈小妹侧着身子嵌在里面,就像楼体上镶进去一个楔子,看了让人心里不太平。肖凌让她出来,潇潇说:"你让我养狗我就出去。"肖凌没好气地说:"你爸我们俩上班时间都紧,哪里有工夫照顾狗?"潇潇说:"我都想好了。第一,我好好学习,腾出时间照顾它。第二,我以后不用妈妈照顾,妈妈也可以有时间照顾它。"娘儿俩对峙了两个多小时,最后还是肖凌妥协了。那时陈小妹才一个月大,是农历的二月份。眼下又是隆冬季节,陈小妹来到这个家八个多月了,身上的毛长全了,脸型越来越像狐狸,别说潇潇离不开它,肖凌和丈夫陈卫国也打心眼里喜欢上了它。

潇潇一进门就闻着了姥姥的味。姥姥迷信一种薄荷味的风湿膏,自从那条腿残了,姥姥总要在腿上贴几块,幻想有一天自己还能健步如飞。潇潇是跟着姥姥长大的,小时候总说自己是姥姥生的。潇潇嘴里喊着姥姥,趿拉着拖鞋奔了过去,祖孙两个搂抱在一起,姥姥叫小肝小宝贝,潇潇叫老心肝老宝贝。陈小妹急得围在潇潇脚下转——她们还没亲热呢。

外面的锁孔嘎哒响了一声,陈小妹竖起耳朵就冲了出去。陈卫国叫了声老闺女,就把扑过来的陈小妹举了起来,来回耍了几遭。他叫潇潇大闺女,叫陈小妹老闺女。看见岳母瞪着他,他才不好意思地喊了声妈。岳母扭过头去用鼻音说了句:"下班了?"声音里有股醋味。陈卫国讪讪地回了自己屋里,自嘲地说:"得,又把老人家得罪了。"

第一顿晚饭吃得有些沉闷。陈小妹在姥姥脚下要吃的,姥姥狠狠踹了一下,大声训斥说:"你是不是还想上饭桌啊?"陈小妹凄厉的叫声让潇潇放下了碗筷,潇潇抱起陈小妹去了自己屋里。姥姥嘟着嘴憋了半天,有一句话还是没忍住:"人老了就是不招人待见。"

肖凌喊了一声:"妈!"

母亲响亮地打了一个嗝,不是因为吃饱,而是因为没有吃顺畅,噎的。这些潜台词,肖凌都懂。肖凌追到潇潇屋里,抢过陈小妹放到地上,说:"去把半碗剩饭吃了。"潇潇说:"不吃,气都气饱了。"肖凌小声说:"你不吃姥姥会着急的,姥姥是病人。"潇潇这才不情愿地从屋里出来了。姥姥冷眼看着潇潇好歹扒了两口饭,胸口里的话塞得满满的,却一句也讲不出来。

陈卫国原本住在小屋里,他每天睡得晚,爱捣鼓个无线电,床上床下到处都是无线电零件。家里所有的电器,几乎被他改装了。比如,玄关的灯改成了声控的,电饭煲改成了定时的,微波炉、电磁炉设一个装置变得省电了,等等。老人一来,他只好把那些零件都放到床下的木箱里,人也回到大床上来了。不知从什么时候起,夫妻分居也成了时尚,证明家里有足够的空间单摆竖开。橘黄色的蘑菇台灯莹莹地盛开在一角,房间显得安静温馨。陈卫国在床上四仰八叉平躺着,感叹:"还是大床舒服啊!"肖凌说:"真怀念大床你早就搬过来了。"陈卫国说:"不是怕你睡不好觉嘛。"肖凌说:"你自己想睡好觉是真的。"陈卫国把身子贴了过来,说:"你再胡说,姥姥走了我也不过去睡了,就在这里跟你起腻。"说完一只手把肖凌揽了过去。

肖凌却一点心思也没有,她说:"我妈不接受陈小妹,怎么办呢?"

陈卫国哧的一声,说:"不接受还能咋着?慢慢接受呗。"

这话有挑衅的成分,让肖凌不舒服,肖凌白了陈卫国一眼。陈卫国却没看见,继续自说自话:"瞧她看陈小妹的眼神,吃了它的心思都有。"

肖凌出其不意地打了陈卫国一巴掌,说:"你妈才吃狗!"

3

肖凌与陈卫国都在第九中学当老师,女儿也在那个学校读初一,所以每天走是一车人,回来也是一车人。陈卫国下楼热车的时候,肖凌来到了母亲的房间,叮嘱有人敲门也别开,来了电话也别接,家里的活什么也甭干。母亲赌气说:"那人还活着干啥?"肖凌笑了笑,知道母亲又在较劲。肖凌说:"好歹家里还有陈小妹,腻了您就跟它说说话。"母亲说:"狗就是狗,叫啥小妹?"肖凌笑着说:"狗也得有名字不是?您养鸡不都给取名字吗?"母亲说:"我的鸡都能下蛋,它能干什么?"肖凌说:"它能陪您解闷儿啊。"

玻璃上的霜花都排满了,外面冷才显得屋里暖。母亲单穿件毛衣在屋里来回走,甩动着两条手臂,心里都是愉悦。母亲不时停下脚步朝窗外望。过去腿脚好时,母亲来住女儿家,楼下经常有老姐妹招呼她。母亲姓花,楼下一喊花大姐,楼里的很多人都跟着笑。母亲渴望看到她们的身影,哪怕只是彼此打个招呼呢。私心里,母亲还想通知那些姐妹自己来了,谁有空能上来坐坐。母亲在老家也是一个人,那种孤单和落寞没人能够体会。好不容易看到有人经过,母亲把窗玻璃拉开了,可拿不准人家是谁,留在脑子里的影像她一个也记不清了。那是个围着头巾的身影,越走越远。母亲沉思了半晌,脸都被风吹凉了,也没想出个所以然。

靠门口的小垫子是陈小妹睡觉的地方。肖凌一家三口下楼时,陈小妹跑前跑后,那种恋恋不舍,就像要永别一样。眼下它却趴在那里半天也不动弹。母亲想起昨天的不愉快,其实都跟狗有关。陈卫国回家先招呼狗,让母亲半天咽不下这口气。这若是过去,母亲说不定会发作出来。对于这个老姑爷,母亲向来是不客气的。但自从得了脑血栓,母亲已经隐忍多了。母亲喊了两声陈小妹,陈小妹都无动于衷。母亲说:"嘀,我还叫不动你了?"母亲去了厨房,掰了一块剩馒头。母亲把馒头放到地上,陈小妹扭捏着走过来,闻了闻,又回到了自己的小垫子上趴下了。陈小妹两只前腿十字编花,把头扭向一边,一副满不在乎的神情,一下让母亲动了气。母亲拖着残腿又进了厨房,从冰箱里拿出来一根小火腿。母亲知道,小火腿是喂狗的。听见冰箱门响,陈小妹颠颠儿地跑了过去,睁圆眼睛围着火腿转,两只后腿直立起来,想够。母亲想了想,到底还是没舍得,又把火腿放了回去。母亲说:"你还是去吃馒头吧,馒头也是好东西。过去穷人连馒头都吃不上,你是一只狗,就别总想着吃肉了。"

火腿还有五根,都是大手指头粗。母亲也是爱吃火腿的人,思量自己就是吃饱了饭,吃下这五根火腿也不在话下。给狗吃火腿,要遭天谴呢。母亲把装火腿的袋子拎进自己的房间,陈小妹直着眼睛在后面跟着跑,它以为马上就可以大饱口福了。可母亲把火腿放进了柜子里。母亲点着陈小妹说:"饿了你就去吃馒头。老家的狗只能吃凉水搅点棒子面,跟它们比,你已经是在天上了。"

整整一个上午,陈小妹就躺在那里呼呼大睡。哪里有太阳,它就叼着垫子安顿到哪里,然后让自己躺舒服。它下决心不再理这个不友好的老太太。陈小妹看出这个老太太一点也不待见自己。既然不待见,那就彼此彼此吧。母亲再喊它,它连眼皮都不挑,就那样把下巴平放在地上,置之不理。

上午的时间真是漫长。母亲把各个房间都转了,把各个旮旯都瞅了,桌子上有灰尘,母亲用抹布反复抹了两遍;窗框里有只死苍蝇,母亲费尽周折把苍蝇铲了出去。从九点开始,母亲就看着钟表读秒,好不容易熬到了十一点,母亲提前洗好了米,准备蒸一锅米饭。电话突然响了。陈小妹原来会听着铃音唱歌,它跑到电话前,仰着脸朝屋顶哦哦哦。看着母亲走过来,陈小妹欢喜地对着母亲哦哦哦,那意思是,来电话啦,来电话啦。母亲心里有了欢喜,手在身上抹了抹,伸出去,又缩了回来。肖凌不让她接电话,说电话里没好事,不是诈骗的,就是要物业费的。她一向对女儿言听计从。母亲一辈子生了五个女儿,前四个加一块,也不如老五肖凌让她喜欢。

肖凌不让母亲接电话,是因为家里的电话除了支持一根网线,早就赋闲了,所以也不担心不接电话会耽误什么事。但肖凌没把自己计划在内,所以此时她的内心很焦急。电话终于接通了,母亲"喂"了声,肖凌赶紧说:"妈,您没事吧?"母亲说:"家里暖和和的,能有啥事呢?"肖凌说:"陈卫国的同学从外地回来了,要请我们一起吃饭,我们中午如果不回去,您一个人能行吗?"母亲心里空了一下,那地方原本是有期待的,那些期待突然就被腾空了,让母亲一下子无法适应。但母亲嘴里说:"行,有啥不行的?"肖凌说:"冰箱里都有些半成品,稍微加工一下就行。如果想吃面,就煮个方便面,放些火腿、虾仁和鸡蛋。"母亲嘴里连声应着说:"我饿不着,你们就放心吧。"肖凌还想絮叨,手机突然没电了。而母亲还在这边说:"快挂电话吧,多费电话费啊。"

一家三口晚上回来,陈小妹疯了一样追了这个追那个,像是几辈子没见的亲人一样。潇潇忙着做功课。陈卫国下楼去遛狗。肖凌马不停蹄奔厨房,先检查锅碗盘盆,所有的炊具都像没动过一样,打开冰箱,就发现那几根小火腿不见了。肖凌问母亲中午吃了些什么,母亲说:"壶里有开水,泡了些米饭。"肖凌说:"您自己会用煤气,咋不做点可口的呢?"母亲说:"啥可口不可口,吃饱了就行。"肖凌说:"大个儿火腿是人吃的,小火腿是喂陈小妹的。"母亲抿嘴笑了笑,说:"小火腿好吃。"肖凌赶忙给陈卫国打电话,说:"从超市门口过,再捎一袋小火腿来,家里断顿儿了。"陈卫国说:"兜里没装着钱,今天就先对付着,明天再说吧。"

肖凌把油炒过的馒头丁端给陈小妹,陈小妹闻也不闻。潇潇心疼陈小妹,责怪爸爸没买来火腿,让陈小妹挨饿了。姥姥接话说:"它就是不饿,饿了啥都吃。老家的狗就在猪食槽子跟摸食,猪吃什么它吃什么。"潇潇挑着声音说:"老家的狗是狗吗?"姥姥说:"老家的狗咋不是狗?"潇潇说:"陈小妹不是狗,它是宠物。"姥姥哼了一声,说:"宠物也是狗。"潇潇说:"是狗它也不是一般的狗,老家的狗会唱歌吗?"姥姥说:"老家的狗会看家护院,有一次院子里进来个小偷,小偷要跳墙,它冲上去把小偷的裤子扯了下来。"潇潇急了,说:"你怎么总跟我抬杠啊?"姥姥说:"不是我跟你抬杠,是你们把狗当人养就不对,狗都当人了,人还往哪摆?"

4

一家人坐在沙发上看电视,电视节目无论多好看,也吸引不了母亲,她总是看看这个,看看那个。地上有个瓜子皮,她也要猫腰捡起来。肖凌让母亲好好看电视,能把电视看进去,时间也好打发。但母亲说自己啥字不识,电视里讲了什么,她也听不懂。肖凌问:"您在家看什么节目?"母亲说,她就爱看谢大脚。肖凌和陈卫国经过探讨,确定谢大脚是电视剧《乡村爱情》里的主人公。于是肖凌把遥控器播得像飞起来一样,专门找那部电视剧,好不容易找着了,还没看两分钟,广告就开始了。母亲说:"把电视关了吧,我愿意说说话。"肖凌把电视声音调小,洗了苹果端上来,在沙发上盘起了腿,说:"您想说什么,我们听。"母亲说:"吃'食堂'那年,村里的榆树都白花花的,树皮都让人剥走了。"潇潇问:"剥下的树皮干啥使?"母亲说:"吃。用碾子碾碎,用细箩筛过,榆树皮面是黏的,可以做饼子。其实头年还大丰收,白薯在地里躺得遍地都是,大家都懒得收。集体管一天三顿饭,家里要粮食没用。刚一入冬,白薯就被冻坏了。谁能想到转年的春天就开始遭饥荒呢,人们再去地里捡白薯,白薯烂得就只剩下皮了,心都黑了,一股霉臭味,但那也是好的,捡回家里,洗干净,用水煮着吃。"母亲的话说得不连贯,别人听得也不连贯。电视不知什么时候调了台,一群男女在唱歌跳舞。陈卫国仰在沙发上打起了呼噜,潇潇的脸几乎贴到了电视屏幕上——姥姥说话的声音干扰了她。于是母亲站了起来,说:"都累一天了,早些睡吧!"

肖凌说:"再坐一会,那么长的夜,天哪就亮了?"

肖凌给母亲切了块苹果,母亲却没有接。母亲说先去下洗手间,出来却直接回了屋里。肖凌追了过去,想陪母亲说会话,母亲把她撵了出来。母亲说:"当老师的,一天天又费腿又费嘴,还是早些上床歇着吧!"

话是这样说,母亲又把肖凌喊了回来,小声问:"你还是当主任吧?"

肖凌不愿意谈这些,敷衍说:"是吧。"

母亲问:"卫国呢?他有没有当主任?"

肖凌说:"哪有两口子都当主任的道理?您以为学校是咱们家开的啊?"

母亲说:"那他就应该当校长,男人得比女人强,这样才能让人瞧得起。"

肖凌打了个哈欠,说:"您这是操的哪门子心?谁说当老师就被人瞧不起了?"

5

陈小妹每天早晚各一根小火腿。陈卫国刚把肠衣撕开,母亲说:

"让我来喂吧!"潇潇说:"姥姥不许不舍得给它吃。"姥姥笑了笑,说:"你就放心吧!"三个人都走了,母亲就把小火腿藏进了柜子里,还是将昨天的那块剩馒头掰给陈小妹。陈小妹耷拉着耳朵,对那些馒头瞅都不瞅一眼。母亲幸灾乐祸地看着它,说:"今天还有馒头吃,过了今天,想吃馒头也没有了。"

母亲每天都把剥好的火腿藏起来。她怕潇潇看出破绽,总把火腿皮放在显眼的地方。

第二天,母亲当真没有给陈小妹吃馒头。洗手间里有一只小盆,里面放着水,陈小妹不得不用水充饥。这样过去了三天,陈小妹的肠胃大概造反了。母亲把馒头刚放到地上,就被它一口吃掉了。母亲说:"好吃吧?好吃以后也不能光吃馒头,你得记着你是狗,馊粥烂饭才是你吃的东西。"

那天下班回来,肖凌买了些鸡肝。他们发现这几天陈小妹有些打不起精神,就怀疑它的身体缺某种微量元素。肖凌把鸡肝剁碎了,母亲却说什么也不让喂给陈小妹。母亲说:"狗现在已经开始吃馒头了,你们再喂鸡肝,这不是白挨饿了吗?"潇潇正在屋里写作业,听了这话啪地把笔拍在了桌子上,出来质问姥姥:"你为什么要饿着陈小妹?为什么要让它吃馒头?那些火腿都哪去了?"

母亲这才发现自己说走了嘴,赶忙解释说:"狗爱吃馒头,馒头比火腿好,壮身体。"

潇潇说:"那些火腿呢?难道让你吃了?"

姥姥的脸色顿时很难看。面对潇潇的咄咄逼人,自己吃了的话,她再难说出口。她不能跟那个叫陈小妹的东西分抢食物。

姥姥干脆地说:"火腿让我藏起来了。"

潇潇闯进了姥姥的房间,先拉抽屉门,再开柜子门。潇潇一下就被里面的怪味顶了出来。因为柜子紧贴着暖气片,里面像蒸笼一样热,那些光着身子的小火腿很快就长出了白毛毛。那种怪味姥姥闻不到。人老了,嗅觉都不灵敏。她原本想把陈小妹的毛病改过来,再把这些火腿作为胜利品拿出来,母亲这样的老人,经常会有小孩子样的想法。

潇潇喊:"妈,妈!你快来看啊!"

肖凌和陈卫国都跑了过来,肖凌拎出了那个袋子,见那些长毛的火腿意气风发,像活了一样,似乎还有虫子在游走。丈夫和孩子都在眼前,肖凌努力不让自己高声,肖凌说:"妈你这是干什么?柜子里怎么能放火腿?"

妈凑上前去仔细瞧,说:"没坏吧?这也没几天,看看还能吃不?"

肖凌心里腻腻的,不想再说什么。

陈卫国把袋子接了过来,像拎着大便一样把胳膊伸出去远远的。他往厨房走。肖凌突然咆哮一声:"扔楼下去!"

所有人都吓了一跳。陈卫国换了鞋子下楼。母亲怯怯地说:"那些带皮的还没坏,把它挑出来吧。"

母亲的话被陈卫国的后背撞了回来。潇潇突然干呕起来,她用拳头捶自己的胸脯,跑进了洗手间。

母亲傻了,站在那里,一瞬间,她似乎连呼吸都忘了。

6

尽管肖凌特意把饭菜做得可口,母亲却吃得很少。她病恹恹的样子,出长气,说心里堵得慌。肖凌其实也堵心,可她不能像母亲那样长吁短叹。在母亲面前,她得装出一脸轻松来。其实她与陈卫国在冷战。那天陈卫国提着火腿去楼下的动作伤害了肖凌。母亲让他把里面带皮的火腿挑出来,陈卫国可以不那样做,但不应该不搭理母亲。母亲是个很有自尊的人,这样的行为会伤害她。那天晚上,肖凌就为了这个数落他,越数落声越高。肖凌知道自己在借题发挥,可她控制不住。她说陈卫国嫌弃母亲,是因为记着挨一巴掌的仇。几年前陈卫国因为琐事跟肖凌吵架,动手揉了肖凌一把,肖凌跌向了茶几,把脸磕破了。母亲当时正在屋里缝被子,听见肖凌的叫声,冲过来就打了姑爷一嘴巴。打人不打脸,骂人不揭短。母亲的这一巴掌,表面看什么也没留下,可在肖凌的心里却留下了很深的划痕。她的难堪是双方面的,母亲的巴掌让她替丈夫抬不起头来,脸上的伤又让她觉得在母亲面前没面子。

这个划痕也在陈卫国的心里隐匿着,他变得很少跟肖凌吵嘴。他的武器就是沉默,肖凌越吵,他的沉默越深。

那种窒息的感觉让肖凌有了号啕的想法。这个想法承载的远不是火腿事件本身,里面都是琐碎生活酿制的委屈和辛酸。她用被子堵着嘴,肩膀一耸一耸的。若是过去,陈卫国会拍一拍她的背,或者把她搂过来。做夫妻年头久了,如今这些都变得手生了。况且陈卫国自信没做错什么,他当时听见了母亲说的那句话,他不想回答是因为肖凌对他耍态度。

陈卫国侧着身子朝外躺了下去,不一会儿就发出了鼾声。肖凌的眼泪戛然而止,她起身去了洗手间,拿了条冷水毛巾敷眼睛。平静下来的肖凌也觉得自己的眼泪流得多余,母亲犯下的错,她不过是转嫁到了陈卫国身上。

但这不会成为她原谅陈卫国的理由。

转天一大早,陈卫国出去遛狗。陈小妹在追逐行人时,被一辆电动车从肚子上轧了过去。骑车的是一个五十几岁的肥胖女人,身体很笨重。她惶恐地惊叫着,自己也摔了个四仰八叉,车子压在她身上,好半天才爬起来。女人痛斥说:"挺大个人你咋不好好看着狗?这要是把我摔坏了,你赔得起吗?"陈小妹死了一样在地上躺着,歪着头,嘴里吐着白沫。陈卫国见女人没事,抱起陈小妹就往家里跑,进家就说:"不好了不好了,陈小妹出车祸了!"熟睡中的潇潇被惊醒,穿着睡衣跑了出来,看见陈小妹软绵绵的样儿,张开嘴就哭。潇潇说:"陈小妹你可不能死啊,你死了我也不想活了!"肖凌正要做早饭,关了火跑出来查看陈小妹的伤情。母亲冷眼看着一家人为狗忙碌,气得从鼻子里不断发出哼声。肖凌问:"肇事者呢?就那么让她走了?"母亲不以为然地说:"一条死狗,撞了就撞了。"潇潇说:"撞的不是你吧!"被肖凌拍了一巴掌,让她赶紧去洗漱。潇潇说:"我不上学了,我要送陈小妹上医院。"

肖凌斥责说:"这里没你的事,你去准备上学!"

一家人合计了半天,也想不起哪里有宠物医院。母亲提醒他们上班的时间到了,肖凌这才痛下决断,要母亲注意观察,有情况随时给他们打电话。

肖凌煮了两盒牛奶,里面搅了两个鸡蛋,给母亲盛了一碗,给陈小妹盛了一碗,嘱咐母亲趁热喝,待奶凉了再端给陈小妹。他们三口则在外面随便买点什么当早餐。

母亲照例趴在后窗上看着车子走远,才坐到了餐台的椅子上。

母亲说:"陈小妹。"

陈小妹居然晃晃悠悠地站了起来,腿有些不得劲,可还是用尽气力走了两步。

母亲说:"他们对你比对我好,连我闺女都这样。"

陈小妹耷拉下脑袋做羞愧状。

母亲说:"你凭什么啊?"

陈小妹想了想,也不知道自己凭什么。它响亮地打了个喷嚏,然后蹭到了母亲脚边,坐了下来。

母亲说:"你是狗,你不知道我家的事。我一辈子养了五个闺女,年轻的时候受公婆的气,说我不会生儿子。然后又受老头子的气,说我把老五惯得没样儿,读了初中还想读高中。我站门槛子上跟老头子对骂,我老闺女念到哪我供到哪!话是这样说,读书的钱都是我从嘴头子上省的。养鸡养羊养兔子,从河里捞了两条鱼自己也舍不得吃,卖了给老闺女交学费。为了肖凌上学的事,我家老头子半辈子不爱搭理我,说我把他的酒钱打了水漂。他说闺女供出来也没用,出了门子就是人家的人,你还想得闺女的济?除非太阳打西边出来!死老头子还真没想到,太阳就是有从西边出来的时候,村里人谁不羡慕我? 说我跟着闺女到城里享清福。就是死老头子没看到这一天,否则他该打自己一嘴巴——当初一点忙也没帮上,他可没脸吃闺女的饭!

"我年年到闺女家来住,没像今年这样恓惶过。我说我堵心,我吃不下饭,有谁问我一声没有?有人管我没有?潇潇打一生下来就是我拉扯的,不跟我一被窝就睡不着觉。现在连孩子都变了,都说我的不是。我是脸皮厚,还在这里赖着,若是脸皮薄,我早就从这楼上跳下去了!"

母亲感觉眼睛湿了,她用手背抹了抹,却什么也没有抹到。母亲叹了一口气,说:"我对你说这些有什么用呢?你是狗,你听不懂。你要是能听懂,我也就不对你说了。"

不知什么时候,陈小妹趴在了母亲的脚背上,母亲觉得那只脚背很沉,但暖和和的。陈小妹仰脸望着母亲,似乎在说:"你怎么不说了?我正听得入神呢。"母亲站起来想动一动,陈小妹迅速爬起了身,到旁边伸了个懒腰。一条后腿使劲蹬一下,另一条后腿又蹬了一下,像跳芭蕾舞一样。母亲惊奇地说:"你没事了啊?猫有九条命,你有十条命啊?"母亲把奶和鸡蛋端给它,陈小妹吃得有滋有味。母亲自己也觉得有点饿,但她对陈小妹说:"好吃吧?好吃我也不跟你吃一样的饭食。我是人,我吃块剩馒头去。"

陈小妹跟着母亲去了厨房,确定母亲吃的馒头是自己不愿吃的那种,它才死了心。

7

一个上午,肖凌往家里打了两个电话询问陈小妹的伤情。电话接通以后,她听到陈小妹的叫声,才放下心。课间操的十几分钟,肖凌总是跟教音乐的周老师分享养宠物的心得。周老师家养着泰迪,像小羊羔一样。狗每天吃了什么,喝了什么,有哪些精彩表现,两人总有说不完的话题。

周老师说,过去他们夫妻两个吵架,经常十天半个月的谁都不理谁。如今有了这条狗,居然成了桥梁和纽带,在联络感情方面,甚至比孩子还管用。比如,两个人再不愿意说话,也得问对方狗吃了吗,拉了吗,遛了吗。在这方面,肖凌当然更有感触。陈卫国那样的蔫人,生了气你不理他他永远不理你。可狗一出车祸,想不理人也不行了,他为狗忙碌了一早晨,开车上班的路上,还在探讨陈小妹的伤势。昨晚堵在肖凌胸口的块垒也就自然消失了。肖凌家的陈小妹还有另一个功用。陈潇潇正处在青春期,逆反得厉害。自从养了陈小妹,潇潇刺猬样的性格收敛了很多,学习知道努力,毛病也改了不少。从孩子又谈到老人,说起母亲把火腿藏到柜子里,周老师都笑出了眼泪。周老师笑,肖凌也跟着笑,这才发现那件事情是可以笑一笑的,一点也不用小题大做。可笑过之后,肖凌的脸又慢慢阴天了。母亲在电话里说,她宁可吃块剩馒头也不吃牛奶和鸡蛋,让肖凌起急。肖凌问她为什么,母亲说,你们能把狗当人,我可不能把自己当狗。

肖凌气得狠狠地跟母亲吵了几句,说:"自己的好心都变成了驴肝肺。一盒牛奶五块多,你当我是钱多烧的!"周老师不停地咂嘴,说:"就知道婆婆不好处,敢情母亲也不好处。老太太的成见可是够深的。你应该告诉她,人也是动物,一点也不比狗高贵。"肖凌有些狐疑,说:"还是不可同日而语吧?"

椅子上垫个沙发靠垫,母亲把那条病腿搭在飘窗上,坐在窗前看风景。那些个风景,就是过往的行人,虽说不认识,母亲看见人家也亲切。陈阿姨走进了母亲的视野,母亲拉开窗子喊大妹子,喊了好几声,终于让陈阿姨抬起了头。母亲挥着手说:"上来上来!"陈阿姨以为有什么事,气喘吁吁地跑上了楼。母亲抚着胸口说:"憋死我了。"陈阿姨赶忙问:"生病了?要不要去医院?"母亲说:"女儿跟我吵,姑爷不吭声,小外孙女看见我连个笑模样都没有,我在这个家没法待了!"陈阿姨一听家务事,刚要坐下去的屁股又抬了起来,说:"年轻人工作压力大,咱们当老的要多理解。"母亲说:"你理解他,他不理解你啊!我帮他们把孩子拉扯大,在这个家却连狗都不如?"陈阿姨问:"为啥连狗都不如?"母亲气得嘴唇直抖,说:"他们给狗喝牛奶和吃鸡蛋,也让我吃,我能吃吗?"陈阿姨这才听出了点眉目,敢情老太太是在吃醋。陈阿姨说:"咋不能吃?牛奶和鸡蛋都是好东西。您的腿不好,尤其应该多吃。年轻人的事不要管他们,您就把自己管好就行了。"

母亲连拉带拽地让陈阿姨坐,陈阿姨又挡又闪地逃脱了。母亲追到了门口,问她啥时候再来。陈阿姨自己把门带上了,随口说了句,有空就来。

肖凌发现,母亲得了跟潇潇一样的毛病,躲在屋里不出来。过去下班回家,母亲总是在门口迎着,像盼星星盼月亮一样。现在却房门紧闭,肖凌心惊胆战地推开房门,发现母亲就在窗前坐着,好好的。母亲手里玩着两只核桃,平和地说:"回来了?累了吧?"声音连一点温度都没有。吃了晚饭,母亲又回到了屋里。肖凌问她咋不看电视,母亲说:"没啥好看的。"肖凌的遥控器翻飞着搜寻谢大脚,翻到了就赶紧请母亲出来看,母亲却说什么也不出去。肖凌让陈卫国请母亲出来,母亲很给面子,嘴里说着看电视没瘾,到外面坐了一会。电视上一插播广告,母亲马上站了起来,说:"你们看吧,我困了。"肖凌说:"这才七点多啊,您再坐会儿!"母亲说:"我在这儿耽误你们看电视,我知道你们不爱看谢大脚。"

肖凌马上把电视关了,说:"咱不看电视了,咱聊天!"

母亲说:"聊啥?"

肖凌说:"聊'吃食堂'。"

母亲的心宽慰了一下,可没想起"吃食堂"有啥好聊的。聊天的话题不是这样找出来的,是闲说话时碰出来的。母亲先去了洗手间,然后一蹭一蹭地回了自己屋里。

肖凌愁得看着陈卫国发呆,说:"这样一个老妈,我拿她怎么办呢?"

母亲对陈小妹的态度一点也没好转,只要陈小妹凑到她面前,她不是大声训斥,就是用拐杖敲打一下。陈小妹的尖叫声惹出了潇潇的眼泪。潇潇说:"姥姥你怎么这样?陈小妹又没碍着你。"姥姥说:"它不碍着我我就不能打它?"潇潇只要在家,她就把陈小妹关到自己的屋里,不放它出来。姥姥有的时候推门去看潇潇,见潇潇写作业的时候把陈小妹搂在怀里,嘴里不说什么,却把门摔得很响。

潇潇写完作业来到了肖凌的屋里,把爸爸轰了出去,她说有秘密要对妈妈说。肖凌开玩笑说:"潇潇都有秘密了? 是不是有男生写纸条了?"潇潇瘪咕一下嘴,差点哭出声。潇潇说:"妈妈,我不喜欢姥姥了。怎么办呢? 我一点也不喜欢姥姥了。"肖凌吃了一惊,怎么也没想到潇潇会说这个。她说:"姥姥最近身体不好,心情也不好,我们要多体谅她。她每天待在家里出不去,多腻味啊。"潇潇说:"她一点也不体谅我,陈小妹是我的好朋友,可她总是欺负它。"肖凌说:"姥姥从很小的时候就不喜欢狗,所以我们不能强求她喜欢陈小妹。"潇潇说:"可陈小妹能带给我们快乐啊,这是多少钱都买不来的。"肖凌心里同意潇潇的说法,但嘴里说:"姥姥年纪大了,许多想法跟我们不一样,我们不能用自己的标准来要求她。"

潇潇说:"我们不在家时,姥姥会不会虐待陈小妹?"

肖凌说:"别瞎说,姥姥不是那样的人。"

潇潇说:"我夜里做梦,就梦见姥姥把陈小妹隔着窗户扔到了楼下,陈小妹身上的骨头都摔碎了。陈小妹可怜巴巴地看着我,眼里都是泪。"

这话把肖凌吓了一跳。她马上想到母亲是做得出来的。如果母亲真的那么做了,对潇潇意味着什么呢?

潇潇承受不了那样的打击,也许就有不可知的事情发生了。

肖凌情不自禁地打了个冷战。

她让潇潇去睡觉,自己去了母亲的房间。肖凌开了灯,见母亲并没有躺下,而是披着衣服靠在床头坐着。为了省电,母亲一个人在屋里时从不开灯。收音机在旁边嗞啦嗞啦地响,里面在说相声,但电流声把演员的声音都盖住了。肖凌在床边坐下了,心里想说的话却有些难开口。母亲关了收音机,冷不丁地说:"你是想说陈小妹吧?"肖凌讪讪地笑了,说:"您都叫它陈小妹了。"母亲说:"你们都叫,我不叫还行?叫狗你们都不爱听。"肖凌给母亲掖了掖被子,说:"知道您受委屈了。"母亲在鼻子里哼了声,那意思是:这还用说?但嘴上却说:"我哪里受委屈了?受委屈的是陈小妹。"肖凌试探地说:"如果家里没有陈小妹……"母亲马上侧过来身,说:"你是想送人还是想卖了它?能卖不少钱吧?"肖凌慌忙摆手说:"我不是那个意思。我是说家里如果没有陈小妹,潇潇会不依的。"

母亲说:"大眼贼打喷嚏——都是灌(惯)的。"

肖凌说:"就算是惯的,也惯出来了不是?"

母亲说:"她对狗比对我这个姥姥还亲。"

肖凌立刻不说话了。她心里想的是,怎么连我都觉得狗比人还亲呢?

这个想法折磨得肖凌很难受,她看了一眼面容苍老而又愤愤不平的母亲,母亲也正在打量她。肖凌心虚地没敢与母亲对视,仓皇地别过脸去。

肖凌狠了狠心,说:"陈小妹要是有个好歹,潇潇也活不成了。"

母亲从来就是个不信邪的人,她高高地嚙了一声,说:"我明天就把它从窗户扔下去,没它还不活人了?!"

肖凌说:"那您也把我一块扔下去吧!"

母亲白了肖凌一眼,说:"我是扔不动你……就冲你左三右四地跟我发脾气……"

肖凌说:"妈,算我求您了,行不?"

母亲往下蹭了蹭身子,朝里躺下了,"肖凌你不像我闺女了,你忘本了。"母亲伸手关了灯,说,"我睡了,你也去歇着吧!"

肖凌在黑暗中站了好一会,感觉黑夜像潮水一样拥挤着她,让她觉得眩晕和踉跄。肖凌从房间里走出来时,灯光映出了她满脸的泪。

8

载着肖凌一家三口的车子刚离开视线,母亲就从饼干桶里摸了把狗粮。她不喜欢陈小妹,但不像来时那么讨厌它了。陈小妹一看见狗粮,就知道是喂它的。陈小妹在原地转了好几个圈圈,扫把尾巴像螺旋桨一样转出了花。母亲喜欢看它身体灵便的样子。母亲捶着自己的残腿说,自己小的时候没少玩转圈,也叫"打迷魂哥",就是两只手臂平展地张开,越转越快越转越快,然后趴在地上,体会那种天旋地转的感觉。母亲是大户人家的女儿,山里有山场,山外有田产,但八岁的时候父母就亡故了,母亲是跟着婶婶长大的,那些田产也顺便归到了婶婶家的名下。母亲的童年记忆最深的就是在山里切酸梨片,整宿整宿地切,房间里弥漫着浓重的草酸味,能把突然进去的人熏一个跟头。从里面出来,牙齿酸得连发糕都嚼不动。这些活计,父母活着时是舍不得让她干的。母亲说:"父母活着自己就是娇小姐,没了父母自己就是使唤丫头。"母亲摸了下陈小妹的黑嘴头,说:"我哪里有你好命啊?你没父没母,可你有潇潇啊,你有肖凌啊。"

陈小妹最大限度地仰着脖子,接受母亲的抚摸。哪怕别人对它有一点善意,陈小妹也体会得出来,然后再用自己最大的善意去诱发别人的善意,它们这类狗,都懂心理学。陈小妹凉凉的鼻头和柔软的毛发摸在手里很舒服,母亲拍了拍它的脑门,说:"我就趁此把你扔楼下去,你说我敢不敢啊?"

陈小妹闭上了眼睛。

陈小妹的顺从让母亲咯咯地笑了起来,说:"要是把你扔楼下去,谁听我说话啊?"

那个时候,婶婶总对叔叔说要陪送花美丽一份丰厚的嫁妆。对,母亲就叫花美丽。货郎敲着拨浪鼓来卖东西,婶婶总是拿家里的果品去换些针头线脑。有一次,婶婶竟然换回了一面小铜镜,放到了花美丽的房间里。婶婶每次都跟那个货郎攀谈些什么。一个夏日的午后,太阳晃得人睁不开眼,婶婶与货郎在墙拐角的倭瓜藤下面闲说话。花美丽正要上茅房,就听婶婶说:"十三了……也见红了,娘没有了,可不就得我做主?……"

秋天的栗子山到处瓜果飘香,母亲穿着红夹袄挎着篮子到山上捡榛子。小日本的飞机像三间房子那么大,突然向发现的目标俯冲下来,倭瓜那样大的炸弹就投在了母亲前面几米远的地方。母亲赶紧趴在了一块大石头的后面,炸弹砰地爆炸了,山坡被炸出了一米深的坑,母亲就像从土里钻出来的人参娃娃,连睫毛梢上都是土。她站起来拍打了一下,发现胳膊腿都没有受伤,只是篮子被炸飞了。母亲深一脚浅一脚地回了家,发现货郎就在门厅后面的太师椅上拘谨地坐着。

货郎挑着几个油纸包来领人了,母亲这才知道自己被嫁了。那个时候,叔叔到南方去贩蚕丝开丝房,刚走三天,回来才知道侄女花美丽跟个货郎"私奔"了。他一直骂花美丽没良心,急着嫁人,都不跟叔叔打个招呼。

母亲走时,就带了那面小铜镜。拱形的镜面上,镂刻着几枝梅花。后来这面镜子被肖凌的父亲换了酒。若是留到今天,也该是文物了。

货郎大母亲八岁,模样和品性都没的说,就是家里穷,土改才分了两间西厢房。货郎也是个没父没母的孩子,花美丽每天在家里出出进进,村里人都以为货郎捡了个女儿。母亲生头胎那年都合作化了,母亲像书里写的那样,生了孩子三天就下地干活了。母亲积极了很多年,当妇女队长,带领铁姑娘战天斗地。有一次,水库工地上塌方,人家告诉她货郎被埋在了里面,母亲还是把自己手里的一份活干完才跑过去,结果,没见着货郎最后一面。

货郎临死之前曾说过一句话,但现场乱哄哄的,没有一个人听见。

母亲为这事后悔了一辈子,当时如果她在场,是会听见货郎的遗言的。之后的很多年,母亲一直在猜测货郎的那句话是什么,时至今日,依然没能猜得出来。

母亲带着大女儿嫁给肖凌的爸那年才二十三岁。肖凌的爸脾气不好,爱喝酒,凡事爱认个死理。他说养闺女没用,一辈子就没正眼瞧过哪个闺女。他曾经要把母亲带过来的大丫头送人,母亲以死相拼,才让他绝了这个念想。

这些事情都烂在了母亲的肚子里,除了陈小妹,她从没跟任何人说起过。

"人啊,转眼就是一辈子!"母亲长长地叹了一口气。此时她没觉得面对的是一条狗。母亲说:"不好过的年景,总嫌日子过得慢,但再慢也慢不过眼下的光阴。太阳许久都不动一动,光影许久都不动一动,时针许久都不动一动,人就像山上的老荆树疙瘩,活得皮糙肉厚,只有心尖儿有那么一点活泛。真不知人活着是为了啥,难道就是为了让儿女孝顺?"

母亲伤心了,嘴里发出了呜咽声。陈小妹紧张地用两只前爪去挠母亲的大腿,那意思是:你怎么了?

母亲读懂了陈小妹的语言,转悲为喜。她用两只手掐住陈小妹的腋下把它抱了起来。陈小妹马上去舔母亲的脸,母亲把头扭开了。但母亲感受到了陈小妹从鼻子里发出的温润的气息,友好,亲昵。

9

母亲与陈小妹达成了和解,肖凌一点儿也不知道。母亲也不让他们知道。为啥要告诉他们呢?母亲想,反正他们也不待见我,他们只关心陈小妹。当着女儿一家三口的面,母亲继续不给陈小妹好脸色,甚至在方便的时候敲打它。每逢陈小妹淘气,母亲就大声斥责它,有点故意讨嫌的意思。母亲的行为让家里的空气一刻也没有轻松过。陈卫国和潇潇放学回来,母亲在屋里说:"都回来了?"母亲的声音因为愉悦已经有了歌唱的味道,但他们因为各怀心事,谁都听不出来。

陈卫国教两个班的物理,成绩在十几个平行班上总是遥遥领先。

受陈卫国的影响,班里也有几个无线电迷,在课堂上学了理论知识,就想动手进行实践。在几个同学的撺掇下,班里成立了一个无线电兴趣小组,共有八人参加。陈卫国把自己出资买来的一些零部件也无偿捐献了出来。这件事本来校长同意了,说在业余时间丰富学生们的文化生活是好事。兴趣小组活动了两次,校长听到了些风言风语,说那些无线电传播技术会给学校带来麻烦,便找到了肖凌,让她劝说陈卫国,解散兴趣小组。肖凌在单位是中层干部,校长让她去做工作是应该的。但陈卫国不那样想。当时成立兴趣小组就是校长当面答应的,现在要解散,校长屈尊来说一声也没什么,或者让哪个副校长来通知,都行。肖凌的身份特殊,说话的口气也特殊。肖凌本来就反感陈卫国的这些做法,说他不务正业。陈卫国一听就炸了,说校方出尔反尔,说:"我把兴趣小组搬到校外总可以吧?"肖凌的火气也不打一处来,说:"现在课程这么紧张,都恨不得把时间掰成两半使,你竟搞些没用的,能帮助孩子升学吗?能让家长满意吗?"俩人在前边吵,坐在后面的潇潇一声不吭。来到楼下下了车,潇潇说了句:"你们如果再吵,从明天开始,我就不坐这个车了,我打的。"

肖凌最后一个下了车。她最近总感觉有点心力交瘁,觉得自己像提前进入更年期了。走到一楼门口,陈阿姨把她拦住了。肖凌抢着说:"我妈可想陈阿姨了,您咋不去我家串门?"陈阿姨说:"我正要跟你们说这个事呢,我上去过……你们多开导开导老人吧!"

肖凌问母亲都跟陈阿姨说了些啥,母亲说:"啥都没说。"母亲的眼神一躲闪,肖凌就知道她心虚了。肖凌说:"您肯定诉苦了,是不是说我们对狗比对您还好了?"母亲看了肖凌一眼,劲劲儿地说:"说了。

你们对狗就是比对我好。"肖凌说:"我们怎么对您不好了?我们是对陈小妹好,但对您也不差吧?"母亲说:"差不差你们心里清楚。"肖凌让母亲说得详细些,母亲说:"刚才他们爷儿俩进来,潇潇不理我,她爹屁都不放一个。"肖凌风风火火冲进了潇潇的屋里,问她是不是没理姥姥,潇潇理直气壮地说:"没理!"肖凌乒乒乓乓地凿了她后背几下,说:"你还无法无天了,你不记得你是在姥姥背上长大的?"潇潇倔强地拿着笔一笔一画地写字,声都没吭。肖凌不解气,又抓起一本书在桌子上摔了一下。一回头,见母亲就在门口站着,脸上寒气袭人。母亲说:"我知道我给你们添麻烦了,明天我就回家了,你不用打孩子了。"母亲说完就回房间收拾东西。肖凌坐在沙发上生了好一会儿闷气,还是把陈卫国和潇潇提溜到母亲的屋里。母亲已经包好了两个包袱,像两头翘起的小船一样。肖凌扯了陈卫国一下,陈卫国有些结巴地说:"妈,对不起,今天我心情不好,惹您老人家生气了。"潇潇支棱着脑袋不肯说道歉的话,看见姥姥突然捂住脸哭了,潇潇受不了,她扑过去抱住了姥姥。

母亲与陈小妹形成了默契。家里上班的上学的人一走,陈小妹就来到母亲的房间,嗅够了母亲腿上的薄荷味,就卧在脚下,仰着头听母亲说话。母亲的话很多。她回忆年轻的时候,年壮的时候,是多能干的人啊!起早永远不会睡过站。场里地里的活计没有不会的。五个女儿夏单冬棉永远是干干净净的。过年了,大棉鞋一人一双。母亲都是十二点以后刺啦刺啦钉底子。男人挣十工分,母亲也挣十工分。男人起圈,母亲也起圈,起一个猪圈能挣十五工分。母亲是女人中唯一能挣十五工分的人。母亲说这些时脸上洋溢着幸福,那些岁月就在额头的皱纹里潜伏着,皱纹打开了,岁月就显现了。母亲回忆那一年大旱,河干了,井也干了,每天起得最早的人能打上一桶清亮的水。别人起得再早也没用,母亲钉底子钉到后半夜,先去挑了水,然后再睡觉。所以村里人都知道母亲能起早,但至今也不知道母亲是这样的起法。母亲得意地对陈小妹说:"吃不穷,穿不穷,算计不到就受穷。那时候哪是光受穷啊,算计不到都喝不上一口干净水。"

母亲说话说得口干舌燥,起身给自己倒了杯水,也给陈小妹倒了些。陈小妹过去闻了闻,没有喝。母亲说:"不想喝水也不能给你牛奶喝,牛奶是牛喝的,你只能喝狗奶。你还记得狗奶是什么滋味吗?"

陈小妹嗅了嗅,表示不赞成母亲说的话。

母亲说:"你不同意也白搭,我说话算数!"

然后,母亲又告诉陈小妹床不能上,沙发不能上。过去陈小妹是人待的地方都想享受一下。它是那种典型的宠物型犬类,爱跟人起腻。尤其是夜里,主人不让它上床,它就在沙发上四仰八叉躺舒服,弄得一家人的衣服上都是狗毛,每天临出门之前,总要用粘纸粘来粘去。母亲怕它听不懂,又把它放到床和沙发上,拍打两下脑门,然后把它推下去。陈小妹立刻就懂了,缩着脖子夹着尾巴灰溜溜地站到远处看着母亲,神情有几分羞愧。

10

要说陈卫国有多不待见这个丈母娘,也不是真的。当初他和肖凌结婚时,丈母娘真像别人说的那样,喝凉水都要兑香油。这是说丈母娘对姑爷的那种好,不是骨肉,胜似骨肉。从什么时候起,陈卫国心里有了结子呢?比挨一巴掌还要早。那时肖凌的教导处主任刚有信儿,陈卫国就坚决不同意,说:"这个角色,官不像个官,老师又不像个老师。当老师的就在三尺讲台上站稳了,其余的都是浮云。"陈卫国还说:"要是让你当校长,我也就不说什么了,最起码那有个行政级别。当主任也就是比别人多陪两顿酒,你就那么稀罕去跟人家逢场作戏?"

当时他们是躺在床上争论的,肖凌说服陈卫国的理由是,自己当主任就可以不受哪个下三烂主任的气。这个理由没有说服陈卫国。肖凌其实也明白,夫妻两个在一个单位,陈卫国多少是有压力的。但陈卫国说得也有道理,肖凌也热爱讲台,喜欢每天面对一张张青春的面孔。

谁都没有想到母亲在门外偷听了他们的谈话。母亲推门就进,啪地摁亮了电灯,把床上的两个人吓了一跳。母亲说:"人往高处走,水往低处流,肖凌你就得当主任,不当主任怎么当校长?卫国你不支持她还给她泼冷水,人家还以为你们不是两口子呢。"在明亮的灯光底下,陈卫国张口结舌的,有点无处藏躲。肖凌起身把母亲推了出去,说:"这不关您的事,您瞎掺和什么?"母亲说:"你是我闺女,混得好我也沾光,怎么能说是瞎掺和呢?"母亲朝卧室方向点着说:"别听他的,他吃不着葡萄就说葡萄是酸的。"

肖凌说:"以后您进我房间得敲门。"

母亲说:"你是不是我闺女?你是不是从我肚子里爬出来的?你

那个时候咋不让我敲门?"

肖凌最终当了主任这个差,也不光因为听了母亲的,主要还是自己想通了。当了主任,到底还是比当班主任轻松,虽然陈卫国看不上,但女人都不跟轻松过不去。

这一段时间家里乌烟瘴气的,作为一家之主的陈卫国好好反思了一下,决定在路上跟肖凌和女儿谈谈。周末晚上放学,陈卫国拉着娘儿俩去了易人咖啡店,是他的无线电发烧友开的。咖啡店里温暖、雅致,三三两两进来的都是年轻人。肖凌起初不肯进来,说:"一家三口喝咖啡,不是毛病也是神经。"架不住潇潇热情高,把她连拉带扯地拽了进来。老板跟陈卫国探讨了一阵无线电的技术问题,就去忙别的了,告诉服务员这桌的单只收一半。陈卫国说:"不用你管,你以为我一个人民教师连杯咖啡都喝不起?"

要了咖啡和小点心,潇潇有点贪婪,她喜欢咖啡的味道。肖凌却没有动,她有些不安,不知道陈卫国葫芦里卖的什么药。陈卫国用勺子慢慢搅动着咖啡,思忖话打哪说。肖凌等不及了,说:"有话快说、有屁快放,回家我还得做饭呢。"潇潇连忙看了看左右,说:"妈妈不该讲粗话。这里环境这么优雅,你说话应该像个淑女才行。"

肖凌扑哧一声笑了,说:"我能当淑女的妈就已经不错了。"

这话给了陈卫国启发。陈卫国就从环境对人的影响开始说起,说:"这段时间家里不太平,大吵小吵几乎不断,姥姥伤心,我们也伤心,就因为姥姥与我们对待陈小妹的态度不同,这是吵嘴的诱因。吵嘴的结果,就是大家都不愉快。一个家庭没有和谐温馨的气氛,就不叫家庭。我首先检讨,有时心情不好,对姥姥有些过分,不像个男子汉大丈夫。姥姥是谁？是亲人。姥姥不喜欢陈小妹很正常，但我们因为姥姥不喜欢陈小妹而不喜欢姥姥就不正常。你们自己说说，在你们的心目中，到底是陈小妹重要还是姥姥重要？"

肖凌没料到陈卫国说这些，没提防地，眼泪就掉了下来。

潇潇看这个又看看那个，谨慎地说："不是我不喜欢姥姥，是我的心不喜欢。我管不住我的心。"

陈卫国说："好，我们就从你的心开始谈起。你的心为什么不喜欢姥姥呢？是因为姥姥对陈小妹不好。姥姥对陈小妹怎么不好呢？不给它吃火腿，不让它上沙发，它淘气时给了它一拐杖，除此以外还有什么？不是姥姥对陈小妹太苛刻，而是我们对它太纵容。姥姥所做的一切，都是应该做的。陈小妹不单喜欢吃火腿，它还喜欢吃更高级的食物，就像我们一样。比如，到这里来喝杯咖啡。可我们能带它来吗？不能。不是所有的愿望我们都要满足，对待陈小妹如此，对待潇潇也如此。火腿不是陈小妹唯一能吃的食物，是我们让它变成了唯一。公平地讲，陈小妹每天吃火腿弊大于利，身体发福了，越来越跑不动了。火腿里有食品添加剂，吃久了对身体不好。我们对它好，其实是在害它。姥姥对它不好，却有助于它懂事和成长。潇潇是中学生了，这些道理应该懂得。再好吃的食物如果天天都让你吃，你会愿意吗？"

潇潇不服气，说："陈小妹自己喜欢。"

陈卫国说："你小时候就爱吃巧克力，哪天不吃就又哭又闹。你妈为这个事不知发了多少愁，总担心你把牙齿吃坏。姥姥把你带回了老家，在巧克力上抹辣椒面，才戒掉你的毛病。如果不是当初姥姥对你'不好'，你能有现在这样一口好牙齿吗？"

肖凌一下有了精神,说:"你那个时候满口的小黑牙根,蛀牙一个接着一个。手里有钱就去小卖店买巧克力,有一次,居然赊了三块钱的账,让我狠狠揍了一顿。"

潇潇白了肖凌一眼,说:"你虐待儿童。"

肖凌说:"如果没有虐待,你会顺顺当当长这么大?"

陈卫国又说:"姥姥吃了一辈子苦,她看不惯陈小妹吃火腿,是因为她自己都舍不得吃,要给我们省钱。姥姥不是虐待陈小妹,而是有一套自己的方法管教它。可这些我们却看不惯。我们为什么看不惯?是因为我们在感情的天平上倾斜到了陈小妹一边。姥姥说得很对,我们对待陈小妹的确比对待她好,我们真的很不应该。"

肖凌的眼泪越流越多,用手背都抹不过来。潇潇抽了纸巾给妈妈擦眼泪,说:"爸爸说得好像有道理,我们是惹姥姥生气了。"肖凌响亮地吸了吸鼻子,说:"我们以后谁都不许管陈小妹了,就把陈小妹交给姥姥,说不定能把陈小妹管成个天才。"

陈卫国说:"我们从今天开始,都要对姥姥转变态度,从我做起。"说完伸出来一只手。肖凌和潇潇也重复了"从我做起",把手掌扣到了陈卫国的手背上。

11

把生活稍稍换个角度调整一下,就发现内容和形式都有了不同。肖凌一家三口放学回家,看见陈小妹经常惶恐地扎在沙发缝里不出来,他们就知道陈小妹又犯错误了。母亲对陈小妹的态度,一点也不纵容,该奖励的时候奖励,该惩罚的时候惩罚。陈小妹逐渐成了一只品德优良的狗,不上沙发不上床,也不再偷东西吃。过去陈小妹还爱撕咬卫生纸,能把一包卫生纸都扯出来堆到客厅,就像下了雪一样。现在看见白色的卫生纸,陈小妹扭头就走,就像中了什么符咒。

学校要期末考试了,平行班级之间展开了学习竞赛,老师不是拖堂就是压课。陈卫国教初一物理,任务较轻,每天能够按时下班。肖凌则不要跟着压课的班级耗时间。潇潇每天都在陈卫国的办公桌上做作业,待一车人满载而归,潇潇在路上就要睡着了。回家的第一件事,肖凌冲进厨房,陈卫国出去遛狗,一家人紧张得像是打仗一样。

母亲对肖凌说:"从明天开始,我去遛狗吧!"肖凌马上说:"不行不行,要是磕了碰了,可没处去买后悔药。"母亲说:"我这么大的人了,还能磕了碰了?"肖凌说:"我知道您心里还年轻着呢,可您的胳膊腿的确已经老了。"肖凌问陈卫国怎么看这件事,陈卫国也同意肖凌的观点,说:"陈小妹一到外面就发疯,您可撑不上它。"

母亲一旦对什么事情动了心,就会念念不忘。家里剩下她一个人,她就趴在窗台上,研究自己出去的种种可能。心里有了底,母亲穿戴整齐,在兜里放了一把狗粮,对陈小妹说:"跟姥姥出去玩啊!"陈小妹听得懂那个"玩"字,嘴里发出了愉快的哼唧声。母亲说:"出去你可要听话,不许乱跑,听到没有?"陈小妹把尾巴摇出花来,可开了门,一下就蹿了出去,一边跑一边狂吠。它跑下几级台阶,又蹿上来咬母亲的裤脚,那意思是,你咋走得那么慢啊?母亲因为兴奋而有些慌急,但一点也不敢怠慢脚底下。下了最后一级台阶,母亲的脸上有了胜利的微笑。天底下都是白花花的日光。母亲仰起脸,眯起眼睛,接受阳光的抚摸。陈小妹耸着脊背在草地上疯跑,像开足了马力的汽车一样。母亲看着它矫健的样子连声说:"可怜,你那么能跑,平时却没机会,今天快多跑一会儿吧!"

小区大门口有会馆,陈阿姨在那里打牌。早先母亲也经常到那里坐,冬天外面冷,很多老人都在里面避风。母亲拖着一条残腿走向陈阿姨,她想和陈阿姨说说话。会馆里有四个人打牌,却有七八个人看热闹。母亲对陈阿姨说:"这儿也不冷啊?"陈阿姨只来得及应一声,不冷,就再没朝母亲这里看。母亲有些失望,她原想陈阿姨会把手里的牌给别人,陪自己说说话,毕竟她们是老相识。换作母亲,她会这样做的。

外面的横向马路有些背阴,再加上顶风,母亲走了几十米,就觉得冷风把衣服灌透了。那条残腿尤其不听使唤,每走一步都很困难。怪不得女儿、女婿不让自己出门,原来自己真成废物了。陈小妹喜欢顶着风奔跑,脊背上的毛都耸起来了,像风掠过的草地一样。陈小妹的毛发是麦草的颜色,在枯槁的绿化带中穿行,尤其显得英姿勃发。

母亲忽然想起了老家的麦草垛,散发着干爽温馨的味道。母亲出来之前,特意把麦草垛用苫布盖上了,以防下雪。这个麦草垛已经有好几年了,还是母亲腿脚好的时候垛起来的。自从病了以后,母亲不再自己烧柴灶,麦草也没了用场。但母亲像照料孩子一样照料着它,防着雨雪浇它,防它腐烂霉变,总是该晾晒晾晒,该通风通风。邻家曾来找母亲商量,想花几个钱把麦草买了去,母亲说,给多少钱也不卖。人家问母亲留着麦草干啥使,母亲说,死了铺棺材。

母亲说的是气话。家里干农活的用具都被那户人家借走了,借了就不还。他们说反正还了也没用,母亲没有地,也干不了庄稼活了。所以母亲对那户人家惦记自己的麦草垛很反感。她有点担心他们趁自己不在家时把麦草垛据为己有,然后就说被大风刮走了。

母亲开始不安起来,恨不得一步迈回家里。母亲在冷风中心事重重的样子很惹人注目,所有从她面前经过的人都会看她一眼。陈小妹从人行道蹿到了主干道,它总是像小孩子一样顽皮。主干道上的车很多,陈小妹机警地躲闪着,跑了一个大大的弧形,然后朝母亲这里奔来。一辆三码车骤急的刹车声惊醒了母亲,三码车上下来一个穿灰色大衣的人,他朝母亲这里看了一眼,就从容地抱起陈小妹扔到车上,然后又嘟嘟嘟地把车开走了。

母亲好一会儿才明白是怎么回事。她大呼小叫地嚷有人偷狗了!母亲跟跄着抱住了一棵树,她想拖着这棵树去追那辆三码车,无奈腿像生了根一样抬不起来。车子在前边迅速拐弯了,母亲一下子哭出了声:"陈小妹啊……"

有几个人过来围住了母亲,问母亲到底是怎么回事。母亲比画着央人快去追,说:"陈小妹被人偷走了。"有人以为陈小妹是个孩子,拿出手机就要拨打110,待问明白了是条狗,那人又把手机收了起来,说:"您就认倒霉吧,这样的事隔三岔五就会发生。"

"现在的年轻人真是没样儿,怎么能让腿脚有问题的人出来遛狗呢?"那人愤愤不平地说。

12

母亲把兜里的狗粮拿了出来,让肖凌他们看,说:"陈小妹真的是被人偷走了,不是我故意把它弄丢的。我出去之前还特意带了把狗粮,防止它不听话时给它吃。"母亲把事情的经过从头到尾说了一遍,一家三口都用那种眼神看她,让母亲觉得无法承受。肖凌心里很难受,嘴上却说:"丢了就丢了,不就是一条狗嘛!"潇潇扔下书包就跑了出去,围着小区到处喊,又把楼前楼后的灌木丛仔细看了个遍,回到家来饭也不吃,就在屋里呜呜地哭,哭得母亲劝也不是、不劝也不是。陈卫国仔细问了那辆三码车,什么颜色,开车的人多大年纪。母亲说:"没有看清楚。"母亲确实没看清楚。可一句没看清楚却打消了陈卫国继续问下去的念头。母亲第一天出去遛狗就遇到了偷狗的,陈卫国也有点不知所措。

没有了陈小妹,家里显得空空荡荡的,没人开电视,也没人说话。母亲早早就回了自己的房间,说了句:"死了娘老子也不至于这样。"在他们没回来之前,母亲一直在自责,那种感觉甚至让母亲有点透不过气。母亲有充分的准备,接受一家三口的责难。可是,他们回来什么也没说,母亲才意识到他们根本就不相信自己。他们不相信,母亲就觉得没啥好说的了。

"不就一条狗嘛,就算我故意把它弄丢的,又能怎么样?"母亲自言自语。

转天早晨起来,潇潇的眼睛红肿得像桃。她晚上给姥姥写了一封信,对姥姥说:"你可以不喜欢陈小妹,可以把陈小妹送人,但你不能抛弃它。外面那样多的大狗,没人呵护它,它会被撕烂的。"潇潇把信放到了茶几上,被肖凌看见,把信收了起来。肖凌说:"你写这些有什么用?姥姥又不认识字。"潇潇说:"就是因为姥姥不认识字我才写的,否则还不把我憋死?"肖凌说:"姥姥已经说了,狗是被人偷走的,我们要相信姥姥。"潇潇说:"这话你信吗?姥姥平时连门都不出,却有本事让人来偷狗。"陈卫国听不下去了,呵斥说:"姥姥说丢了就丢了,这件事就到这里,以后谁都不许再提。"

肖凌推开门跟母亲说要上班了,母亲朝向窗户坐着,没有回头。

母亲把外面的房门留了一道缝,她总觉得陈小妹那么聪明,不定什么时候就会跑回来。肖凌下班回家问母亲为什么不关好门,母亲撒谎说:"陈阿姨过来串门,忘记关了。"肖凌上班时在楼下见到陈阿姨,才知道母亲在说谎。陈阿姨说:"那个开三码车的人真缺德,欺负一个腿脚不好的老太太。"肖凌吃惊地问:"你是怎么知道的?"陈阿姨说:"当时我在打牌,有人从外面回来,亲眼看见开三码车的人抱走了陈小妹。"肖凌当即返回家里跟母亲说:"陈小妹是丢了,我们都相信您。"可母亲却不相信肖凌说的是真话。母亲说:"我知道你们都以为我把陈小妹谋害了。我是把它谋害了,我不待见它。"

母亲一直都在想着怎样弥补这件事。没有了陈小妹,她也觉得日子难熬了,心里的那些话,说给谁听呢?这天,肖凌他们上班刚走,母亲也下了楼。她坐上了一辆出租车,问司机哪里有卖狗的。司机想了想,说:"大集上也许有。"母亲说:"我今天出来就是赶大集的,买狗。"司机同情地说:"您腿脚不好还去赶集,那里人山人海的,可别挤着您。"母亲把家里的事跟司机说了,自己不小心遛丢了狗,儿女们却认为狗被她谋害了。司机咂着嘴说:"对狗比对老人还好,也不知道这年头的人是怎么了。"

司机自告奋勇陪母亲去买狗,把车开到狗市去。狗市在西郊的一片树林里,要从外环路上绕过去。"我不多收您钱。"司机诚恳地说。司机把母亲搀下车,又搀着母亲走进了狗市。不断有卖狗的人招呼他们,把他们看成母子了。母亲眼花缭乱,她哪里见过这样多的狗啊,而且都奇形怪状的,与村里的狗一点儿都不一样,斑点、金毛、牧羊犬、萨摩,大的、小的,长毛的、短毛的,红的、黄的都有。司机告诉母亲:"狗贩子可会糊弄人了。有些狗的斑点是点上去的,回家一洗澡点就没了,有些卷毛是用冷烫精烫的,有些颜色是用涂料染的,稍不留神就会买个当上。"母亲可没想到买只狗都有这么多学问。她问司机怎么才能不上当。司机说:"大妈要是信得过我,咱就到边上去遛遛,有些狗是自家养不了拿来卖的,那些人不是狗贩子,一眼就能看得出来。"

司机看上了一只小比熊,白色的卷毛毛,像个不倒翁一样。司机说:"小比熊比博美漂亮,买回家去儿女准喜欢。"母亲却坚持买博美,说:"丢了个陈小妹,还要买回来个陈小妹。"听说母亲买博美,一个中年妇女凑了上来,说:"家里的狗生了四只狗崽子,实在没处放,拿出来换几个钱花。"那只小狗就在女人的手心里,毛茸茸的,颜色、模样都与陈小妹相仿。但母亲说这个狗种不纯,跟家里丢的陈小妹相比,腿短,耳朵小得就像粽子角。女人笑着说:"您家的狗不是纯种的吧?您大概没见过纯种的博美,狗越小,纯度越高。"

女人的说法在司机那里得到了证实。母亲便对这只博美动了心。

一番讨价还价,女人只肯让到四百五十元,母亲虽然不舍得,还是把兜里仅有的五百元钱掏了出来。这是只公狗,母亲当时就琢磨着叫它陈小弟。

肖凌对周老师说:"你不知道什么时候会出现奇迹吧?可奇迹就是随时都有可能发生。母亲下楼转了一圈,没找到陈小妹,却捡到一只纯种的小博美。"周老师说:"你们上次捡过一只,这次又捡了一只……怎么那么巧,不会是买的吧?"肖凌把头摇得像拨浪鼓,漫说母亲腿脚不利索,出不了远门,就是出得去,她也找不到卖狗的地方,就是找得着,她也舍不得花钱。你想,她平时连口饭都吃得节俭,怎么舍得花几百块钱买狗呢?

周老师说:"出不得远门还能捡到狗,这狗还是来得蹊跷。"

正好陈卫国朝这边走来,周老师招呼他,说:"你们家的陈小弟当真是捡的?"

陈卫国说:"哪里有那么好捡?分明是买的。"

陈卫国用的是玩笑的口吻,但他说的其实是心里话。

陈卫国拍着篮球朝操场中间走,心想,肖凌怎么越来越少心眼了,那样好看的一条狗,怎么可能让一个老太太随便就捡到。

13

陈小弟像一个初来乍到的小客人,惊奇地这里瞅、那里嗅。它吃得少,走路试试探探的,哪里有个响动,就会支棱起耳朵听半天。它还不会叫,来家里几天了,也没从它嘴里发出过声响。

它实在是比陈小妹好看,尤其是毛色,比乳白深一些,比鹅黄浅一些,跑动的时候,像是一个漂亮的绒球在滚动。小耳朵藏在毛发里,只露出尖尖的小菱角。潇潇追问姥姥是从哪里捡到的,姥姥说:"就是在丢陈小妹那里不远的地方。"潇潇惊奇地说:"是不是陈小妹派它来咱家的?"

母亲不愿意让家人知道自己去狗市的事,觉得没面子。她其实不怎么喜欢陈小弟,经常点着它的脑门说:"四百五啊,你哪里就值四百五啊……"

有一天,肖凌去会馆买菜,正碰见一个男人在买烟。肖凌不认识人家,但人家认识她。在小区门口开了几年出租车,司机叫不上业主的名字,但谁跟谁是一家的,也能认个八九不离十。司机问肖凌小狗怎么样,要想着给它注射疫苗,从狗市出来的狗,都容易得病。肖凌问他怎么知道自己家有小狗?司机告诉她,你婆婆去买狗,我拉着她走了一遭。

肖凌怔住了,半天回不过神来。什么叫奇迹?奇迹原来在你不知道的地方。

这件事,肖凌对谁也没说,只是拿出了五百块钱悄悄给了母亲,说这月奖金发得多。母亲不要,说自己有吃又有穿,要钱也没有用。肖凌还是把钱塞到了母亲的口袋里,她知道母亲嘴上说不要,心里其实是高兴的。

母亲不是在乎钱,她在乎的是有人惦记她。

陈小弟总是亦步亦趋地跟在母亲身后,母亲想跟它说话,它却躺在那里呼呼大睡。陈小弟仰面朝天躺着,四脚朝上。母亲看不惯它的睡姿,说,人家睡觉都趴着,你怎么仰八脚晒蛋呢?母亲拨拉它一下,它懵懂地站起来,换个地方接茬儿睡。母亲说:"都是博美,你跟陈小妹一点儿也不一样。陈小妹那个机灵啊,什么都懂,眼睛都会说话。"陈小弟也不理会母亲,往远处走了几步,一跷后腿,尿了泡尿。母亲骂:"该死的东西,看你啥时候能懂人事……"

陈小弟憨态可掬,很快就把潇潇征服了。潇潇愿意用脸蹭陈小弟的毛,或者把陈小弟放在自己的衣服里,贴着胸口。潇潇夜里睡觉想搂着陈小弟,母亲不依。母亲说:"你是女孩子,陈小弟不干净。"潇潇说:"我去给陈小弟洗澡。"母亲说:"洗澡也不行,人就是不能跟狗一床睡。"潇潇求援地看着肖凌,肖凌也没通融,说:"都照姥姥说的办。"

有一天晚上十点多,母亲已经睡了,却听到门外有动静。母亲喊肖凌出去看看,肖凌赖在沙发里懒得动,说:"这么晚了,不会有人来。"母亲不放心,披了衣服去开门,就见陈小妹旋风一样呼地卷了进来,母亲吃惊地叫出了声:"乖乖……你这是从哪儿来的啊?"

陈小妹蹿得高高的,跟每个人亲热。但陈小妹已经不是原来的样子了,像泥猴一样,毛发都打着卷,沾着柴火末子。所以每个人都躲闪着身子防止被它扑到。肖凌蹲下身去想摸摸它,伸出去的手又缩了回来。肖凌说:"你怎么把自己弄成这个样子?"陈小妹哀哀地冲着肖凌叫,眼里似乎都有了泪花。陈小弟战战兢兢地过来看热闹,陈小妹突然屁股撅得高高的,匍匐下身子,一纵身就把陈小弟扑倒了。陈小妹叼起它的后背像叼玩具娃娃一样用力甩了几下,然后用一只前爪蹬扯,把一家人吓坏了,手忙脚乱地把陈小弟抢了过来。

母亲从屋里推了把椅子出来，说："你们去睡觉吧，我给陈小妹洗澡。"肖凌说："今天太晚了，先把它关在洗手间，明天再说吧！"母亲答应了。待肖凌他们都睡熟了，母亲又把洗手间的门轻轻推开了。母亲坐在椅子上，给陈小妹淋浴。母亲说："你这些天受苦了吧？人家是不是把你关起来了？"陈小妹呜咽着回应，它总寻找机会舔母亲的手，所有的言语似乎都想从那片舌头传导出来。母亲说："可怜的东西，你倒是说话啊。"母亲给它用洗发水，陈小妹仰着脖子等着母亲搓揉。终于洗得香喷喷的了，母亲用小毯子把它包了起来。母亲说："你不在家，这个小毯子就是陈小弟的了。"陈小妹嗷地叫了一声，吓了母亲一跳。母亲说："你当真能听懂我说话啊……陈小弟不是别人，它就是你弟弟。"

但陈小妹显然不那样认为，它只要看见陈小弟，就一副有你没我、有我没你的架势。有一次，陈小弟刚要过去吃食，就被陈小妹叼起尾巴扯出去老远。它还见不得潇潇跟陈小弟亲热，只要看见潇潇抱着陈小弟，就气得浑身哆嗦。潇潇觉得这样好玩，故意把陈小弟举得高高的，表演给陈小妹看。陈小妹往她身上扑，不小心把潇潇的手背咬破了。陈小妹遭了狠狠一顿打，躲到沙发缝里半天都不肯出来。肖凌和陈卫国都很紧张，商量上学之前先去给潇潇打狂犬疫苗。母亲轻描淡写地说没事，去年她的小腿被邻居的大狗咬了一口，咬出了两排牙印，没打疫苗，也没啥事。肖凌吃惊地说："怎么没听您说起过？"母亲说："告诉你们干啥？你们就知道大惊小怪的。"肖凌说："您是不知道狂犬病的厉害，有十几年的潜伏期。"母亲说："早死早托生，我都活到这把年纪了，还有啥可怕的。"

家里有两条彼此不相容的狗,可不是件轻松的事。肖凌在饭桌上说:"怎么办呢?我们不能把两只狗都留在家里。如果只留一条,你们说留谁?"潇潇首先说:"陈小弟,我已经离不开它了。"母亲说:"过去你也离不开陈小妹。"潇潇噘着嘴说:"此一时彼一时,我现在就是离不开陈小弟。"陈卫国不表态,母亲也不再说什么。肖凌说:"那就听潇潇的?"陈卫国问:"陈小妹怎么办?"潇潇说:"要是知道她从哪跑来的就好了。"肖凌说:"妈第一天遛狗就遇到了偷狗的人。"潇潇嘴快,马上说:"再让姥姥遛丢一次?"

母亲不满地哼了一声。

陈小妹就在阳台上,隔着玻璃往里看。肖凌告诉母亲,为了不让它伤害陈小弟,就让它待在阳台上。此刻它眼巴巴地看着餐桌,看着在餐桌底下忙来忙去的陈小弟,不明白自己千辛万苦逃回来,怎么就成了不受欢迎的狗。

肖凌他们上班走了,母亲就把陈小妹放进来。陈小妹不放过任何复仇的机会。它觉得就是这个叫陈小弟的家伙剥夺了自己在这个家庭的地位。所以,它虽然趴在母亲的脚边,可眼睛却盯着陈小弟。陈小弟在潇潇的房间一带活动,只要出现在门口,陈小妹就会像箭一样射出去。陈小弟屁滚尿流的样子,让母亲忧心忡忡。母亲对陈小妹说:"你越是这个样子,人家越不待见你。说来讲去还是怨我,我要是不把你遛丢了,就不会买陈小弟,要是不买陈小弟,你回来也不会是这个待遇。我一直都在好心办好事,可办出来的,咋看着没一件像好事呢?"

陈小妹的眼睛里一点一点渗出水来。它的伤心是看得见的伤心,它的绝望是看得见的绝望,它的愤怒也是看得见的愤怒。它把头抵在母亲的脚背上,鼻子一抽一抽的,很像哭。母亲拍了拍它,说:"放心吧,我不会丢下你不管的。我想好了,天气暖了我就回家,你也跟着我回家。老家有大院子,你可以随便跑。村里有许多伙伴,你可以随便出去玩。咱不住这憋死猫的楼房,咱回家去住四破五的大瓦房去。"

可陈小妹对大院子、大房子一点儿感觉也没有。它的眼神一直就那样透露着茫然无措和郁郁寡欢,就像一个失去母亲的孩子,任何语言都难以温暖它。后来,它眯起了眼睛,看上去像是睡着了。可陈小弟一探头,它马上警觉地耸起了脊背。陈小弟就像耗子见了猫一样,只一闪,就在门口消失了。

14

肖凌托周老师给陈小妹找个人家,说:"家里两只狗天天你死我活的,看着就不太平。"周老师说:"陈小妹是成年狗了,懂事,养到这么大不容易。你们怎么不考虑把陈小弟送人?"肖凌说:"别说潇潇了,连我都不舍得,陈小弟值五百大洋呢。"周老师说:"那就也去赶个大集,说不定能卖个好价钱。"这话让肖凌动了心。在回家的路上,肖凌对潇潇说起赶大集的事,潇潇很反感,说:"你们不如先卖了我吧,反正我也不想待在这个家了。"

肖凌问她:"为什么不想待在这个家?"潇潇说:"我们家整天就像演戏一样,神经脆弱的根本待不了。一会儿丢狗,一会儿捡狗,一会儿卖狗,我们家的人是狗贩子吗?"

两天以后,周老师回了话,说有一对老夫妇可以收养陈小妹,但条件是先给陈小妹做体检。周老师说得为难,肖凌听得生气,说:"我们陈小妹也是家里的宝贝,怎么送给人家就成二等公民了?"周老师说:"是我嘴快,把陈小妹这些日子的遭遇对人家讲了。人家不是对你们不放心,是对它跑出去的这十几天不放心。人家也不是在乎几个钱,是他们年龄大了,出门不太方便。人家特意嘱咐我,你们可以拿着体检凭据去报销。"周老师的话,说得肖凌的心一剐一剐地难受。不管陈小弟值多少钱,肖凌还是对陈小妹有感情。可有感情不代表肖凌能留下它,品种、价位、容貌、年龄,肖凌考虑的是综合因素,当然,还有潇潇的想法。说到底,陈小妹就是个宠物,有人宠它,它是个物;没人宠它,它就什么也不是。

临上班前,肖凌从抽屉里拿出一个大布兜,是去超市买菜时用的。它推开阳台的门,母亲正好从房间里出来。母亲看着她把陈小妹装进了布兜,问她要干啥。肖凌说:"送人,给它找到下家了。您一直不喜欢陈小妹,这回也算不喜欢到头了。"母亲急急地往肖凌这里奔,抢过布兜把陈小妹放了出来。母亲说:"谁说我不喜欢陈小妹?我还准备把它带回家呢。"肖凌说:"您过去不是一直反对养狗吗?"母亲说:"过去是过去,现在是现在。现在我改主意了。"肖凌看了看表,说:"您就别捣乱了,我都跟人家说好了。"母亲也毫不通融,说:"我跟陈小妹也说好了,天气暖和了,我就带它回家。"

肖凌急了,说:"家里养两只狗,您说这家还像个家吗?"

母亲说:"养一只狗就像家了?我看一只不养才像个家。"

肖凌说:"那您还把陈小弟买回来,给家里添了这么多麻烦。"

肖凌话一出口,就发觉不对了。母亲尴尬的样子让肖凌后悔不迭。母亲下决心似的挥了一下手,说:"我把两只狗都带到乡下去总可以了吧?我说走就走。还有你那五百块钱,我一分不少全还给你。"

肖凌窘得恨不得有个地缝钻进去,连声说:"得得得,陈小妹我不送了总可以吧?"

陈小妹却迅速地衰弱下去了。它每天都趴在一处,连眼睛都懒得睁开。陈小弟甩着小尾巴在它周围嘚瑟,它看也不看一眼。火腿不想吃,牛奶不想喝,母亲给它煮了鸡蛋,把蛋黄喂给它,它只舔了舔,就把头扭一边去了。母亲问:"你这是怎么了?"陈小妹眨巴一下眼,就有泪珠淌了下来。母亲一下子老泪纵横,说:"你既不会说,也不会道,这不急死人吗?"

午后的阳光温暖恬静,母亲坐在靠窗的地方,也把陈小妹抱了过去。陈小妹走路打晃,还有些像哮喘一样透不过气。母亲把它抱在怀里,不停地抚摩它的后背。母亲侧着头看陈小妹的眼睛,说:"你爱听我说话,我们还是说说话吧。"

有一件事,母亲烂在了肚子里,跟谁都没有说过。有一天晚上收工回来,队长三全悄声对她说:"今天晚上去粮库夜战,你跟谁也别说。"母亲当时很兴奋,夜战可以多挣工分,到粮库夜战,说不定还有别的便宜捡。只是……粮库里能有什么活呢?母亲很好奇。母亲吃过晚饭就奔粮库去了,原是地主家的几间大房子,马灯就在墙壁上挂着,照着堆成山的粮食口袋。三全早到了一步,帮着母亲把麻袋里的豌豆倒进了两只口袋里。三全说:"花美丽,豌豆是好东西吧?"母亲说:"当然是好东西,比高粱棒子好吃,比白面出数儿,豌豆做成豆沙尤其好吃,只是寻常人家都舍不得。"三全说:"你要答应我一个条件,我就让你顿顿吃豆沙。"母亲警惕起来,三全的坏水多是出了名的。母亲说:"我先听听是啥条件?"三全要过来耳语,母亲转到了口袋的另一边,说:"这里又没有别人,你就敞开说呗。"三全讪讪地提起口袋顿了顿,扎上了口袋嘴儿。一麻袋豌豆,整整分成了两口袋。三全说:"我一共有两个条件,你答应一个,我就给你一口袋豌豆。你要答应两个,我就把两口袋豌豆都给你。"母亲知道不会有天上掉馅饼的事,但还是不由得高兴了一下。她被圆滚滚的豌豆迷住了。家里五个闺女,没有一个整劳动力。老爷们又爱喝酒,啥事都指望不上。这些豌豆,能让一年的日子都活泛。母亲急切地问三全是啥条件。三全掰着指头说:"第一,把你闺女肖凌给我儿子,我儿子看上她了。"母亲吃了一惊,她知道三全的儿子经常半路截住肖凌说话,可她没想到会对肖凌动心思。他比肖凌大十来岁呢。母亲说:"肖凌正在读书,还是学生呢。"可三全说:"丫头家不用读那么多书,我们家不嫌。"

母亲心说,你不嫌我们还嫌呢。他家小子三块豆腐高,是个不好说媳妇的主儿。跟肖凌比,他连个癞蛤蟆都算不上。

别说一口袋豌豆,就是一口袋真金白银,也休想让母亲动心。母亲摇了摇头,斩钉截铁地说:"不行。"

母亲犹疑地问起另一个条件,三全笑了笑说:"还用我说?"

那个夜晚,是母亲一生中最难抉择的一个夜晚。她原本已经走到了院子里,结果又自己走了回去。三全蹲在门槛子上抽烟,对母亲的走与回都没有一点反应。母亲在两只口袋面前停住了,想了片刻,问:"一个条件给我一口袋豌豆,另一口袋给谁?"三全吧嗒着烟嘴说:"我自己留着。"母亲在灯光的暗影里吐了口气,说:"如果你把两个口袋都给我,我就答应你一个条件。"三全久久不动声色,待把一袋烟抽透了,才起身关上了仓库的门。

母亲对陈小妹说:"你知道啥叫人穷志短吗?我那个时候就是人穷志短,走到院子里,到处都是豆沙的香味绊着我的腿,迈不动步。没想到那年秋后,社就散了,地就分了,粮食就吃不了了。肖凌她爸关起门来问我豌豆是咋来的。这还用说?秃子脑袋上的虱子——明摆着的。散社的第一年,肖凌她爸把所有的地块都种了豌豆,结果家里上顿下顿都是豌豆饼,一到晚上,屋里都是豌豆屁味。丫头问她爹为啥光种豌豆,她爹黑着脸不搭腔。我知道肖凌她爸是啥意思,他是在寒碜我。陈小妹,你说他是不是在寒碜我?"

陈小妹似乎一丝力气也没有,只是朝母亲眨了眨眼。

母亲说:"我挣来的那些豌豆他也不舍得丢,喂了几口大肥猪。"

母亲又说:"人啊,有时候就像遇到鬼打墙,总是在关键的时候走错道。该吃的苦,该受的气,该挨的累,该受的罪,哪样能逃过去?哪样都逃不过去。所以,遇到事情了,你只能忍一忍,顺一顺,挺一挺,就什么都过去了。人是这样,狗也是这样……陈小妹,你还在听我说话吗?"

陈小妹胸部剧烈地起伏着,它很想表达点什么,可又觉得力不从心。它伸出舌头舔了下母亲的手,母亲发现那片舌头干燥得像木锉一样。

15

陈卫国开车转遍了全城,找到了一家宠物医院。医院设在老城墙下一户人家的偏厦子里,一个简单的红十字招牌下,挂着一个肮脏的红棉布门帘。肖凌抱着陈小妹下了车,仰脸望着高处的那两间小房子,说:"这样的地方也能给狗治病?"陈卫国说:"也看不到哪里有更好的地方啊。"俩人攀上了高高的台阶。肖凌想让陈小妹自己走两步,陈小妹立时喘得上气不接下气。肖凌感叹世事无常,陈小妹以前是一只多善跑跳的狗啊,现在居然连个台阶都迈不上去。

医生穿着肮脏的白大褂,三十几岁,头顶却秃得厉害。他接过陈小妹看了看,又用听诊器听了听,说:"这狗得了心肺病。"肖凌说:"你就这样轻易地下诊断?"秃头大夫又掰开了陈小妹的嘴,说:"它得病时间不长,但病势不轻。"肖凌以为他要狮子大开口,不料,大夫说:"这狗就是气的。它在你们家失宠了吧?这样的病狗我见得多了,有一户人家添了孙子,一家人都围着孙子转,结果把家里的京巴气死了。"

几句话把肖凌和陈卫国说得面面相觑,原来秃头大夫还是真人。肖凌把最近家里发生的事对大夫说了一遍。大夫说:"狗不是人,狗爱犯死心眼,所以这病不好治。除非你们把家里的小狗当着它的面痛打一顿,然后驱逐出去,让它们永远不见面,可能会对它的恢复有好处。"肖凌一屁股坐到了一把木板椅上,说:"陈卫国,你说怎么办?"陈卫国问大夫:"这算辅助治疗吧?"大夫说:"当然还得用药。我这里有治疗心肺病的针剂,国产的四十块钱一支,进口的一百二十块钱一支。每天一针,先开两个疗程。"肖凌问:"一个疗程多长时间?"大夫说:"一周。"

肖凌和陈卫国同时表现出了对大夫的不信任,其实是这个价位超出了他们的心理预期。他们想的是,十几二十几块钱,或者三五十块钱,都是可以承受的。超出了承受范围,他们的眼神就闪烁犹疑了。

陈卫国首先问:"什么药这么贵?"

大夫开药的动作中途停了下来。大夫各种各样的人见得多了,他们心里想些什么,大夫挑下眼皮就能看出来。

大夫说:"给狗治病的药。"

肖凌语气烦躁地说:"给人治病的药也没有这么贵吧?"

大夫冷笑了一声,说:"那当然。"

大夫脱下白大褂,说:"我还要出诊,你们到底治不治?不治就回家等死吧。"

陈小妹卧在一张小课桌上,桌面的黄漆皮都掉了,只剩下了木渣渣的桌面,上面还有模糊的圆珠笔的字迹。陈小妹努力仰着头,想听清楚主人说什么。可它的头显然太沉了,刚支起一会儿,就颓然往一边歪去。剧烈的喘气声从胸腔深处传上来,真正是苟延残喘。肖凌不忍看它,转过身去,见墙上的木格子里有几包药,有点滴瓶,有一个硬纸板靠在那里,上写经营范围:绝育手术、外科缝合、接骨、各种并发症、安乐死等。肖凌说:"你还敢做安乐死?"大夫说:"荷兰和比利时人都可以安乐死,瑞士和美国俄勒冈州的法律都允许间接或消极安乐死。安乐死是一种人道主义的死亡形式,请你们不要少见多怪。"

肖凌的心怦地弹跳了一下,就不知去向了。她与陈卫国撞了一下眼神,陈卫国若无其事地把眼睛闪开了。

肖凌问:"实施一个安乐死要多少钱?"大夫瞅了陈小妹一眼,说:"三百,最少三百。"他飞快地瞭了肖凌一眼,又说:"这包括其中的丧葬费用。"肖凌没有听懂,说:"狗难道也去火葬场?"大夫宽容地笑了笑,说:"狗不去火葬场,可我总不能让事主把死狗带回家去吧。"肖凌恍然大悟。她有些失神地喊了声陈卫国,却发现陈卫国一级一级走到台阶下面去了,头也不回地说了三个字:"我不管。"

肖凌又在那个小房子里煎熬地站了两分钟,想法就是在那一刻产生的。她悄悄把三百块钱放到桌子角上,什么也没说,走了。

陈卫国和肖凌在车子里坐了很长时间,俩人都不说话,也没有发动车子。那间偏厦子就在视线内,但他们都没有朝那里看。对于他们来说,有关陈小妹的时代,就这样结束了,有点仓促,但也无可奈何。陈卫国问:"我们是不是有点残忍?"肖凌叹了口气,说:"这也许就是宠物的命运。开车吧!"陈卫国打开了车载电台,里面一片嘈杂之声,一个"火腿(无线电发烧友的简称)"正在紧急呼救,说家里的萨摩得了心肺病,病情严重,谁有这方面的救助信息赶紧提供。陈卫国本能地拿起送话器,想了想又把电台关上了。

潇潇跟陈小弟玩捉迷藏,潇潇跑到哪里,陈小弟追到哪里。姥姥看不惯,一个劲地喊她该干这个了,该干那个了。潇潇说:"姥姥,我好不容易放假了,您就不能不烦我?"姥姥琢磨了一下外孙女的话,赶忙闭紧了嘴。姥姥知道自己话又说多了,事又管宽了。眼不见心不烦,姥姥去了女儿、女婿的卧室,肖凌过去不让她进来收拾,说这里有隐私。可他们两口子一早起来就去给陈小妹治病,屋里到处乱糟糟的。陈小妹夜里气都喘不上来,母亲一宿都没有睡好。母亲床上床下给他们收拾整齐,有一张字条从书里飞了出来,母亲捡起来看了看,一个字也不认识。但母亲对字条有了好奇心,她喊潇潇过来给她念一念。潇潇跑过来一看,字条是陈小妹丢失那天她写给姥姥的。潇潇呵呵笑着把字条撕了。姥姥问她:"上面写些啥?"潇潇说:"没写啥,是我爸给我妈写的情书。"

电视里正在播一档健康节目,给哮喘病人推荐了药用食谱。母亲心里一动,在沙发上坐了下来。母亲想,陈小妹也患哮喘,它已经几天没吃饭了,这个食谱说不定对它有用。母亲让潇潇快拿纸和笔,把那个食谱记下来。潇潇赶忙从屋里出来,节目却已经到了尾声。母亲遗憾地说:"没听清楚就播完了,一样也没记住。"潇潇说:"不怕,网络电视可以回头看,等一会儿我再把节目给您倒出来。"

母亲把那条好腿收进了沙发,一心一意地等。

破阵子

1

早晨上班的时候,父亲对葛文说:"你给我订五个人的饭,不好不赖的馆子就行。周百川要来看我。"

葛文说:"他不来咱家?"

父亲说:"他不来咱家。村里还有几个老哥们一起来,我们就在外坐坐。"

葛文说:"那好,您等我电话。"

葛文拎着车钥匙往外走,走到门口问了句:"不让我陪?按说我应当过去敬杯酒。"

父亲赶忙说:"你忙你的。他们都知道你忙,我把你的心意捎到。"

葛文朝外走了两步,回身问:"王芝来不来?"

父亲打了愣,说:"我还没问。王芝回来了吗?"

葛文说:"她应该回来了吧?"

"不知道。"父亲说,"她哥死了,罕村她也没有亲人了。"

吃了晚饭,葛文先洗了澡,穿了睡衣到客厅陪父亲。父亲正在看中央一套的电视剧,写邓小平的。父亲对老一辈革命家有感情,所以只要电视剧里播有关他们的节目,父亲都能看得入神。

不等葛文问,父亲主动说:"那家饭店的菜品不错,大家都吃得很满意。五个人喝了两瓶酒,你百川叔一人就喝了有一瓶。他七十多了,身体还那么硬朗。"

"王芝没来,"父亲补充说,"她还在东北呢。今年二闺女考大学,他们俩送孩子去学校,孩子报完到,王芝回了东北,百川来了老家。"

葛文问他们都谈了些啥。父亲说:"也没谈啥。一顿饭周百川大哭小哭哭了三次。他哭就得有人劝,劝来劝去,菜都凉了。"

葛文问:"他为啥哭? 后悔了?"

父亲摇摇头说:"他不像后悔的样儿。"

葛文问:"这些年他在外都以啥为业?"

父亲说:"也没好意思问。反正看他那样儿混得不错,他的包总在肩膀上挂着,他拉开时我瞥了一眼,好家伙,那里都是人民币。"

葛文问:"他回来干啥?"

父亲说:"还能干啥? 想回家看看呗。"

葛文还想问,可父亲一直都没往他这边看,眼睛始终盯在荧屏上。父亲看电视,葛文看父亲,足有一刻钟。见父亲实在不想再说什么,葛文就回了卧室。

妻子甄妮已经洗了澡,正在用吹风机吹头发,额前的刘海飘舞着。甄妮把浴巾扔进了洗衣机,招呼葛文说:"你给我捶捶背,我今天怎么总腰疼。"

葛文关了卧室的门,去给甄妮做按摩。甄妮的腰身还像年轻时一样柔软和有弹性,只有盈盈一握。葛文用手比画了一下,就褪掉了她的长裤。

甄妮说:"你有心事?"

葛文一愣,说:"我有什么心事。"

甄妮笑了下,说:"你没看到自己的心不在焉。"

葛文披了衣服去洗手间,故意用冷水冲身体。身体的燥热把冷水烫得刺溜响。他抚摸自己的中间部位,突然从疲软变得强硬。

葛文在花洒下让自己痛快淋漓,冲天的那一声吼压抑且悲壮,仿佛把适才所有的积郁都吼了出来。甄妮在外有些担心,说:"你干什么呢,那么长时间?"葛文弄出了一种声音,说自己正在蹲马桶。

2

连续三天,罕村都像在过节,有一种沸腾的气氛飘荡在人们的眼角眉梢。大家奔走相告:"周百川回来了!"

周百川倒背着手出现在大堤上,是葛文的兄弟葛武发现的。他赶集去买萝卜种子,从堤下往堤上走,就看见一个背影透着特殊:板寸的头发都花白了,肩上却像年轻人一样挂着长褡包。两只手垫在包底下,向前弓着腰背,边走边像孩子一样看新鲜,摇头晃脑的。葛武超越他时回头看了一眼,惊得从车上跳了下来。葛武踌躇了一下,问:"百川叔?你是百川叔?"周百川虽然老了,但骨骼、气度都没变,他一直都在葛武的记忆里,所以葛武轻易就认出了。但周百川显然不记得葛武了,当年他走的时候,葛武还是个孩子。周百川眼睛闪了一下,问:"你是……"葛武说:"我爸是葛庆林,咱两家过去是邻居,现在还是邻居。"说完他就慌忙去蹬自行车的脚蹬,却蹬空了,脚踝处被脚蹬擦了一下,秃噜了一块皮。

葛武甩下周百川前来报信,遇见谁都会嚷一句:"嘿,百川叔回来了!"

百川婶子年轻的时候叫小凤,此刻正在院子里择豆荚。她身上系着蓝布围裙,头上戴着围巾。围巾是深咖色的,折成了三角,系在了后脖颈上。秋天的阳光从柿子树的枝杈间洒到了她的身上,她披了一身金黄。簸箕里的豆荚有的已经炸裂了,歪扭着身子,露出里面豆粒睡过的凹槽,匀称精巧,像是模具加工而成的。豆子是百川婶子种在后院的,后院朝阴。儿子周仓不愿意种别的,百川婶子就种了几垄玉米,玉米的脚跟底下种了爬豆。爬豆就是爬着走的那种豆秧,跟黄豆、黑豆不同,遇见能攀爬的秸秆,像游龙一样走。眼下玉米秸秆还在后院长着,百川婶子把豆秧拔下来拖到前院,边择豆荚边晒太阳。年轻时,她的腿摔断过一次,复位得不好,上身和下身不在一条线上,坐在马扎上也要撇着一条腿。刚才她还在想,这样多的豆秧大概也就产一两升爬豆,能吃两顿豆沙馅,或几顿豆粥。葛武在大门口喊了两句婶子,她也没听见。葛武扔下车子跑了过来,大声说:"嘿,百川叔回来了,眼下就在大堤上呢!"

百川婶子愣了好一刻,才摇晃着站起身。葛武想扶她一把,以为她要往外走,可百川婶子身子一拧,去了屋里。

葛武边往外走边回头往窗里看,嘴里叨咕着:"也没记着周仓的手机号,看样子没在家。"

罕村是个大村,大村总有各种新闻,但再大的新闻也大不过周百川回来这件事,就像他当年出走一样。有人回忆起他走的那一年是散社的第二年,从村北往村南走的这条路还是土路,被几代人的鞋底踩得冒出了油。村委会的人闲下来没事干,说要顺应形势,建个胡刷厂。胡刷出口日本,一个圆柱形底座,上面栽上扇形的毛毛,有多少日本那边要多少。周百川当时是书记,出了名的脑瓜儿好使。乡村所有的活路没有他不会的,打板凳也比木匠打得周正、精巧。所以他从县外贸把项目跑了来,村委会的人都听他的。副书记葛庆林跟他尤其交好,凡事言听计从。葛庆林跟他跑手续、跑贷款,请外贸的人吃饭,把家里的小米、花生拿出去送礼,各个环节都参与其中。那时信用社的小额贷款没处放,政府的人求着大家办实业,五万块钱现金拿到手后,是用麻袋装来的。两人在路上合计,先请工程队盖厂房,再找木匠打操作台,再买一辆小货车,投产以后大半年的时间就能收回成本。麻袋刹在周百川的后车座上,随着车轱辘的颠簸飒飒有声。来到家门前,周百川说:"这袋子钱就先放到我家吧,赶明儿先给工程队预付款,也好让他们买材料。"葛庆林说:"行,你说咋办就咋办。"葛庆林大周百川两岁,周百川叫他大哥。俩人是邻居,凡事有商有量。葛庆林当时想,这样多的钱堆在他家,周百川会一天到晚不安生的,一旦心里装着事,他也许就把跟王芝的事淡了。

周百川和王芝的事还在隐秘阶段,葛庆林之所以知道些情况,是百川的媳妇小凤找了他。那天葛庆林正在村西自家地里刨白薯,就见小凤远远地走了过来。白薯还没到成熟的季节,过去提前刨是家里接不上顿儿充口粮,现在是为了吃新鲜。天空染了暮色,模糊了小凤的眉眼。小凤年轻的时候就不是好看的姑娘,腿不直溜,有点疤瘌眼,黄头发还带卷弯。那种天生的黄色卷发要很多年后才能成为风尚。但二十世纪八十年代初还不行,小凤年复一年地为自己的黄色卷发自卑,恨不得用墨汁染一遍。她娘家是当庄的,能与周百川结婚是因为周家兄弟多,真正是房屋一间地无一垄。否则,她自知配不上他。她在王芝家门口遇见周百川两次。周百川从那所颓败的房屋里出来,王芝影子一样在屋里闪,却没出来送。周百川笑着朝后挥手,那手挥得特别有内容,仿佛是在说,甭出来,等着我,过一会儿我还来。小凤低声细语说这些的时候,脸红得像刚刨出来的白薯,能把暮色染透。葛庆林当时就在琢磨,事情不是小凤说得那样简单,那样简单小凤就不会说出来。两家做邻居住了这么多年,葛庆林知道小凤是一个嘴紧的人,打掉牙齿往肚里咽。如果不是实在咽不下去了,她绝不会来找葛庆林。

小凤的意思是,自己娘家是当庄的,给娘家人留些脸。王芝还是大闺女呢,别把人家的前程糟蹋了。眼下自家的两女一儿都懂事了,得给他们树个好榜样。这三层意思,葛庆林一项一项说给周百川听。两人蹲在田埂上抽烟,天上翻滚着洁白的云朵。周百川不时看天,烟头烧手了都不知道。他承认了他与王芝的事。王芝父母双亡,只有一个光棍儿哥哥,不着调,经常到外乡游走。有一次王芝发高烧,人都迷瞪了,自己从屋里爬出来求救。碰巧周百川从那里经过,一直把她背到了乡卫生院。

周百川说:"大哥,你知道爱一个人是什么感觉吗?"

把葛庆林问愣了,他结巴说:"爱……爱……爱,你爱谁?"

周百川在脚底下碾了烟头,望着眼前苍茫的暮色说:"我们都有女人,但不一定有爱情。大哥你说实话,你爱葛文的妈吗?"

葛庆林低着头看脚下的麦地,有点不敢看周百川。爱不爱葛文的妈这样的话题,他从来没想过。两口子睡一个炕,吃一盆粥,谁也离不开谁,有啥爱不爱的?葛庆林决定不再兜圈子,直接说:"王芝盘子是不丑,可……"

周百川站了起来,突兀说:"这跟脸没关系。"

葛庆林狐疑地问:"跟啥有关系?"

周百川不答,脸上有一层桃色水汽。

葛庆林继续结巴:"你……你……你,你不爱小凤?"

周百川反问:"你说呢?"

葛庆林嘟囔:"都生仨孩子了……"

周百川果断地说:"那也与爱情没关系。"

葛庆林不知道该说什么了。

麦种刚下到地里,土还是暄的。周百川倒背着手转磨,像驴一样走出了一圈深脚窝。他停下脚步,眼巴巴地看着葛庆林,神情像一个贪吃而又亏嘴的孩子:"不是跟了王芝,我这辈子真就白活了,你信不信?"他忽然蹲到了地上,用两只手去抓头发,像是要把自己提拎起来,"爱情就是有一个人长在你心里,拔都拔不出去。你没遇到过爱情,你无法理解这种感情。"

这次谈话没有进行下去,是葛庆林走神了。他一直在琢磨周百川的话,爱情是个啥东西,怎么就能长到一个人的心里?王芝家境贫寒,没怎么上过学,但粗黑的油辫子,浓眉大眼,皮肤像蛋清一样白,是罕村一等一的美人。可王芝的美没人欣赏。她二十六了,还待字闺中,绝少有人上门提亲。她这朵花开得静悄悄的,不是周百川提起,葛庆林想不起她来。

王芝是个大个子,怎么长到周百川的心里,这是个问题。

此刻,大地成了一个画框,王芝则像画中的人物躺在土地上,一条腿向前伸展,另一条腿屈起来,却没穿衣服……葛庆林吓了一跳,这是想哪去了!

小凤问葛庆林,周百川是啥态度?葛庆林摸了摸脖子,无法回答。想起大地上的那个画框,葛庆林的背上凉飕飕的,像走了魂一样。"慢慢来吧,他会收心的。"葛庆林囫囵说了这句话,就头也不回地走了。

他知道,小凤在身后眼巴巴地看着他。他其实特别想回头,看看小凤什么样,看看她身上有没有叫爱情的那种东西。

3

村里的胡刷厂却没能建起来。地圈出来了,周百川说,来年春天再动工。北方的冬天来得早,呼啦一场大雪降下来,就封了猪圈门子。腊七腊八,冻死鸡鸭。腊九腊十,冻死小人儿。茅草房子的屋檐底下垂下一尺长的冰锥,一群孩子拿着竹竿去敲打,掉下来的就当冰棒吃。生产队的年月都挂队。挂队就是休息。男人成群结伙到河里扎王八,在冰上凿冰眼,半天半天候在冰眼旁,总有过路的王八被扎个透心凉。女人则拿着活计奔谁家的暖和炕头,唠闲嗑,听古记。村里总有闲书看得多的人,讲起古记一套一套的,像个说书人。这是包产到户头一年,家家有了闲粮和闲柴,讲究的人家备了煤火,再不济的也用上了炭火盆,玉米芯随便烧。腊月二十三,周百川接到通知去市里开会。市里指的是大城市,离罕村像是有十万八千里。据说当时的市长是木匠出身,他想基层的那些老伙计,想请他们春节前到城里的宾馆洗洗澡,吃点好吃的,拉拉家常。周百川是乡里指派的唯一代表。据说当时选派代表的条件很严格,说话做事别太土,得讲究卫生,要会跟城里人说话沟通。简而言之一句话,不能给乡里丢人。罕村所在的乡镇有二十九个自然村,周百川能被选上做代表,理由不言自明。

周百川回来,带回来许多新闻。大会宾馆的地毯都寸把厚,有些人不但往上吐痰,还用脚搓。洗澡间的热水啥时用啥时有,可就是不知道大闺女服务员在哪里烧火。伙食太好了,这顿吃饱了下顿还不饿,不过三天,就有人撑得起不来床了。

周百川还带回来许多高级烟,见人就给一支,关系好的给一盒。因为到了年根底下,他对村里的孤寡都做了相应的照顾。他号召家家户户净水泼街,过一个文明、健康、卫生的春节。

这个春节周百川家过得与众不同。小凤和她的两个女儿以及儿子周仓都穿上了新衣服。新衣服都是在大城市买的,样式、颜色、面料都不是乡下的供销社能提供的。尤其是小凤的一件粗呢上衣,在屋里是黑的,到阳光底下是蓝的。衣服能变色,罕村人真是闻所未闻。大家成群结队来参观,女人穿到身上过干瘾,上过一百个女人的身当不为过。那年周仓十二岁,因为是家里唯一的男娃,娇贵得就像金马驹子。家里的玩具都是周百川亲手做的,木头手枪、小洋车、会飞的风筝、能射杀野兔子的弩弓。周百川带着儿子经常往野地里跑,大人、孩子滚了一身雪回来,周仓的手里总会提着猎物,几只鸟或一只兔子。

事后葛家经常回忆起那一年,征兆,都是征兆。十八岁的葛文远远地看着弟弟葛武和周仓一起放鞭炮。他那年才高中毕业,高考离录取分数线差了一分半,他正准备来年考卫校。葛武买了十几个小洋鞭,早放没了。周仓的裤子口袋却鼓鼓的,那里面几乎就是个百宝囊,小洋鞭抓出来一把,又抓出来一把,跑回家一趟,口袋又装满了。葛文暗暗奇怪,周家这是买了多少炮仗啊!

到了农历三月,麦苗返青了,燕子回来了,野菜给土地打了补丁。乡政府的公家人一次一次往罕村跑,说胡刷厂该动工了。可关键时刻周家出事了,周百川的媳妇小凤让人打了。那晚村里放电影《舞台姐妹》,村里家家闭户,集体出动。小凤因为家里有活计,一个人留下了。屋里灯光昏暗,小凤刷锅洗碗,忙里忙外。终于忙完了,小凤斜着躺在了炕上。她从不看电影,她不识字。她觉得不识字的人看电影会让人笑话,就像不近视的人戴眼镜一样。她这一天的活计繁杂却有章法:从早晨掏灶灰开始,一家人的三顿饭,缝缝补补,洗洗涮涮,得空了去菜畦翻土,把发酵好的粪肥一筐一筐地驮到地里。这些事情她从来不攀周百川。漫说眼下周百川是书记,管着罕村四千多口人的吃喝拉撒,就是刚结婚的时候,周百川白丁一个,穷得只剩下了高个子,小凤仍然觉得周百川是金贵人,她从不使唤他。家里盖房子的时候,木工、瓦工、泥水匠,周百川干啥像啥。小凤总庆幸自己嫁得好。周百川长得周正,心灵手巧,脾气也好,心里再烦只是说话声高一些,从不打人骂人。嫁了这样的男人,一辈子还图什么呢?小凤把乏了的身子放舒展,瞌睡像个夜游神,晃晃荡荡就来了。突然有人抡起木棒打在了她的脑袋上。她大叫一声,本能地朝炕里滚。棍棒又打了好几下,一下打在了屁股上,一下打在了肋骨上。梆梆梆的声音伴随着骨头嘎巴嘎巴碎裂的声音,在宁静的夜晚传出去很远。小凤大声喊着救命,来人从屋里匆匆逃走了。门外葛文正好从家里出来准备去看电影。葛文出来得晚,是因为在闹肚子。他总怕电影看到一半再往家里跑,所以想把肚子控干净。与那人照了面,那人慌慌张张丢了棍子,葛文刚要说什么,那人把他的嘴捂住了,附在他的耳边说:"别说看见我,求你了!"说完,跑进了夜色。

葛文比父亲更早知道周百川回来的事。那天葛武回到家,先把这事告诉了媳妇。媳妇还不信,说:"他敢回来?派出所不抓他?周仓会收留他?小凤婶子能见他?出去了三十年,他还有脸回来?你别是认错人了吧!"葛武不听媳妇的连颤子嘴,到大门口给葛文打电话。他不觉得这件事与葛文有关系,只是觉得这是个大新闻,应该告诉哥哥。

"你猜不到咱村谁回来了。"葛武先卖关子。

葛文却像他肚里的蛔虫,张口就说:"周百川?"

除了周百川,没有谁能让葛家人这么关心。这三十年,葛家父子到一块经常议论这个人和他过去的一些事。他去了哪,在干什么,过得咋样,都是葛家人议论的话题。大家一致认为,像周百川这么聪明能干的人,在哪儿都会混得好,只有想家和惦记儿子两项,没奈何。当年周仓可是他的眼珠子,经常让他骑在自己的脖子上。他人是说走就走了,心也许会像刀割一样流血呢。

葛武问:"他就不能不走?"

葛庆林说:"他不走就会出人命。不是出一条人命,是出两条人命。"

葛文闷着头不语。他不同意父亲的观点,他觉得周百川走是因为他想走,他心中有爱情。否则,哪里会有他摆不平的事?

葛武伸着脖子朝大堤方向看,说:"我又看见他了,他下坡了。哥你回来看看他吗?他这就走到家门口了。喂,你有周仓的电话吗?要不你打个电话,告诉他他爸回来了?"

葛文还真有周仓的电话。周仓的女儿来城里配眼镜找过葛文。可葛文没有给周仓打电话。他想,周仓可能去赶大集了,这个时候应该往回走了。他坐在玻璃窗前,看着外面的人流车流,想着周百川可能的样子。他是大个子,四方脸,身板很直,眼神凌厉。对,周百川是有特殊眼神的人。那种眼神像钉子,一下就能钉到人的反面。

葛文眼前的车流和人流都慢慢变了颜色,都白光光的,不穿衣服。男人女人都不穿衣服。车也不穿衣服,车也白光光的。

店员小刘好奇地问:"老板,你坐这儿半天了,瞅啥呢?"

葛文回头一笑,心里说:"我也不知道我在看啥!"

4

葛文对父母说:"这一年别指望我干活,我要复习参加明年的高考。"葛庆林主张给他报个辅导班,可葛文不想再去学校。他说就差那一分半,稍微用点功,明年好歹都能找补回来。

葛文果然说到做到。转年的高考,他超过分数线六十多分。他是罕村第一个高考进了本科分数线的人。父亲葛庆林说:"若是你百川叔不走,他会号召全庄给你庆贺,摆桌席,吃流水。"

这个时候,周百川已经走了三个多月了。见他回来无望,乡里安排葛庆林当了村支部书记。包村干部想让葛庆林在发展集体经济上想些法子,葛庆林脑袋摇得像个拨浪鼓,说啥也不想再动那个脑筋了。

包村干部说:"葛书记,你也忒老实了。村里的五万块钱,整整多半麻袋,怎么能放在他一个人的家里?就这么让他全拿走,你亏不亏!"

葛庆林说:"那时他是书记,我是副书记,我不听他的听谁的?上级服从下级嘛!我也不知道他要私奔啊,三个孩子、一个老婆,还有十几亩地,他块块种得跟别人家不一样,芝麻、棉花、山药、小豆,哪一块地他都精心精意谋划,谁想到他说走就能走。"

包村干部说:"你就一点没察觉?"

葛庆林摇头说:"察觉了我就不让他走了。"

小凤挨的那几棒,实实在在地打到了要害。看电影回来,周百川隔着院墙喊葛庆林:"大哥,大哥,快去喊大夫,小凤的身上都是血!"

葛庆林跟大夫一起进了门,小凤已经昏厥了。昏暗的灯光下,她的脸纸一样地白,脑袋上包裹着一件衣服,都被血洇透了。葛庆林后半夜回到家,腿乏得夹寨子。转天一早起来,他想过去看看,发现周百川家大门紧闭,里面连一点儿声息也没有。

派出所的人来摸情况,找到了葛文,说:"有人看见你那天跟犯罪嫌疑人走了个脸对脸,你有没有看清楚那人到底是谁?"葛文开始支支吾吾,后来干脆说他没碰到人。

葛庆林私下问他:"你真跟那人走了个脸对脸?"

葛文在家里没有撒谎,告诉葛庆林说:"那个人是王芝,她不让我告诉别人。"

葛庆林叹了口气,说:"不用猜我也知道,那人肯定是王芝。这是他们家的事,事情已经出了,你在外别多嘴,就让事情过去吧!"

周百川伺候小凤许多天,每天换着样给她做吃的。家里的公鸡、母鸡,今天杀一只,明天杀一只,鸡汤的香味飘满了葛庆林家的院子。葛庆林的老婆秀芬经常站在院子里听隔壁的动静,回头对葛庆林说:"周百川喊凤儿、凤儿,该吃饭了。你怎么没喊过我芬儿、芬儿?"葛庆林说:"哎呀呀,你酸不酸,都多大岁数了?"秀芬说:"我多大岁数? 我就比小凤大两岁!"

许多天以后,小凤从屋里出来了,白纱布还在头上裹着,但人明显白了、胖了。她到外面来抱柴火,蹲下身的时候,上身直挺挺的——她的肋骨断了两根。秀芬赶紧过去帮忙,说:"百川不在家吗? 你别做了,我多做些,都去我家吃吧。"小凤说:"我这段时间待出毛病了,总觉得眼前是花的,越不干活越不行。"秀芬看着她的脑袋,小心地用手摸了摸,问:"还疼吗?"小凤说:"早不疼了。"秀芬说:"这是哪个缺德鬼干的? 你没得罪过人啊!"小凤说:"贼人哪管你得罪不得罪? 你放手让他偷,就啥事都没有了。"

秀芬愤愤地说:"换了我也不会放手让他偷,置个家容易吗?"

类似的对话也在周百川和葛庆林之间进行,只是比这要早很多天。第一面见到周百川,葛庆林就急急地问他警察那里有没有啥线索。百川说:"贼都跑了,人都这样了,线索有啥用?"葛庆林故意问是谁会下这么狠的手。周百川轻描淡写地说:"还能是谁? 小偷呗。"

葛庆林问都丢了啥。周百川说:"小凤是拼命护着……否则咋会不丢? 要是丢了,小偷就不会下手打人了。"

葛庆林小心地问:"那五万块钱……小偷不是冲它下的手吧?"

周百川说:"这个你放心,早就让我转移了。"

转移到哪了,周百川没说。

葛庆林看着他,过去他从不知道周百川这么善于撒谎。他心里很憋气。那段时间周百川总是神龙见首不见尾,站下说不了三句话就做出急着走的架势。春已经很深了,胡刷厂的事一直也没有再提。周百川不提,葛庆林就没了提的理由。

葛文像个游手好闲的人一样,每天黄昏都往村西走,穿过一片树林,去大堤上散步。他戴一副近视眼镜,瘦条的身材,像根竹竿一样晃。葛文这种举动,若是在别的家,肯定行不通。游手好闲等同于二流子。你没事在家坐着、躺着,没人管你。你像二流子一样到处闲逛,会让人嚼舌头根子。秀芬开始也不接受儿子这种做法,可葛庆林不管,秀芬想管也管不了。葛庆林说:"儿子看了一天的书,晚半晌出去走走,看看树、看看水,是让眼睛休息,你让他待在家里,能看啥?"

过一个十字路口,是一户人家的菜园,菜园再往西,有一个土门楼。葛文每天都从这里去,又从这里回。不知为什么,葛文愿意走这条路。这条路让他隐隐觉得有些期待。有时候他回来得早些,天光还亮着;有时候,天晚了,整条路都黑漆漆的。他有那么两三次看见有个人从土门楼里晃了出来,看背影他就知道,是百川叔。逢到这个时候,葛文就停下脚步,一动不动,也不弄出声响,等着前面的人影走远,他才小心地往前走。那个院落不大,大概只有两丈长。灰色的瓦垄里长着伶仃草,葛文便觉得这房子里的人也是伶仃人。他猜度周百川到这里来干啥,一些画面在他眼前闪现,他会红脸。葛文心里长草的感觉,就是那时滋生的。过去葛文总是默念一些物理和化学公式,不知从哪天起,一些令自己脸红的画面就成了主导。好在葛文是清醒的,他屏住一口气,驱逐那些杂念,把那些枯燥的政治题重新往回牵。那些题便像瞎驴一样,一牵便回。

有一天,葛文出去得稍微晚了些,路过那个土门楼,不经意间一回头,就看到王芝正好往外走。王芝亲昵地喊了声葛文,就像两人是同年的要好的姐妹一般。按辈分,葛文要叫她一声姑姑。王芝比葛文大八岁,因为不住在一条街,他们很少碰面,也很少说话。葛文停下了脚步,匪夷所思地看着她,不知她有什么话说。王芝扯了他一把,把他拉进了院子。葛文问:"有事吗?"王芝说:"有事。"既然有事,葛文就随她往屋里走。王芝说:"我知道你每天都从这里过,一直都想求你些事。"葛文说:"啥事?"王芝突然搂住了他的肩,附在他的耳边说:"葛文,谢谢你!"

葛文耳朵被风吹得痒,他慌忙躲了躲。

王芝说葛文是男人,说不告诉别人就不告诉别人。

葛文忽然想赌气,心里的一些感觉自己也想不明白。"是你不让我说出去!"葛文的话说得硬邦邦的。

王芝拍了一下他的脸,说:"所以说我应该谢谢你啊!"

葛文先王芝一步进了屋,这屋狭小幽暗,只有一只小躺柜,墙上连皮都没有,到处黑黢黢的。王芝每天就睡在这样的屋顶底下,这哪里是闺房?分明是老鼠洞。葛文莫名有点难受,可作为恶性事件的同谋,葛文突然有点不甘心。他大声质问了句:"你干啥打百川婶,让她流那么多的血?要是把人打死看你咋办!"

王芝喊了一声,不屑地说:"她不是没死吗?"

葛文说:"我不告诉别人不代表我支持你那么做,你那样做很不道德!"

王芝咯咯笑了,上来胡撸一下葛文的脑袋,就像胡撸一个小孩子一样。葛文愤怒了,啪地打了一下她的手。

王芝的眼圈突然红了,像受了天大的委屈一样,用袖子捂住了脸。

王芝的举动像个小姑娘,葛文呆住了。像瓦棱子上的伶仃草,葛文有了柔软。他扯了她一下,王芝赌气似的一扭身,从柜子上拿来一个木头升,里面是刚炒的倭瓜子。她一下子全倒在葛文旁边的炕席上,重重地说:"吃!"

葛文用手摸了摸,还是热的。

葛文看着王芝。王芝也看着葛文。

就像同谋者,两人情不自禁地一起笑了。

王芝低着头说:"你肯帮我吗?"

葛文警觉了,问:"还让我帮啥?"

王芝大方起来,说:"你是村里最有学问的人,我信得过你……我只信得过你。我就想问问你,世界上真有爱情这回事吗?"

葛文没想到王芝会问这样的问题。他一下子变得精神了。关于爱情,他觉得他比王芝懂得更多。葛文滔滔不绝地给王芝上起了爱情课,举的例子都是伟大人物的经典爱情。比如,燕妮和马克思,宋庆龄和孙中山,杨开慧和毛泽东,他们都是一个人是另一个人的追随者,海枯石烂心都不会变。王芝听痴了,说:"罕村会有这样的人吗?"

葛文语塞。他觉得,伟大的爱情都应该发生在伟大的人物身上,至于罕村,显然不会产生伟大的人物。可这种失望的话葛文自己都觉得说出来晦气,于是他坚定地说:"当然会有,只要心中有爱情,自然就会变成伟大的人物。"葛文为自己能辩证地说出这句话感到很兴奋。王芝却比他更兴奋,迅速在他的脑门上亲了一口,同时嘴里娇声说:"小宝贝,谢谢你!"

呼地一下,葛文浑身的血液都冲到了脑顶,近视镜片弥漫了雾气。

他看着王芝,捕捉她话里的意思……一瞬间,葛文成了傻子,似乎连呼吸都忘了。

葛文又一次想到了房顶上的伶仃草。王芝真的是伶仃人。她只有一个气迷心哥哥。生产队的年月,男人都挣十工分,只有他挣七工分。他干啥都不着调,让他放两头牛,他都能放丢一头。一种复杂心绪,葛文简直难以掌控,他渴望干点什么,虽然想不出应该干什么。

葛武给葛文打电话的时候,顺带说起了自己儿子的眼睛,总说眼球撞得疼。他问葛文是咋回事,能不能配个眼镜。葛文说,他就是游戏打多了,让他三天别看电脑,啥毛病都没了。

说这些话时,葛武把打电话的初衷忘了,他蹲下身去,边听电话边拔脚底下的一棵草,没承想真拔下来,拔一下,松一松,又拔一下,又松一松。那棵草周围的一圈泥土已经松动了。收了电话,他才想起看周百川家的大门口,那里已经没有人了。葛武有些懊恼,他想看周百川是怎么进的大门,怎么面对的百川婶。一对夫妻三十年没见,再见面估计就跟演电视剧差不多。

两家的隔墙是葛武去年垒起来的,他去年新盖了房。跟这边比,周仓家的房子和院墙都显得寒碜。周仓的脾气随了百川婶,绵软、随和,可也没本事。他的一个女儿在镇里读高中,当年被计生小分队一吓唬,他连儿子都没敢要。周仓家的大门没门楼,两扇大铁门漆着的酱红色的油漆早就褪色了。过去总是敞着门,百川婶子拐着腿进进出出。可今天大门紧闭,整个下午都紧闭,一直闭到了晚上。葛武一直想过去看看,推了推,门从里面闩紧了。他悻悻地往家走,媳妇笑话他不敢敲门。葛武说:"不是不敢,是不知道见了百川叔该说啥。"

转天一早,周百川过来串门了。葛武慌得手足无措,周百川却很沉稳,从迈进院子就这里那里打量,脸上是一本正经的神情,好像过去的三十年他不是离家出走,而是干正经营生去了。他夸葛武的日子过得好,房子设计得有明有暗,推拉窗好通风,客厅方方正正。他摇头说:"周仓没算计,没算计。"葛武听懂了他的话,庄户人的日子,讲究吃不穷、穿不穷,算计不到才受穷。周仓有钱先吃肉,有点顾脑袋不顾屁股。其实他想告诉周百川,自己有人帮衬。听说兄弟要盖房子,葛文二话不说就拿来了五万块钱。谁帮衬周仓呢?两个姐姐都比他还穷。可这话有点捅人的肺管子,葛武想了想,没敢说。看够了,他要葛庆林的电话。葛武一边翻手机一边请他坐,周百川却像没听见,拿了号码就从葛武家出来了。他村南村北到处走,有老伙计的人家他就进去叙谈几句,说明天进城去会葛庆林,一起吃个饭,他负责联系。葛武抓紧时间跑到周仓家打探消息,一家人正在包饺子,看得出,他们是款待高门贵客的级别,桌子上摆着酒,几盘几碗的剩菜还摆着。周仓的四间房子是结婚的时候盖的。那时家里正穷,柁木檩架看着都将就。中间是堂屋,两边各一个卧室。周仓两口子住东屋,百川婶住西屋,节假日孩子来了,和奶奶一起住。

葛武发现,周仓家明显干净整洁了,说窗明几净一点儿也不为过,门帘拧过的褶皱还很明显。百川婶穿了一套新衣服,像过年一样。

周百川是农历三月十四那天失踪的,再有几天,就是五一国际劳动节了。

连续三天没在村委会露面,葛庆林就有点起疑。他吃完晚饭以后到隔壁串门子,小凤说:"周百川去县里开会了。"葛庆林说:"他去开会我咋不知道?"小凤说:"百川临走有话,这个会是秘密会,谁都不知道。"

既然这样说,葛庆林也没往心里去。第五天,小凤大概也觉出事情不对,村里风言风语,说王芝家一天到晚锁着门也好几天了。小凤来找葛庆林,让他到城里打听打听。葛庆林应了声,不忍心告诉她。葛庆林刚从乡政府回来,县里根本没有什么秘密会议。只是那个时候谁也没想到周百川会抛家舍业,从此跟罕村永别。很多人都以为他去荒唐了,一天两天,一月俩月,总有荒唐够的时候。他还当着书记呢,家里还一窝八口人呢。只有葛庆林心里有数,周百川那样的人,干啥都一门心思。

关于爱情问题,自从周百川说过,葛庆林还真闹了一段时间心病。他跟媳妇是娃娃亲。媳妇是远方亲戚家的表妹,打小父母双亡,被葛庆林的父母收养了。两人从小耳鬓厮磨,相敬如宾。生了两个儿子,媳妇跟他还见外,从不当着他的面换衣服。他们之间到底有没有爱情,他有些拿不准。有一天,他问媳妇秀芬:"你爱我吗?"媳妇瞪着眼,似乎听不懂这话是啥意思。也难怪,媳妇大字不识一筐,问她这么有文化的话题,她怎么会听得懂?

那种感觉折磨了他很长时间,他总在想周百川的那句话:"我们都有女人,但不一定有爱情。"爱情什么样,成了让他困惑的一件事。

最终,他战胜了自己。他对自己说:"你也想像周百川那么没出息是不?瞧他家孤儿寡母的,多可怜!"

那年的秋收秋种,罕村的人就像看戏一样。周家的两女一儿都被轰到了地里当牲口使。小凤扶犁杖,大女儿牵摘,小女儿撒肥,儿子周仓拉鸡蛋头轧地。小凤咬着牙不吭声,自己像驴一样盯着地垄走,不看左右任何人。过去她是罕村最幸福的媳妇,家里地里的事情都有人料理。周百川一走,天就塌了。她得把天撑起来,不能让塌了的天压倒儿女。

关于那五万块钱,葛庆林险些背黑锅,他被派出所的人扣了好几天,写了十几页的材料交代整个事情的来龙去脉。好在他跟小凤说的总体上出入不大。小凤说,她挨打以后的转天晚上,周百川拎着袋子走了,说放家里不安全。小凤问他放哪去,是不是放到隔壁葛庆林家。周百川说不是。两人的出入是在时间上,葛庆林曾经问过周百川,小偷是不是冲着钱来的。周百川说不是,钱早就让他转移走了。这里面明显有时间差,派出所的人冷不丁问了句:"如果你和小凤有一个人在说谎,你说会是谁?"

葛庆林平时不是反应快的人,这天一激灵,张口就说:"撒谎的一定是周百川。"

费了些周折,最后确定钱被周百川拿走了。既然两个人是私奔,就一定要用钱。既然想在外过得长久,还需要用大钱。道理说得通,法理便过得去。只是怎样解决这件事,成了一个难题。一年以后,信用社的人来找小凤,让她还债。小凤哪里有钱?信用社的人给她出主意,让她提出离婚,这样那笔巨款就跟她没有瓜葛了。

小凤死活也不离。这件事,最后不了了之。

周百川在村里到处走,每一条街巷、每一个旮旯都不放过。他走到哪里,身后都有人遥遥地注视,但没人过来跟他搭话。看得出,周百川在外面过得不错,衣服、鞋子的质地都高村里人不止一个档次。皮肤、形神,都不像受苦受累的人。他不说话,但脸上的表情有内容,似乎在说,三十年了,罕村怎么还这样?这些干部都是干什么吃的?除了多了些房子,房子侵占了街道,街道七拧八歪,看不见有啥变化。啥变化也看不到!记忆中的几个坑塘没有了,上面也盖了房子。当年他对这一切都有过设想,坑塘养鱼、养藕、种荷花,坑塘边上植柳,柳树底下放一些石桌石凳,就像城里的公园一样。这些想法他跟葛庆林说过不止一次,去大城市开一次会,他的眼界宽了、长了。他走后,葛庆林又当了二十五年书记,只是这二十五年葛庆林就是个支应,啥事也不想干,啥事也没干成。

5

葛文跟甄妮在一起,总觉得有点不对劲。怎么不对劲呢?他又有点说不出。不好,反正是不好。他不好,当然甄妮也不好。年轻的时候生闷气、扎筏子,甚至闹到了离婚的地步,事儿却没法对人言。儿子的出生挽救了他们的婚姻,两人都把心思放在儿子身上,身上的那股劲慢慢就淡了。眼下儿子已经上高中了,两人偶尔在一起,更像是在尽义务。

他们算自由恋爱结的婚。两人都在医院工作,葛文在眼科,甄妮在内科。甄妮三十多岁就提了副主任,她比葛文混得好。但甄妮觉得葛文比她有眼界。十几年前,葛文便在一家眼镜店做兼职。人家的生意越来越好,葛文起了外心,在对面也开了一家眼镜店。葛文的眼科大夫身份为他赢了很多分,后来他干脆辞了工作,自己当起了老板。

甄妮曾经半真半假地对葛文说:"你找个人吧,换个人也许你就好了。"

葛文重重地掐了甄妮一把,怪她乱说话。葛文说:"你是不是有啥想法?"

甄妮别过脸去,说:"女人四十豆腐渣,谁还要?"

事实是,他们两个都对彼此放心。两个人都以家庭为重,很少出外应酬。各种节日都给彼此买礼物,晚上出去散步还能牵着手。那种感情,怎么看都与爱情有关。葛文对甄妮尤其满意的是,甄妮对自己的父母好。母亲肝癌住院期间,都是甄妮在照料。父亲喜欢吃饺子,甄妮隔三岔五自己包,去超市总也不忘记买水晶虾饺。她比葛文还愿意喊爸,闲着没事还能跟父亲下盘五子棋。要知道,父亲身上的一些毛病和习气连葛文都不愿接受。可甄妮不在乎。甄妮对葛文说,谁都会老,谁老了都免不掉有毛病。遇到这样的儿媳,葛家父子俩都觉得烧高香了。

可他们之间到底有没有爱情,似乎连上帝都不知道。

葛文回罕村,提前并没有跟家人打招呼。他想下午去下午回,待不了多久,若告诉他爹葛庆林,二话不说,爹就会上车。父亲来城里是属于"轮官马",葛文和弟弟葛武各养两个月。葛文和甄妮对他再好,他每次走,都喜不自禁,就像挣脱了樊笼,从此解放了一样。葛文下午三点到的家,弟媳秀华张罗晚饭,葛文说回城里吃。葛武问他今天咋有空来,他说去镇上办事,顺道从这里过。葛武问找谁,办啥事。这都难不倒葛文,做生意这些年,他跟地方上的人都熟。

话不过三句,葛武就说起了邻居周家的事,因为这在罕村是轰动的新闻。葛文马上竖起了耳朵,他就是为周百川来的。周百川走了足足三十年,葛文很少想起他。可知道他突然回来了,葛文自己都不明白为什么,心底就像一片洼槽,忽然溢满了水,水里游动着无数活的生物,搅得葛文不太平。葛文特别想知道有关他的信息,心中的那份惦记连葛文自己都觉得莫名其妙。

"王芝没回来?"

明知道王芝没回来,葛文还是问了句,是想知道有关王芝的更多信息。葛武的兴趣却不在王芝身上,他兴致勃勃地说起周百川那天回来,下了马路直接上的河堤,路遇几个人都没认出他是谁,毕竟他走的时候才三十八岁,正当壮年,眼下头发都插灰了。可自己一眼就把他认出来了。"你知道我凭什么把他认出来了吗?"葛武问。葛文不关心这个,但还是问了句:"凭什么?"葛武说:"凭他的两个眉骨,眉梢像剑锋一样。"葛文却在想周百川的眼睛,眼神凌厉,像钉子一样。这样的人能看准路,他的选择十有八九是对的。

对,葛文就是想看看周百川,走在另一条路上的周百川。

那个黄昏是致命的,十八岁的葛文有了一段特殊的经历,这些年他从没对任何人说起过。可只有他自己知道,那段短暂的经历甚至影响了他的一生。他给王芝上了爱情课,王芝亲了他,还叫了他一声"小宝贝"。他傻子一样站在那儿,直到王芝抓了一把倭瓜子给他,往外推他说,你快回家吧!

这弯子转得实在太快,葛文一时不能接受。他忽然悲从中来。

王芝对着墙上的镜子梳头发,嘴里咬着猴皮筋。头发梳完了,她转过身来咦了声:"你咋还没走?"

葛文在与甄妮结婚前,像模像样的恋爱谈过三次,每次都无疾而终。葛文运气好,几个女孩都不错,就是谈着谈着没了心气。大三时谈的是一个重庆女孩,性格也像西南的天气一样火热。两人暑假结伴去旅行,开了一个房间。开一个房间是为了省钱,女孩跟他约法三章:不做;不做禽兽;不做禽兽不如。葛文怀着巨大的好奇做了许多铺垫,然后问女孩:"你爱我吗?""爱啊。"女孩回答得很轻松。女孩问:"你爱我吗?"葛文原本想说爱的,可话到嘴边,发现很难说出口。不光是对这个女孩,对其他女孩也这样,他似乎是患上了恋爱综合征。于是他回答:"不知道。"不知道还恋爱个屁啊!煮熟的鸭子就这样一只一只地飞走了。他很苦恼,甚至看过心理医生,医生说他没病,只是还没遇到对的人。可关键是,对的人一直也没有出现。认识甄妮的时候葛文已经三十岁了,他在医院越来越像怪物,再不结婚就有永远单下去的危险。两个人同在一家医院,彼此熟络。甄妮五官匀称,皮肤相当好,又跟他同年。葛文觉得他们没有不结婚的理由。而新婚之夜,他发现甄妮不是处女。这是其次。更重要的是,他问甄妮爱不爱他,甄妮坦率地说:"不知道!"

6

葛文在村南的庄稼地里"碰"到了周百川。这之前,他村东村转了个遍。葛武说:"周百川村里村外到处走,旮旮旯旯都用脚丈量了。"那里有一眼机井,周百川绕着机井像驴一样转了半天磨。机井是周百川当年打的,为了浇那片果园。当年政府提倡种植多样化,周百川总是践行者。他在村集体预留了一片耕地,栽种了红果和苹果。刚育了苗木,周百川就走了。后来果树长大了,但行情一直不好,红果落在地上,被村里人捡去喂猪。果实稀烂贱,树便不被人看好,今天伐两棵,明天伐三棵,一片果园就毁了。后来这里就成了野园子,吊在树上的小苹果能长拳头大。树老而无用,糟朽都不在人眼里。再后来被人整体承包了,树与树的空隙间种了些农作物,各种豆类、花生、白薯,似乎是想起什么种什么,种什么都是意外收获。这于土地其实是一种轻贱。站在这里,周百川感受到了那种轻贱,不是对土地,而是对自己。当年打井不是简单的事,要到县里走关系。水利局有支农资金,但不去走关系,资金就落不到你头上。眼下机井半个井壁坍塌,明显废了。周百川想找块石头丢一下,试试水的深浅。可这里都是良田,一块石头也没有。周百川怅然地望着这一切,锁紧了眉头。他想,如果自己不走,这里会变成什么样,果园会生机勃勃,果品会搞深加工,会为机井盖座房子上把锁,让村里的日子过得红红火火。日影像鸟儿的翅膀一样扑落了,一股巨大的悲哀笼罩了他。他脚步踉跄地往前走,路边停下一辆银灰色的轿车,葛文摇下玻璃,试探地问了句:"是百川叔吧?"

周百川一下子就喊出了葛文的名字,他对葛文印象深。那天在饭店,周百川想买单,可葛庆林说:"这里是葛文的关系户,菜随便吃,酒随便喝,记葛文的账上。"当然这是葛文提前有过交代,并交了两千块钱的押金,只是父亲葛庆林并不知道。周百川急匆匆地往这里奔,紧紧握住了葛文的手。葛文端详他,他也端详葛文。周百川确实老了。葛文也不年轻了。但周百川确实还有一种老而弥坚的气质,是当年影子的投射。那种投射让葛文不舒服。一股风吹起了葛文脑顶的一缕头发,是唯一的一缕,像栈桥一样从右边搭到了左边。葛文用手抚了抚,完全是下意识的。葛文的眼睛落到了周百川的头顶,那些掺灰的头发像猪鬃一样茂密,根根直冲天空,说不出的一股豪气。葛文忽然有些泄气,他不明白为什么会这样,怎么会这样。他用周百川的眼睛看到了自己,头顶光亮,额头刻着很深的皱纹,眼角的沧桑诠释着以往的岁月,日子远不像想象的那么光鲜。葛文的内心像雨天的云雾一样潮湿且烦闷,网状的云絮阻塞了所有的热情,脸上不由得就现出了嘲讽。葛文说:"我都不敢认您了……您还认得我?"

周百川稳稳地说:"你刚才不先喊的我吗?"

葛文一怔,尴尬得恨不得抽自己的嘴巴,记性差,嘴还欠。他找补说:"这是在村头,若是在别处我可不敢喊您,我没葛武那么好的眼力。"

周百川哈哈一笑:"你是卖眼镜的啊!"

这话真是天衣无缝!葛文有点起急,心里毛躁躁的。他卖眼镜不是秘密,可话从周百川嘴里说出来,就有了嘲讽。葛文心里的褶皱更深了,牙齿不由得错动了一下!

周百川由衷地说:"你过得好,葛武也过得好。你变化不大,到哪我都认得你,倒是葛武我不太敢认。听庆林说你自己干买卖,我替你高兴。好汉子不挣有数的钱,你替葛家争光了。打小我就看你有出息,比周仓有出息。"周百川频频点头,有一种说不出的赞许。葛文缓上来一口气,不动声色地说:"如果有您的帮衬,周仓会比我们都强。"这话有一点像敲山震虎,周百川无奈地摇了摇头,说:"还是得靠自己,帮得了一时,帮不了一世。"葛文说:"你能帮一世。有时候,帮一时就是帮一世。"周百川顿了顿,仓促地说:"我没出息。"葛文又差一点就说出你哪没出息?你为啥没出息?

葛文心底的咄咄逼人自己都有点吃惊。他来罕村见周百川多半是因为好奇,当然还有少一半是想知道这个奔七的老人什么样,仅此而已,他没想咄咄逼人。显而易见,这个老而弥坚的周百川与自己关联不大,他也仅值得见一见。这是葛文来时路上的想法。可站到这里,与周百川面对面,葛文忽然有些委屈,内心深处的想法往上翻,挡都挡不住。葛文觉得,自己这半生的不幸(真的不幸?),都似乎与眼前这个人有关(真的有关?他其实拿不准)。葛文遥想当年,记忆里周百川的样子被重新拾起。可葛文发现,他没有储存多少有关周百川的记忆,印象深的就是葛文从王芝的屋里出来,在开花的毛桃树下碰到了周百川,周百川不躲闪,反而居高临下地问:"你咋到这儿来串门子?"仿佛葛文到这来串门子就是冒犯,就是试图占领。葛文羞臊得脸通红,恨不得一步从这院子里迈出去。

审慎、疑虑、轻蔑的目光是葛文事后想象出来的。事实是,当时除了声音,他都没看清周百川的面容,他太慌张了。可周百川的声调和语气都刺痛了葛文,走出这个院子后,葛文很是耿耿于怀了一阵子。

周百川和王芝出走那天,是葛文和王芝有了"关系"的第二天。葛文固执地认为自己那天跟王芝有了"关系",毋庸讳言,是"男女关系"。他觉得,男女关系就是这么来的,一个人亲了另一个人,一个人管另一个人叫小宝贝。这之前他是小男生,从那天后,他就是男人了。男人应该有一种为所欲为的力量,既能海纳百川,又能摧枯拉朽。这种愿望像只鹿一样在他单薄的胸腔里乱撞。他每天都盼着黄昏早点降临,他好打王芝家门前过,王芝能再一次把他喊住,一伸手,把他拽进院子里。当然,王芝也许不再对他做什么。那有什么要紧呢?他们已经有了第一次,这第一次就奠定了他们之间的关系。他们是有了"男女关系"的人。那种有点魔怔的心理令他五内俱焚。走进那截胡同,他的心就怦怦跳,就脸红耳热。他故意加大了鞋底与地的摩擦力度,产生的分贝自己都觉得刺耳。王芝虽然是姑姑,但她是外姓的姑姑。周百川比他大十二岁,而自己只比她小八岁,相比之下……哪有什么可比性哪!桃花谢了,粉色的花瓣顺着胡同朝前翻滚,在背风的地方与柴火末子搅在了一起。葛文一脚踩上去,再狠狠踏几脚。他总觉得桃花深处隐藏着东西,他想念她,却又想破坏它!心底的恶狠狠传到了脚底板,他甚至想把那些桃花踩成烂泥。

那种煎熬只有葛文自己知道有多伤人。那两扇木门总是挂着锁。葛文焦渴得从喉咙里冒出烟来了,在空气中升腾起蓝色的火焰。他甚至觉得王芝像兔子一样闻到了凶险,她是在故意躲自己,她其实就在门后,那门只为周百川一个人打开。葛文酸成了一只醋坛子。几天以后,当葛文知道王芝和周百川双双失踪时,葛文简直气疯了,他跑到大堤上抱着一棵柳树使劲地摇动,痛哭失声。他没想到事情会这样。他给王芝讲了爱情课,如果自己不讲那些,王芝也许就不会走。他一会儿想是自己害了王芝,一会儿又想自己被王芝耍了。葛文还恨周百川,一不留神成全他做了伟大的人物。自己真是太傻了!天底下没有比他们更不讲道德的了!尤其那个王芝,不但不讲道德,还不懂道德!可怜自己还包庇了她这么久,她还是个"杀人犯"啊!

暮色含着水汽弥漫了整条河堤。柴榆树和野桑树都不成材,树干细小,却有着巨大的"头颅"。微风吹得含蓄,暗淡的星光底下都是鬼影。葛文拼着喉咙嘶喊,却是努力压低着声音。他害怕被人听到。那心里种下的鬼,如此隐秘却又如此张狂。他害了一场大病,很长时间缓不上精神。但复习的事他一刻也没耽搁,反而抓得更紧了。钻到练习题中他会暂时忘记伤痛和耻辱。他也清楚,这是摆在他面前的唯一机会,这次若失去,就永远失去了。

7

周百川坐上副驾驶,葛文自己都觉得有点处心积虑。他问周百川从哪儿来,答说从东北。问东北哪,他说牡丹江。问他干些什么,他说打零工。这样蹦字的问答显然不能继续下去,葛文有点憋气,说:"王芝姑姑……她还好吧?"

周百川说:"她挺好的。"

葛文问她怎么个好法,这把周百川难住了。周百川的嘴巴磕绊了一下才说:"她身体好,能吃能喝,哪儿都好。"

葛文心底的不怀好意像蒸汽一样往上冒。王芝哪儿都好,他居然会那么说!葛文故意说:"王芝姑姑也有五十了吧?"周百川说:"五十六了,头发全白了。她不像我,还有插灰。"他摸了摸自个儿的脑袋,那些插灰头发就像在应答,飞扬起许多头皮屑。

葛文想起街上跳舞的那些俗称"大妈"的人,腰比肩膀还宽,脸上的褶子一抓一把。"大妈"这样的称呼于她们已经是奢侈了。曾经像花儿一样娇艳的器官变成了干柴火,皮肤像木锉锉过的一样没有光泽,眼里都是云翳……葛文不由得牵了下嘴角,说:"五十六了,是老了。"

周百川看着前方,却心有柔软。他想的是,王芝可不像五十六岁的女人,气血还旺,在东北一个叫扶桑的小镇当模特队队长,心中的柔软反应到嘴上,话就有了迂回:"头发白是因为遗传,她身形都没咋变,还跟当年的模样差不多。"

葛文敏感地看了周百川一眼。差不多?莫不是成精了?想起那个高挑的身材,身后垂一条油亮的大辫子。那是改革开放初期,女人刚时兴编一根独辫。生产队的年月,大姑娘都是两根大辫子,像算盘子儿一样……

葛文嘴里说:"都记得,我都记得!"

电话响了。铃声是前些年流行的歌《一生有你》:"因为梦见你离开,我从哭泣中醒来……"葛文心里怪怪的,看着周百川把电话捂到耳朵上,嗯嗯了两声,说:"回头再说吧,我在车上呢。"葛文的眼睛一直在眨巴,让车滑行,他想听清楚对方在说些什么。待周百川收了电话,葛文才踩了下油门,说:"是王芝姑姑?"周百川说:"她一天打十个电话,总是对我不放心。"

"她是得不放心。"葛文笑了笑,戏谑说,"还有百川婶子呢。"

来到了家门前,两人你拉我扯,都想让对方去自己家里。到底还是葛文占了上风。葛文是实心想让周百川去自己的家,也就是葛武的家。葛武的家就是他的家,他这个葛家老大,在这里说话算话。周百川则有些虚浮和客套,从严格意义上说,他在这里已经没有家了。他说他回去说一声,就匆匆进了大门。就听他在院子里喊周仓,说晚饭去葛文家吃了。葛文在指头上抡车钥匙,侧耳听周仓如何应答。没听见周仓说什么,就听百川婶子的声音寥落而寂寞:"饺子都包好了……"声音像是被谁踩住了话尾巴,让葛文纳罕。丈夫三十年杳无音信,回头依然接纳,待若贵客,不知道百川婶子是什么心理。葛文一直没有看见周仓,听葛武说,周仓看到周百川就会张着嘴傻乐,就像小时候有放不完的炮仗一样。"这一家人,都够复杂的。"葛文自言自语了一句,口气中有些遗憾。周百川从院子里出来,葛文打开车的后备厢拿酒,还有从超市买来的许多熟食。他对这一切早有准备。葛文身上的动作与手法多少都有些拿捏,酒是好酒,菜是好菜,周百川哪里看不出来?他急忙走过去,接过了两只袋子。

两人面对面坐,葛文心底的念头一个一个往外冒。他渴望知道更多的信息,周百川当年抛家舍业跟王芝走,到底是为了什么?是源于感情,还是源于感情以外的什么?只是这话不能拿出来交流,就在葛文的嗓子眼里憋着,都长草了。他们一杯一杯大口喝酒,周百川逐渐放开了,谈起当年的流浪生活,怎么到的东北,怎么定的居。那种隐姓埋名的生活艰辛且漫长。买户口,分别给自己和两个女儿。赚钱始于养貂,发展到跟俄罗斯人做贸易,林林总总。他的脖子上系着红线绳,歪身子的时候胸前晃了一下,是一块鹅黄色的不规则的美玉,看起来价值不菲。葛文殷勤地给周百川布菜,问他怎么不给王芝姑姑买户口。周百川说:"她一个家庭妇女,既不上学,也不做工,要户口没用。"葛文说:"那她整天做什么?"周百川说:"洗衣做饭,料理家务。我挣一分交给她一分,挣一百交给她一百。如果不是出门在外,我口袋里从来不装钱。"葛文哦了一声,判断这里有缘故。往好里说,王芝是全职太太,有丈夫供养;往不好里说,周百川是在提防。到底是全职太太还是被提防的对象,大概王芝自己也弄不明白。她不识字,她没周百川心计多。葛文又给周百川满了一杯酒,问他在外叫啥名。周百川被一块鸡肉塞了牙,用牙签挑啊挑,捣鼓了半天,却没回答葛文。再提起话茬,说的是许多年前的事,做代表去开会住宾馆,外面下大雪,屋里暖得穿单衣,跟市长握手提前都要演练,手伸出去多远,抬起来多高,嘴角上提一公分,都有严格规定。葛文听得不耐烦,打断话茬说:"不提那些陈芝麻烂谷子。"周百川怔了一下,说:"那你听什么?"葛文高声喊葛武,说:"别弄菜了,桌子上放不下了。"葛武张着两只油手往里探了一下头,说:"还有两个。"葛文不耐烦地说:"两个也别弄了。"葛武也进来坐了下来,跟周百川碰了一下杯。周百川说:"你离周仓近,以后还请你多照应。"葛武憨厚地说:"叔,你放心,咱老一辈、少一辈都有交情。"葛文喝得头有些木,他摇晃了一下脑袋。电话响了,他摁了一下免提,甄妮问他在哪里,他才想起还没跟家里请假。"我在罕村喝酒呢,跟百川叔。"他狠狠地打了个酒嗝,顺势站了起来,说去趟厕所。

厕所在院子外面,是用秫秸扎成的篱笆墙,黑咕隆咚的。葛文并没有进去,而是在墙根下解决了。转过身来,他就听见有人喊自己:"葛文,葛文!"周仓家的大门虚掩着,窗上的一点灯光遥遥地映了过来,看不清门口站着的人的眉眼,但明显拐着一条腿,像个剪影。葛文叫了句婶子,走了过去。小凤说:"酒还没喝完?"葛文说:"大长的夜,忙啥?"小凤说:"让你叔少喝点,也是快七十的人了。"葛文说:"百川叔棒着呢,您放心吧。"小凤说:"你们都聊了些啥?"葛文说:"没聊啥,闲说话呢。"小凤说:"你能不能劝他别走?叶落归根,儿子、孙子都在这里,祖宗都在地里埋着呢。"葛文一激灵,怪不得他们把周百川当贵客待,原来存了这样的想法。葛文说:"您自己咋不跟他说?"小凤落寞地说:"我说不出口,他打年轻的时候就不待见我。"周仓原来一直在院子里,此刻插话说:"他的包就在你柜子里锁着,钱、身份证、家门钥匙、火车票,你不给他他就哪儿都去不了。"小凤说:"他没腿?他可不像你那么废物!"周仓说:"那我就打折他的腿!"小凤喝了一声:"那是你爹!"周仓嘟囔了句:"也就你还拿他当我爹,他自己承认吗?"

葛文再回到酒桌上,突然多了几分豪气。他给自己和周百川的杯子倒满了酒,说:"一口干,你敢不敢?"周百川知道葛文已经喝多了,摇头说:"我不敢。"葛文端起自己的杯子一饮而尽,又把另一杯酒端了起来,周百川想接过来,葛文躲了一下,突然高举过头,都浇到了周百川的脑袋上。葛文说:"你看我敢不敢!还敢回罕村,真是欺负罕村没人了!"

8

葛文出溜到了椅子上,头歪着,一口一口往外吹气。其实他还清醒,他的醉多少有几分装。把酒浇到人脑袋上的事,他自觉有些过了,看葛武的眼神就知道,他给吓着了。葛文很难受,他一直很难受。一杯酒没能舒缓他的难受,反而给难受加了砝码。他想扯一下脖领子,却弄掉了衬衫上的一粒纽扣。纽扣落在了地上,葛文用手去捉,半天才捉上来。他以调皮的样子朝周百川展示了一下,放进了上衣的口袋里。周百川看着葛文,脸上滴答着酒水,没擦。他知道葛文在借酒撒疯。在外奔波了这些年,经历的、看到的太多了,没有什么能逃过他的眼。周百川轻轻叹了口气,起身告辞。葛武慌张得不知照顾谁好,嘴里一个劲给周百川道歉。周百川反过来劝解葛武:"葛文喝多了,你给他熬点醒酒汤……不喝多了他不会这样。"

在夜晚的天空底下站了会儿,周百川去葛武家的厕所方便了一下。他没有选择外面的墙根,而是用手机的光束照亮。他看出来葛文的酒喝得不痛快,虽然他不说,周百川也能猜中几分。这不痛快中,肯定有陈年旧事的影子。他比葛武心重。周百川有点后悔这一次回来。他以为这三十年把一切都抹平了,包括他私吞公款。他在东北反复咨询了律师,确定没事,才决定回来的。现在看来哪里有那么简单?他回到屋里,摸着灯绳开了灯。往天周仓和他住一个屋,今天却孤零零地就剩一个铺盖卷。周仓今天一天都不爱理他,不像他初来的那几天,一天到晚合不拢嘴。周百川知道因为什么,他没有给周仓想要的。

周百川坐在炕沿抽了会烟，脑子里是儿子十二岁的模样，跟他去雪地追兔子、放风筝。周仓是小瘦身板，跑不快，跳不远，有点黏人，但不蠢不傻。这三十年的艰辛他能体会，可能体会又能怎样？周仓是正值壮年的汉子，却没有汉子样。吃饭筷子不离菜盘，所有的肉都挑进自己嘴里。除了经营两亩地，挣不来一个活钱。媳妇和妈都跟着他受罪，这样的儿子，哪里像他周百川的种！

当年他没想到跟王芝私奔。王芝二十六，他三十八。他身后一片累赘，哪里有私奔的条件？他不喜欢家里叫小凤的女人，可小凤对他唯命是从，让他无法挑理。如果不是命中遇见王芝，日子真就那样过下去了。王芝是一片坑塘，一下就把他陷没了顶。他说过，他舍不下家里的女人、孩子。王芝说，有我没她，有她没我。他以为王芝在说笑话，谁想她趁村里放电影，真的动了手。

那种磨折和纠结真是三天三夜也说不完。他无数次地假设过，事情如果重来，他还会离开那个家吗？回答是肯定的。除非没遇见王芝，除非与王芝没有爱情。那天他把她背到了卫生院，又把她背了回来。去的时候，王芝是松散的，人就像一蓬柴草，回来时人就像一个粽子，捆紧了自己，也拴紧了他。他为王芝做了碗热面汤，伺候王芝吃完，想走，哪里走得脱？王芝也不说话，就像孩子一样拽着他的衣袖，大眼睛里都是委屈。是这些年的荒芜让这位大姑娘怕了。她真像瓦棱子里的伶仃草一样，栉风沐雨，无处倚靠。周百川先是坐在了炕沿上，然后就钻到了王芝的被窝里。

橱窗下面有一只小圆桌，两边各有两把秀气的藤椅，是供顾客休息的。葛文坐在这里,往来穿梭的人流尽收眼底。这是条林荫路,粗壮的国槐在空中支起了架子。很多好看的或不好看的腿骨支起两瓣屁股在空中行走。葛文留意的都是穿高跟鞋的年轻姑娘,长裙短裤,不一而足。葛文托着腮,经常一看就是老半天。

玻璃门被试探地推开了,葛文从壁柜的反射中看清了来人的轮廓。一张典型的属于乡村的脸,就像一株有病的树,根本看不出年轮。来人喊了一声大哥,葛文的脸上马上有了职业化的笑容:"是周仓啊,怎么有空来城里了?"壶里还有剩茶,葛文给周仓倒了一杯。周仓环视着不大的店面说:"清静,真清静。"葛文说:"一早忙,人都刚走。"周仓说:"我来送那个老东西,一下公共汽车他就把我往家撵,没良心的玩意儿!""他走了?"葛文问。"走了。"周仓喝了一口水,水顺着嘴角淌了下来。他伸出舌头舔,可迟了,那水已经淌到了下巴上。葛文用眼角看周仓,说:"你送他干啥?多余送他。"

"是我妈让送,不送不行。其实他是后天的火车,今天来城里,分明是在家里待腻了。我们也伺候够了。"周仓忽而有些愤愤,说,"每天三顿好吃食,要酒有酒,要肉有肉,他给的那几个钱都让他吃走了!"

"你们对他还是有感情。"葛文从柜子里摸出一盒烟,弹出一支叼在嘴上。他平时不怎么吸,甄妮不让,所以他从不把烟带到家里。他让了下周仓,周仓摆手拒绝。葛文点着火吸了一口,淡不流水地说:"换成别人家,他连门都进不去。"

周仓气哼哼地说:"都赖我妈,总想让他回心转意。三十年了,他的心早变成了石头。"

葛文说:"他真是够狠心的。"

"没有比他更狠心的人!那些年,我们娘儿几个过的是啥日子?我那么小,收秋种地就当牲口使,所以个子一直都没长高。上学没有学费,我妈背着一筐粉坨子去赶集,去得早看不清路,结果掉进沟里摔断了腿。"周仓眼圈红了,突然捶了下桌子,"我真想杀了他!最次也要卸他一条腿,不能让他囫囵个儿地回东北。那个娘们儿就那么好,让他抛妻弃子?"

葛文浑身一震,眼前立时生起了云雾。他颤着声音说:"你咋还起了杀心?他是你爸,不应该呀!"

周仓恨恨地说:"你不知道他多欺负人!一早我妈给他包饺子,他一抹嘴,连句话都没跟我妈说,他还是人吗?我妈让我来送他,下了公共汽车他就让我回家,我偏不回!他在头里走,我就在后面跟着,有好几次我都想摸块石头拍死他,可我下不去手啊!我一直跟着他走进了那家旅店,看着他进了225室,就是医院旁边的那家,叫好再来吧?"

心中蛰伏的一些疼痛被重新挑起,葛文不禁皱了下眉头。那家旅店离这里不足五十米,是过去的浴室改造的。葛文外地的同学来也曾安排在那里,怎么那么巧,也是住225室。

葛文看着腾起的烟柱,缓慢地说:"他不叫周百川,他不是你爹。你爹跟他其实没有瓜葛。他有两个丫头,他这次出来,是送闺女上大学的。"

周仓说:"我知道他叫周顺,我看过他的身份证。"

葛文说:"对啊,可我们不认识周顺,周顺跟我们一毛钱关系也没有。"

甄妮是饭桌上的话匣子,医院的事,同事的事,朋友的大事小情,她都能说得津津有味。甄妮有语言天赋,学别人说话总是惟妙惟肖。她若哪天值班,饭桌上只有葛文和父亲两个,那就惨了。父亲不知道说什么,儿子也不知道说什么,饭吃得沉闷,而且别扭。所以甄妮在不在家吃饭是大事。这天,甄妮从单位打来一个电话,她这样说:"爸,你认不认识一个叫周顺的?"葛庆林问他是哪儿的人,甄妮说不出。甄妮说:"不认识就算了,我也是随便问问。"晚上,葛庆林到外面去迎甄妮,这个莫名其妙的电话让他牵肠挂肚。甄妮详细讲起了事情的经过。她去外科找人,主任刚从手术台上下来,正在跟人谈论一个收治的患者,是凌晨被人送来的。他住在一家旅店,夜里进去了窃贼,不单偷了他的钱财,还扎伤了他。奇怪的是,小偷临走的时候居然在那个地方割了一刀,下手有点偏,刀柄稍稍竖直些,那个东西就给切掉了。让他通知家人,他说他在这个城市只认识一个叫葛庆林的人。葛文手一抖,筷子掉在了地上。甄妮奇怪地看了他一眼,说:"他嘴里的葛庆林肯定不是爸,我都没当回事,你紧张个啥?"

葛文说:"现在住个旅馆都这么不安全了?"

甄妮说:"也该着他倒霉。他住的地方是一个刀把拐角,窗外是一道土坎,是医院的家属住宅小区。喏,我们散步从那里走过,你还说,旅店也不采取防护措施,多不安全哪。窃贼果然就是从那里进出,然后逃到了街上。"

葛庆林问:"人救活了?"

甄妮说:"据警察分析,小偷是为了钱财,刺伤他只是为了得手脱身,所以看上去两刀都没想致命。小偷的手法很高明,就像学过解剖一样。"

葛文去厨房端汤锅,给父亲和甄妮各盛了一碗。葛文说:"没事别出门,出门别住旅馆。"

甄妮瞥了他一眼,说:"住大街上?"

葛庆林每天上午都去电力大厦的台阶上坐着。那里聚集着一群老伙计,有二十几个,说起旅馆的凶杀案,还有知道得更详细的人,说这个倒霉蛋是牡丹江的人,本来一早要去火车站坐车,没想到让小偷盯上了。一听"牡丹江"这三个字,联想到昨天甄妮嘴里的周顺,葛庆林起了疑心。他急急站起身,快步往医院的方向走。几天前跟周百川一起吃饭,有人问他现在在哪落脚,周百川说牡丹江。葛庆林当时暗笑了一下,心里嘀咕了句:"带着一朵'牡丹花'住进了牡丹江,瞧他多会找地方。"

葛文妈得肝癌住了三个月的院,甄妮给他们找了个单间,对面两张床,有电视和空调,像宾馆一样。葛庆林没事就到处转,医院的旮旮旯旯他都熟。他径直来到了外科病房的护士值班室,打听一个叫周顺的人。小护士像是捞到了救命稻草,大声喊护士长,说:"周顺家终于来人了!"周顺住在一间六人病房里,靠窗。阳光从窗外直射进来,正好打在他的脸上,他沉沉地闭着眼,脸纸一样白。葛庆林站在床尾看他,几天不见,周百川一下就瘦掉了魂。邻床陪护的一个小伙子蹭了过来,小声对葛庆林说:"快给他交费吧。昨天还是大输液瓶,今天就换成小的了,再不交费,明天就不会给他用药了。"葛庆林说:"至于吗?"对面一个中年妇女说:"要不是警察来做笔录,连小瓶的都不会给他输,还至于吗。"葛庆林连忙摸兜,他只有几个零用钱。他到外边给葛文打电话,让他先送五千块钱来。葛文自己没来,把甄妮派了来。甄妮担心葛庆林老眼昏花,说:"您可得看准了,这个人真的是传说中的百川叔?"葛庆林说:"不会错,把他骨头烧成灰我都认识。"

周百川的沉默似乎有一种恒久的力量。他只跟葛庆林打了个招呼,就又沉沉地闭上了眼。深夜的场景一直在他的脑子里转,可他跟谁都不想说,跟警察都不说。那扇窗户原本是开着的,窃贼跳进来时,他还以为自己在做梦。一把刀子扎到心窝,他只来得及哼一声,就晕了过去。窃贼扎的第二刀,他都不知道。快天亮时,他又自己醒来了,才喊救命。

周百川睡得有些沉,但窃贼的手脚着实够利索。就像做了一个梦,周百川有点不愿意被惊醒。

9

周百川走的那一天,罕村的许多人都看到了。他在前边走,周仓在后面跟着,相距大约有十米远。而在周仓的后面跟着的拐腿走着的小凤,相距有三四十米。小凤送他们到村头,人家坐的公共汽车已经没了踪影,她还站在路边,久久地朝汽车消失的方向望。小凤的脸上很平静,似乎这只是普通的一天。这个男人,无论在不在她身边,都是她的男人。她就是这么认为的。眼下他又一次走,不过是又到远方去做事了。她一拐一拐地回来的时候,一直都这样想。路人用什么样的眼光看她,她都无动于衷。想当年媒人过来保媒,她有多欢欣鼓舞。

村里的姑娘都说,周百川英俊潇洒,就像电影里的人物。姑娘都这样说,却没有谁想嫁给他,他家实在是太穷了,穷得连一根线头都没有。小凤却截然相反,她一直仰视他,对他抱有感恩的心,因为他肯娶她。结婚那天入洞房,周百川蹲在地上抽烟,小凤和衣躺在被子里,激动而又忐忑。周百川抽够了烟才上炕,扯下了她的裤子,那神情她记了一辈子。周百川把所有的不喜欢都写在了脸上,可还是在那一晚要了她。

小凤畅快地呼出一口气,她真怕周百川扭头就走,让她从此没法做人。她对自己说,无论以后他对自己什么样,有这一晚,都应该知足了。

衰老似乎是从村外回来就开始了。去的时候,她觉得自己的腿脚还有力气,回来就不行了。她躺在炕上,觉得身上的筋骨都快散架了。这之前,她一直是这个家的主心骨。儿子是废物,媳妇也不顶趟,凡事没个算计,日子交到他们手里她不放心。周仓从城里回来,她就把钥匙交了出来,说:"我老了,从今天开始,家就由你当吧。"那只老式躺柜还是她结婚时周百川打的,有一个抽匣,里面装着这个家所有值钱的东西。周仓赶忙打开了那个柜子,见里面有几捆子嘎嘎新的人民币,扎眼睛。周仓张大嘴巴说:"他……他留下的?"小凤别过脸去,没有回答。周百川不愿意把钱给儿子,说他不成器。小凤不愿意他把钱给自己,但最终她拗不过周百川。

周百川走之前,又把村子的东西南北走了个遍。村西过去是耕地,现在都变成了大片民房,民房紧邻着大水坑,连路都没有。周百川从坑边上的杂草丛里穿了过去,路上留下了很多泥脚印。有生之年他不会再回来了,就是死,他也一定是死在外面了。想到这些,他有些感伤。他的两个女儿都在上大学,她们从来不知道世界上还有一个叫罕村的地方,他和王芝把这些都隐瞒得很好。

他来之前跟王芝狠狠干了一仗。王芝自然不同意他回罕村,说既然已经三十年没回去,再忍三十年,又会如何?王芝的心思他自然懂。可就是因为未来没有三十年了,他才执意要回,不回死都合不上眼。从心里说,他不再惦记谁。小凤、儿女,早就隔膜而陌生了。可他惦记这里的土地,渴望双脚踩在这片土上,这些泥土是他血肉的一部分。这种感情王芝不懂。坑边有一棵水柳,他把它连根拔了起来,手脚并用移栽到了路边上。这里是一个死角,有一棵树的生长环境。周百川蹲在这棵指头粗的树下抽了支烟,想再过一些年,它也许会长高长壮吧。

"你就叫周百川吧。"他对这棵树说。

周百川在医院里住了十多天。他兜里有一张银行卡,这是他最后的财产。他把卡交给葛庆林,葛庆林由此学会了使用自动柜员机。他用葛庆林的手机给王芝打了个电话,说自己的手机和身份证都被偷了,要在这边耽搁一段时间。王芝的气还没有消,或者是新的气又生出来了。王芝说:"你不愿意回就别回来了。"咔嗒一声,电话挂了。周百川脸上的肌肉一阵痉挛,把手机给了葛庆林。葛庆林注视着他说:"我去给你买个新手机吧。"周百川摇了摇头,说:"不用了。"

葛文从广州提货回来,隆重地来看周百川。他几乎是从病房门口小跑着进来的,周百川欠起身子跟他握手,彼此寒暄,都像劫后余生一样。葛文查看了周百川的伤情。

这晚周百川难得的好精神,跟葛文说了一晚上的话,却绝口不提自己被偷和被刺。他不提,葛文也不提。葛文发现自己轻松愉悦了,他甚至跟周百川开起了玩笑。

然后,葛文说,您是成功人士。葛文说这话还是有点酸,但很快酸碱中和了。眼下周百川没了身份证明,就是黑人黑户,寸步难行。葛文暗示他可以帮忙,周百川看着窗外,却没有接话茬。

葛文私下找公安局里的熟人了解案件的进展情况,熟人说:"进展啥啊?这种案子根本没有警力介入。"葛文问:"怎么回事?"熟人说:"他是外地人,小偷如果是流窜作案,别说案子根本不可能破,就是破了也一点意义都没有。"葛文不明白:"这是恶性案件,怎么就没意义呢?"熟人说:"不是没死人吗?若是死了人,破案就有意义了。"葛文仍是不懂,但他没再追问下去。

周百川出院回了罕村,又成了轰动的新闻。

他突然出现在院子里,把周仓惊着了。周仓一步跨进屋里,喊:"妈,妈,那个人又回来了!"小凤身上的力气仿佛就在空中飘着,她一收拢身体,那些力气就又回来了。小凤蜷起身来下炕,抿了抿头发,站到了堂屋的前门槛子里边。小凤吃惊地说:"你……咋瘦成这样?"

周百川疲倦地说:"我受伤了,没地方可去了。"

小凤伸手把他拉进了屋,说:"这里是你的家,你回家就对了。"

周百川的刀伤让小凤惊出了冷汗。她把上下的刀口都看了,红色的皮肉新鲜娇嫩,像婴儿的嘴巴一样。她伏在那里嘤嘤地哭,说:"亲人,我差点就见不到你了,我的好人哪!"小凤嘟囔的声音像风中的琴弦一样顿挫,带着颤音,眼泪像涨潮一样从干涸的眼眶往外涌。周百川的眼睛也湿了,叹息说:"这是命。"小凤说:"对,这就是命。"她抻抻被子给周百川盖好,拐着腿来到了院子里。

她在一瞬间就知道自己应该做些什么了。她把豆秧用三股木杈攒起来,挑到了墙根底下,腾地方。一只半截油桶上面坐着锅,在屋檐底下备着,是俗称"冷灶"的那种,已经很久不用了。小凤弓着身子把冷灶拽到了院子中央,生火,刷锅,烧水,嘴里咕咕咕地喊一只公鸡过来,一只草筐扔出去,正好把公鸡扣住了。宰杀、拔毛、开膛破肚一条龙,小凤干得爽心爽手。大门敞开着,鸡汤的香味顺风能飘出三里地。门外聚集了很多人,可只有葛武在门口探了一下头。葛武说:"婶子,炖母鸡汤啊?"小凤大声说:"是公鸡汤。女人坐月子才喝母鸡汤!"

周百川虚弱地听着外面的动静,有一点恍惚。三十年的光阴变成了一瞬,让鸡汤的味道挤没了,中间似乎只隔着一个瞌睡。周仓在堂屋转来转去,不知在干什么。他有些怕这个当爹的人,自从看见那些嘎嘎新的成捆的票子,他的敬畏就滋生了。他从没一下子拥有过那么多的钱。他从每捆钱里抽出一张放进自己的衣兜里,那块地方似乎能生出火来,皮肉都灼得慌。他脚步很响地从后院找来硬柴,似乎在告诉周百川,你好好躺着,我在为你服务呢!

周仓耗子一样的眼神总躲着周百川,这让周百川笃实了自己的猜测。那天派出所的民警来做笔录,特别问起,你是谁?你到这里来干什么?周百川没有说实话。他只肯说出葛庆林的名字,却没有提起罕村。他知道,提起罕村就是一个不小的麻烦。民警说:"亏你在这里没有熟人,否则我们肯定以为是熟人作案。"周百川问:"为什么?"民警说:"地点,时机,手法,稳、准、狠,都像早有预谋。小偷一般只对钱物感兴趣,可这个小偷却连你的钥匙、身份证和火车票都偷走,分明是不想让你离开这里嘛。"

最后一句话,周百川听到了耳朵里,自己跟自己干仗,然后自己把自己打败了。周百川狠狠地想,周仓,一定是周仓干的!我的儿子还是有血性的,而且活儿干得漂亮!不让你走,不说不让你走,让你求着我把你留下。只是周仓手下留情了,十年一刀,他应该扎自己三刀!周百川甚至有些甜蜜地享受了伤痛,感念那进深的一厘米,让他还是个男人!如果那根真清净了,自己还有脸活着吗?臊也臊死了!他承认,他这一辈子的祸,都是那条根惹下的,他管不了它!从打年轻的时候,它支配着他的大脑、心,以及每一根神经,承载着他全部的欢乐与幸福。

出来混迟早是要还的。

他试着喊了声周仓,周仓应了声,又去后院拿硬柴了。灶里的火从烟囱里蹿出来,火舌像活的一样腾跃。家里许久没有这么旺的火了,周仓的脸都被火光映红了。离开了灶眼,那红还在脸上挂着,还挂着柴灰、汗水。小凤去棚子里筛小米,小米养人,只是有沙子。媳妇则像没嘴的葫芦,跟在婆婆身后。她总是显得慌张,家里突然出现的这个公公,像一头大象一样,把家撑满了,她的眼神都没处放了。周百川喊的声音,她也听见了,急得朝周仓摆手,那意思是,你快去!周仓却放稳了心神,洗了手,擦了脸,才进到里屋,慢条斯理地说:"你有啥事?"周百川说:"给我倒杯水来。"周仓出去端水,周百川坐了起来,迎接这杯水。周仓端来的是一个大罐头瓶,满满的一大杯。周百川接过水来没有喝,看了周仓一眼,说:"我在这里住一段时间,你不会烦我吧?"

周仓说:"不烦,你住多久都不烦。"

10

眼科主任突然去世了。眼科缺人,主任、副主任都是一人担着。甄妮得到信息就去找院长,说,现在生意难做,葛文也想干业务了,否则,那么多年的学不是白上了?甄妮顺手把五千块的购物卡夹到了院长的一本书里,院长自然心领神会。他说让甄妮回家商量商量,葛文是当老板的,还愿意给别人打工吗?

吃了饭,一家人一起看电视。甄妮削了个苹果,给这个不吃,给那个也不吃。说起回眼科的事,葛庆林首先赞同:"人这一生不能光为钱活着,得有地位、有名望。地位、名望从哪里来?从老医生、老专家这种称呼中来。"葛文不屑一顾,他活自在了,不想再去受约束。甄妮斜着眼看他,慢吞吞地说:"假如……我说的是假如,让你回到眼科当主任,你乐意吗?"

葛庆林抢着说:"回去,当然回去!"

葛文也笑了,说:"那还用说?"

"医院的各科室主任权力大得很,而且收入很可观,真有这样一个位子,关掉眼镜店都值得。"甄妮把苹果切成了菱形块,用牙签穿起来一块,这回葛文接了过来,边吃边说。

甄妮这才说出原委:"各科室都人满为患,别说梯字形队伍,都不知有几架梯子。只有眼科除外,一年一年地招不上人来,院长也很着急。可如果我不去张罗,当然不会有人想起你。"甄妮咬了口苹果,白牙齿在咀嚼的空当一闪一闪,"好歹当年你也是眼科的骨干,回来顺理成章。"

有关邓小平的电视剧播完了,葛庆林的关注点也告一段落。他索性把电视关了,专心探讨葛文回医院的事。葛文让甄妮说得有点动心,他离开医院已经十年了,说回就能回去,而且还有不错的位置,葛文都有点不敢相信自己有这么好的运气。

说不上是心情还是天气的原因,秋凉的清爽让人通体舒泰,葛文和甄妮居然找到了一种类似蜜月的感觉。过去离间他们之间关系的种种阴影都不复存在,有时候葛文刻意去想,居然遥远得难以捕捉。葛文确实把那种感觉放下了,回头再看甄妮,年轻时的种种不如意都显得那么可笑,一种悲怆的心情让葛文格外卖力气。他想,大好时光都给了流水,他们再不抓紧,人生就真的变成画饼了。两人之间的甜蜜连葛庆林都看出来了,有时候电视剧没看完,他就回屋睡觉了。

葛文和甄妮相视一笑,眼神都有些黏稠。

事情想不到地顺利。几天以后,人事部门的任命下来了,葛文必须走马上任了。葛庆林两个月的期限已满,也该回罕村住小儿子家了。他让葛文先把他送回去,可在这节骨眼上,店员小刘有事回家了。眼镜店不可能关门,葛文让父亲临时照顾一下,告诉他所有的商品都明码标价,拒绝讨价还价。需要验光的患者定时定点,葛文下班以后直接过来。学生验光打八折,乡下的孩子还可以更优惠些。葛庆林看了一天一副眼镜也没卖出去,实在闷得慌,他给葛武打电话,问:"萝卜长得咋样?白菜下种了吗?"

葛武好歹回答了,就开始说周百川的事。他说:"百川叔天天有鸡汤喝,气色一天比一天好,整天出去遛弯,看人主动打招呼,就像从来没出走过一样。百川叔也不提走的事,我看他是不想走了。连百川婶子模样都变了,说起话来嘎嘎的,像是年轻了十岁。"

葛武提供的信息让葛庆林激动不已。周百川是自己办的出院手续,葛庆林以为他悄没声息地回东北了。不用担心他没有身份证之类,这个家伙有的是办法。没想到他自己悄悄回了罕村,他为啥回罕村成了葛庆林心底的一个惦记。像年轻的时候一样,葛庆林喜欢追在周百川的屁股后头听他说话,住院的那些天,他每天都会过去假装陪床,周百川不撵都不走。就像眼下,葛庆林居然像个孩子一样心神不宁。他马上给葛文打电话,让他明天送自己回罕村。可葛文的电话一直打不通,他又给甄妮打,甄妮说:"回罕村的事晚上回家再说,葛文现在开会呢。"甄妮口气温婉,但还是让葛庆林不好意思了。想想也是,葛文不比过去,他是当主任的人了,哪能像以往那么清闲?晚上回家有多少事不好说,这个电话打得实在多余。

葛庆林帮助葛文整理了一下货柜里的内容。一块玻璃板总翘起来一边,不平整。他摁下去,玻璃板又翘了起来。他小心地把玻璃板掀了起来,发现下边压着个锡纸包。锡纸包叠得方方正正,有棱有角,他拿出来打开一看,吃了一惊。

葛文晚上下班,葛庆林已经把自己的东西收拾好了。他还是等不到明天。两个月的时间实在漫长,他熬过来已经不容易了。虽说儿子、媳妇都好,在外面也认识了一群老伙计,可这种感觉跟待在罕村不一样。城市是别人的城市,罕村才是他的罕村。何况眼下罕村还有周百川。当年两人搭班子,一个书记,一个副书记,从没红过脸。在罕村跟周百川待在一起,成了葛庆林最迫切的愿望。老爷子既然等不及了,葛文便给葛武打电话,让他媳妇和面,用铁锅烙大饼,他们回去吃。兄弟媳妇的千层饼做得好,葛文百吃不厌。爷儿俩上了路,暮色已经漫上来了。很多拉砂石料的大车昼伏夜出,像长龙一样摆满了马路。葛文在车缝里钻行,不时骂一句对面不会会灯的家伙。葛庆林有点紧张,一直给他盯着前边的路。他接了葛武的一个电话,说了他们现在的位置,大概还有十几分钟就要到家了,饼可以烙,菜也可以炒了。往口袋放手机时,他摸到了一个光溜溜的东西,才想起那个锡纸包。葛庆林把锡纸包拿了出来,放到了前边的挡风玻璃下面的一个凹槽里。葛庆林问:"你百川叔的身份证怎么在眼镜店里?"

葛庆林预备儿子这样回答:在外面碰巧捡到了,或者警察找到了身份证交给了他。葛庆林知道,儿子葛文方方面面都有朋友。别看他的眼镜店不起眼,却能搭起一张网。儿子之所以把身份证包好放起来,还有一种可能,他不想还给周百川,是想替周家母子留住他。小凤这半生,没有男人疼爱,拉扯三个孩子,有多凄惶只有他们这种近邻才知道。这个理由应该非常成立,因为葛庆林也赞成。还有一种可能,儿子根本不知道这个事,是店员小刘放在那里的。此时正好到了路口,要右转弯。葛文对这件事毫无防备,忽地冒出了一身冷汗,一脚踩了急刹车。一辆大货车呼啸着从身边刮了过去,他们的车子横着打了个旋,车头撞到了另一辆车上。葛庆林只觉得身子一歪,头撞上了侧面的玻璃。

没有人知道那一刻葛文都想到了什么。那一晚,他从那扇窗进出都如履平地,所有用于作案和作案得来的东西都被处理了,保留身份证纯粹出于好奇。锡纸是店里那盒烟的内衬,葛文当时想好了以后被人发现的理由。那些理由与父亲葛庆林找的理由一模一样。

黑暗像大鸟的翅膀一样倏忽而至,整个世界都发出了破碎声。

11

村里搞生态村建设,上面下拨了几千万的资金,据说是某个大人物的"点儿"。基础设施建设从去年冬天就开始了,垃圾回收、管线深埋,总有不认识的人在村里干这干那。罕村人也奇怪,既然有工程,怎么不先尽着村里人使呢?他们找到了现任书记,现任书记啥也不知道。资金是上面给的,人是上面派的,好像与村里人并无关系。春天开始修路,路基垫起了足有十厘米高,村里人都很高兴,说这回下雨再不会踩两脚泥了。周百川从村南往村北走了一遭,找到做工程的小头头说:"你们这样干活不行。路基抬这样高,夏天院子里的雨水流不出去,是不是让家家都养蛤蟆?"小头头挺不耐烦,说:"这事我不管,是上头让这样干的。上头让拉多少土方,我们就拉多少土方,让拉多少砂石料,我们就拉多少砂石料。"周百川一下翻了脸,站在路中间指着那些工人说:"别干了,都别干了!给你们家干活是不是也这样糊弄?把你们的上头叫来,我跟他掰扯掰扯。上头不来人之前,这活儿谁也别干了!"

周百川的气势震慑了所有的人。头头悄悄问周百川是谁,有人告诉他,是村里的老书记。头头开始说好话,说:"这工程都是按天承包的,下多少料他们说了不算,但完不成每天的工程量他们要负责任。"

周百川却毫不通融,坚持要把路基降下去五厘米。村里沿路的各家各户也被提醒了,他们纷纷站在周百川这边。周百川还发现了别的问题,自来水管道不足半米深,冬天管道封冻,根本不可能有自来水。路灯的灯管质量太次,估计安装的人前脚走,后脚村子就变得漆黑一团。周百川轻而易举就取得了村民的信任,大家都说他比现在的书记强,现在的书记就知道对镇政府唯唯诺诺,一点不懂得考虑村民的利益。周百川带领大家监督施工方,每天忙得不亦乐乎。

遥远北方的那个家,逐渐成了梦中的一片风景。在外三十年,周百川唯一的目标就是挣钱,挣很多钱。那个目标实现了,眼下他又有了新的目标。周百川觉得,人不能活得太自私,过去几十年,他一直是在为自己干,而现在,他得为村里人干点事了。

他就是这样向王芝解释的。

可罕村对周百川的留下有各种各样的说法。他的儿子在这儿,孙子在这儿,他的根也在这儿,小凤的宽容感化了他,等等。然后就是窃贼的那两刀救了小凤一家,否则周百川早就回东北了。但没有一种说法是周百川的想法,周百川的想法,其实连他自己都不信。可他确实在罕村待住了,过年的时候,他买了许多炮仗,是那种又高又大的礼花。他跟儿子周仓在外放礼花,婆媳两个在院子门口看着。礼花在天上开得璀璨,把一座村庄都照亮了。

春天,葛文也回到了罕村,但他不是原先的葛文了。两车剐蹭时他被挤压在一个狭小的空间内,人差一点成了薄饼。他在医院躺了三个月,命是捡回来了,但智商回到了婴幼儿水平。甄妮心平气和地与葛庆林谈了次话,说要与葛文离婚。葛庆林能说什么呢?眼下,葛庆林推着儿子在院子里晒太阳,教他说话认人。葛文喊了一声爸,葛庆林激动得老泪纵横。

那个锡纸包始终揣在葛庆林的怀里。有关锡纸包的疑问再没人能够解答了。解不开,就如同有个秘密住在心房,葛庆林随时随地都能感觉到它的存在。他在家里没人的时候,试图用锡纸包唤醒葛文的记忆。葛庆林说,眼镜店,玻璃板,周百川,身份证。这些元素组成了一串信息链,可葛文懵懂,眼神直勾勾地反应不过来。他着急,葛庆林也着急,爷儿俩面对面坐在那里呜呜地哭。葛文一边抽搭一边用手掌给父亲擦眼泪,眼神无辜得越发像个孩子。周百川偶尔来看葛文,葛庆林的态度总是很冷淡。他觉得,那场车祸或多或少都与周百川有关系,可这种关系,葛庆林却说不出口。周家人团圆了,葛家父子两个却吃了个天大的哑巴亏。葛庆林固执地认为,那天是身份证的出现让葛文分神了,葛文错过了岔路口,才一脚踩了急刹车。有一天,周百川从葛家门前过,葛庆林正端着碗给葛文喂饭,看见周百川,葛文嘿嘿一笑,突然叫了声:"周顺。"

葛庆林问:"啥?你说啥?"

葛文指着周百川,努力清晰地说:"周——顺。"

这回葛庆林听清了,啪地打掉了葛文的手。周百川却急了,说:"你咋能这样对待葛文?他现在这个样子,能说话是好事。"周百川自从重新成为罕村人,就淡忘了曾经叫周顺的事。所以,他并没有把葛文的话当回事。叫周顺或叫周百川,于他,其实已经不重要了。

手语

1

这条街可真长,四千多户的大村庄,就像被一根扁担串着,从西一直串到东。我在街上走了一个半来回,才发现小学校藏匿在一条胡同里,胡同里面才是大门口,一户人家的大房子后头升着一面国旗。校园里开了许多的花,倭瓜花、瓠子花、葫芦花。校园不像花园,倒像是菜园。门房问我找谁,我说找张校长。张校长问我找谁,我说找陈浩智。张校长是个实在人,说:"我这就去给他调课,你先在我办公室等等。"我坐在沙发上等的时候,发现门前葫芦架上的白花开到屋里来了,葫芦藤试探地爬进纱窗,纱窗开了一道缝,特意给藤秧留下了好奇的空间。我走过去看了看,花托底下已经孕育了一粒珠胎,那里要诞生一个"孩子"了。

环顾这间屋子,我自言自语:"这要是陈浩智的办公室就好了。"

张校长知道我为什么来的。为了找陈浩智这个人,我半年前就开始东打听西打听。那时春草已经过世半年多了。我的手,被她捏住的地方似乎还有余温。我要说那点余温一直就在我的心里一点都不为过。我只要想起春草,手背就是热的。那是她的手敷在了我的手上,然后才是慢慢地凉,然后松开。大拇指先是缓缓地翘起来,然后才是整只手一点一点地从我的手背上滑落。她是坐着去世的,因为喘不上气,大伯哥一直抱着她。周围围着一圈人,她的儿女、姐妹,以及别的家人。可她却把手伸向我。这时候她已经说不出话了,可她分明是想说的,气一口接一口地往上喘,却不见往下吞咽,嘴唇乌紫,眼睛像图钉一样在人群中盯牢我。所有的人中,我应该是与她关系最远的,我们是妯娌。所以当她叉开的五指伸向空中,周围的人都试图接住那只手,她却惶急地躲闪。当我意识到她眼神里的内容,把手伸过去时,她已经耗尽了所有的气力,除了匆匆一握,再不能做别的了。我很惶恐,不知道她生命的最后时刻想表达什么。她的手从我的手背滑落时,在我中指的指尖上略做停留,形成了挤压。这一刻,我感受到了那只手似乎在手语。

就因为"手语"两个字,许多日子里我食不甘味,既困惑,又惆怅,想弄明白手语的内容,也想弄明白她为什么要用手语。

春草头七的时候,我们回家给她烧纸。村子坐落在无名山的山脚下,山是光秃秃的山,连棵树也不长。所有的程序和礼数,都是她的妹妹在张罗。妹妹名叫春花,眉目和脸形都像极了春草。她们年轻的时候都是美人儿。只是都时运不济,四十出头的春花,离"当初"很有些遥远了。她在建筑工地和沙子水泥,无疑是能干的人,每天挣一百块钱,手上脸上的纹路里,都是沙子水泥留下的印记。按说春草嫁到了严家,这一应事项应该严家人张罗。可我是一个不懂任何俗礼儿的人,春花只能越俎代庖。丧礼上,春花已经主动进位了:供品都摆哪些,长明灯要燃多久,打狗棒是放在左手还是右手,几时用香油点眼睛……开始还找我商量,后来看我实在是一头雾水,就自作主张了。头七这天我们来得晚,刚一进院子,就看见一堆花花绿绿的纸钱摆在台阶上,篮子里装满了物品,酒瓶子竖在中间,台阶下站着纸人纸马。上坟的一应用项春花都已准备妥帖。

春花说:"我知道表嫂工作忙,就提前来了一会儿,把方肉煮了,把饺子包了,把瓜果点心预备了,表嫂一来,就可以直接去坟地了。"

我大受感动,连声说"谢谢谢谢"。

坟地就在村北不远处,我和春花一边走一边闲聊天。过去我们并不认识,在春草的丧礼上还算陌生人。可眼下,我们之间明显有了信任,她说话的方式和语气,完全不把我当外人。

说起姐姐春草的死,她看了看前后,小声说:"表嫂知道吗?我姐姐苦熬了那么多天,就是为了死在七月初七。"

我愣住了,问为什么。当初住院时,医生就说她这样的症候最多活不过一个月,可她硬是熬过了两月零九天。

春花叹了口气,说:"姐姐是个傻姐姐。许多年前她曾经对我说过,若不能活到终老,就要死在七月初七这一天。"

我赶忙问:"这一天有什么讲究吗?"

大伯哥严松林一瘸一拐地走了过来,他是小儿麻痹,五岁的时候就成了这个样子。所以五岁以前是他幸福的记忆。我们让过他,春花才小声对我说:"这一天是春草和陈浩智结婚的纪念日。"

我长长地"哦"了一声。

有绿皮火车轰隆隆地驶了过去,就在我们眼前不远的地方。这里横亘着一条大秦铁路,从北京到秦皇岛。铁路下面就是菜地,大白菜支棱着叶子,都还没有包心,一垄一垄绿得过分。春草的新坟就起在菜地的一端,靠铁路的那头,眼下都还没来得及长草。在一片深绿中,那一撮黄土显得那么打眼。

七天前,是她和陈浩智结婚二十七年纪念日。一直在病床上弥留的春草,不知怎么算准了那个日子,选择了自己的死期。若真是有意为之,莫非真有冥冥之中这回事?

我不由得打了个寒噤。

纸钱燃了起来,刚才还在好好说话的春花,姐妹情感突兀地爆发了。那种号啕,石头听了都会落泪。她说春草命苦,没过过一天好日子。你还不到五十岁就慌慌忙忙地走了,留下了还没成家的儿女、八十多岁的爹娘,你就那么狠心,把这一切都撂给了我……我留意到,春花的哭诉中,没有提到她的姐夫、我的大伯哥严松林。他就在不远处站着,呆呆地望着这团火。因为两条腿不一样长,肩膀也就一高一低。他木讷的脸孔被火光映出了一汪油。他对春花的哭诉无动于衷,仿佛已经入定。春花在那里哭,我用一根树枝拨弄旺火。我没有哭,但眼泪早已成河。但我的脑子里一直跳动着七月初七这一组数字,以及陈浩智这个名字,它们莫名其妙地组合到了一起。那一天春草的"手语"就在我眼前晃,我突然觉得春草的"手语"也许与陈浩智有关。

想通了这一点,我心里就像开启了一道门,觉得眼前豁然开朗。

不管与陈浩智有没有关,严先生都不允许我提这个名字,提都不许提。他说:"那是一个与严家无关的人,你提他干什么?"

严先生是我丈夫,打从三十多岁的时候就戴老花镜,打从戴老花镜那天,我就叫他严先生。

我说:"真的与严家无关吗?严智不是他的儿子吗?"

他突然吼了声:"你胡说什么!"

随后,他就呆住了。我想,是两个人的名字让他有了联想。过去他只知道大嫂春草曾经嫁过人,侄儿严智是个拖油瓶,但不知道那个人叫陈浩智,也从来没想过侄子严智的名字原来与陈浩智如此相关。我看他坐在那里发傻,有点不忍心,但还是把春花告诉我的事情说了出来:春草在许多年前就希望死在七月初七这一天,因为这天是她和陈浩智的结婚纪念日。

严先生问:"为什么?她为什么想死在那一天?"

我说:"为什么不重要,重要的是她实现了这个愿望。"

严先生说:"可我想知道她为什么想死在那一天!"

我说,她临终的时候跟我"手语"了一下,"手语"的内容也许能解开这个谜。

严先生警惕地问:"你想干什么?"

我说我不想干什么。

严先生说:"严智一岁多就随母亲来到了严家,他就是严家嫡亲的骨肉。这件事任何人都不要横生枝节。"

严先生说得很严肃。

我咕哝了句:"他是 A 型血,而你们都是 O 型血。"

严先生说:"那又怎么样?"

还能怎么样呢?我懒得再搭腔,开始聚精会神地看电视。

可我的手背总是一会凉一会热,左手的中指有一种轻微的压迫感。我举起来看了看,左手和右手没有什么不同,但细细一观瞧,左手的中指似乎有一点扁!

我有点不相信自己的眼睛,让严先生看。严先生对我的事向来认真,他摸了眼镜戴上,让我的两个中指靠在一起,端详又端详,惊奇地说:"是有点不一样啊!怎么弄的?"

我说了。

他嗤之以鼻:"你还信封建迷信这一套。"

我不管他,起身找了六枚硬币,我不是特别相信占卜,但今天我想要答案,这个答案没人告诉我,我只能通过占卜得到。我对严先生说:"你来当我的公证人,我今天占卜的结果永远有效。"他好奇地问我占卜什么内容。我说:"第一,春草的手语是不是与陈浩智有关。第二,如果有关,无非两个内容。一是报丧,告诉陈浩智,春草死在了七月初七。二是替严智去探虚实,春草也许是想让他们父子相认。"

严先生说:"你少自作聪明。严智的爸爸只有一个,叫严松林。严智不是三岁的孩子,他二十七岁了!春草要是真有这样的想法,不会拐弯到你这里,她会对严智直接说,严智会自己找了去!"

我说:"你们会容许严智这么做吗?"

严先生不说话了。

我说:"春草去世的时候你也在现场,看到了她最后的样子。那么多的人,她却想抓住我,分明是有话要对我说。她不对别人说,单单对我说,那一定是难出口的话。难出口的话还能有什么?一定与严智的身世有关。你说对不对?"

2

春草与陈浩智的关系,用春花的话说,小的时候是一对金童玉女,天生就是一对夫妻。

两个人的母亲是同胞姐妹。他们在很小的时候就在一张桌子上吃饭,一个炕上睡觉,不是她到他家来,就是他到她家去,从七八岁就好得形影不离。春草的下面是三个妹妹。陈浩智的下面是两个弟弟。十五岁的时候,两家父母给他们定了亲。原本,春草的父母是想用一个女儿换一个儿子来家,可陈浩智的母亲说:"我们就亲上加亲做亲家,这样你有儿子我有闺女,不是啥问题都解决了吗?"

自从定了亲,春草就不去上学了。那时她才读初二,定亲的事成了别人嘴里的笑话,认识不认识的同学都指指点点,叫她小媳妇,还给她编顺口溜:小媳妇,戴红花,见了新郎不要妈。春草被说得脸红,心里却是受用的。陈浩智在另一所中学读书,每个周末都去春草家,帮着干这干那。俩人那么大了还玩过家家,一个演新郎,一个演新娘。春花就曾经亲眼看见过,陈浩智用绿头巾当盖头,让春草坐在炕沿上。陈浩智喊:"娘子。"春草不应,再喊,春草还不应。陈浩智就把盖头撩开,自己钻了进去,两人在炕上笑闹着滚作一团,滚着滚着就没声音了。春草是个能干的人,每年的春天都要去陈浩智家住上好长时间,帮他家拆、洗、缝制被褥和棉裤棉袄。顶针套在中指上,回家来,中指上有一圈黑,是顶针磨的,很久都洗不掉。那时春花经常跟姐姐开玩笑说,还没过门呢,就把婆家当家了,羞不羞?

原来想,陈浩智高中毕业了就结婚,可他考上了师范。春草爸不想让陈浩智读师范,怕他变心。陈浩智信誓旦旦地表示,不会辜负春草,师范毕业了马上就结婚。可陈浩智真毕业了,却没了结婚的想法。他说两家是近亲,法律上不允许。可两家的父母都不管法律,也不管近亲,这边上吊那边抹脖子,把两人撮合到了一起。那段时光,春草的眼泪都流成了河,她对妹妹春花说:"只能嫁给表兄了,不嫁给他,真就没法活了。"

事实上,陈浩智自打读师范,就很少到春草家来了。他给春草写了很多封信,说,国家不许近亲结婚,近亲结婚会生傻孩子。无论陈浩智说什么,春草都不吭声。每次接到信,都必定要到陈浩智家住几天。她是想用这种行为证明自己是这个家的人。自从她跟陈浩智订婚,她就许给了这个家、这个人,任何人、任何别的力量都休想改变这个结果。春草看着温和,却是一个执拗的人,明明知道陈浩智有了其他想法,还是一次次地去陈浩智家,帮助他家干这干那。有时候,春花看不下去,会劝姐姐几句。春草听得进春花的话,点头答应说,不去了。可过不了几天,春草又骑车去陈浩智家了。马路两边正在给树修枝,春草一路走一路捡柴,后车座上夹着柴火捆,后面还用绳子拴着一堆杨树枝,她在前面骑车,后面的杨树枝扫马路,一路尘土飞扬,就像拍电影一样。

县境不大,学校有百余所,老师也只有一万多人。可若想在这一万多人中找到一个叫陈浩智的,也不是件轻而易举的事。我曾经利用出公差的时机四处打探,结果是一无所获。无奈,我找到了在教育局当局长的同学,求他差人查一查底案。他问我什么事,起初我不想告诉他。可他说:"你不告诉我我凭啥给你查底案?"即便是玩笑,我也觉得人家说得有道理。所以我把实情告诉了他:一个临终的人,托付我为她的孩子寻找父亲。是的,我说得就是这样直白,因为这样说可以少费许多口舌。他大概也觉得事情重大,查了底案,给校长通了话,才把校长的电话和陈浩智的电话都告诉了我,并嘱咐我什么时候去就留在那里吃个便饭,他都安顿好了。

学校是个中心小学,在县界边上,过了一条果河就到河北省了。

这个名叫田龙弯的大村我是第一次来,从"扁担"的一头走到另一头,足足走了二十几分钟,足见这根"扁担"真够长。当然我走得不快,一路走一路查看,各家的门楼、瓦房、柴火垛、牲口棚,我都留心看看。我从没到这边来过,所以想多少了解些风土人情。有几个小孩子在朝阳的墙根下蹲着,一个用树枝掘地,一个用瓦块画田字格,看起来百无聊赖。回想我们小时候,是没有工夫发呆的,跳房子,玩沙包,羊拐子,抓大把儿,黄鼠狼偷小鸡,玩法无穷无尽。这些现在大概都失传了。我曾经专门写过一本书,是写消失的乡村词语的。此刻,这些童年时候的游戏让我心中一动。我和他们聊了会儿天,有个孩子问我去谁家,我没说去学校,我随口开了个玩笑:"我去林青霞家,你们认识林青霞吗?"

说这话的时候,我想起昨天在网上看到的她穿校服的一张照片,青涩,生动。男人心动是应该的,女人也心动。

几个孩子面面相觑,摇头说他们不认识林青霞。有个大些的女孩子突然说:"我知道,是幼儿园的林老师!"

我问:"她说得对吗?"

孩子们有人摇头,有人点头。我笑了笑,悠悠地朝前走。这个女孩子追着我说:"你去大队喊广播吧!"

"真聪明。"我回头朝她招了招手。

我在村外下的公共汽车,跟一个驮着面口袋的人打听小学怎么走。他说就在这条路的中间部位,有些难找。

我有时间,所以我不急。

下课铃声丁零零地响了,张校长急匆匆地回来了。他进来就说:"对不起对不起,陈浩智老师家里失火了,他刚才被电话叫走了。"我问:"烧得严重吗?"张校长拿出手机看着说:"还没来得及问。这个时候打电话,他也许不方便。"我说:"不急,先等等。"于是我跟张校长东一榔头西一棒子地聊天。我赞赏他的菜长得好,若是在城市里,校园里种倭瓜扁豆大概不可以。他指着探进来的葫芦花说:"这跟种花有什么区别?"我真诚地说:"没区别,而且有收获。纱窗是你特意开的?"张校长说:"我喜欢这些植物,去年葫芦藤爬到我的办公桌上来了,就在笔筒上,长了个小葫芦。"我喜欢张校长这样的人,跟植物亲近。但我不预备说陈浩智的事,我怕这涉及隐私。可他主动问:"陈老师的那个儿子……挺好吧?"我就知道局长跟他实话实说了。我说："挺好的。"他说："当年陈老师曾经疯了似的想把孩子要回来,可人家不给。不仅不给,连一面都不让见。每次去送抚养费,回来脸上都被挠得花瓜一样。后来他一心想再生个儿子,可一连两个都是女儿。"这些信息我不知道。我略做沉吟,说："我今天来就是想通个消息,没有别的目的。"张校长说："那当然。"有些冷场。我看了看墙上挂着的石英钟,张校长马上把手机拿了出来,边拨号码边嘟囔："见天没事儿,今天有人找了就有事,真会赶时候。"电话拨通了。张校长先问火灾,原来是岳母烧炕把炕烧着了。岳母年纪大了,总说腰背疼,没事就自己烧炕。本来不是多大的事儿,炕席烧了碗口大的窟窿,窟窿上坐着一条被子。岳母把被子抱到了院子里,风一吹,被子里的火星又活了。眼见火苗蹿了起来,岳母受了惊吓,心脏病犯了。此刻陈浩智还在去医院的路上,里面说些什么,虽然被风刮走了些,我还是能听得见一二。张校长放下电话。我站了起来,说："今天真是不凑巧。我留个电话,以后联系吧。"说完,我拿出了两张名片,一张给张校长,一张请他代为转交。张校长留我吃饭再走,我说："十一点正好有趟班车,我赶得上。"

我挥手跟他告别。

3

我这次的田龙弯之行不是自作主张。我先说服了我家严先生。其实不是我说服,是那次占卜说服了他。我是很郑重其事地对待占卜的。提前净了手,上了香,待香烟袅袅升起,我把六枚崭新的硬币在桌上一字排开。严先生坐在沙发上看电视,沙发背上长着一颗少白头。我找了一张A4纸,在上面写好了占卜内容和规则。他不积极配合,我就大声宣读,比电视里的声音还大:"此次占卜永远有效。正面为胜,背面为负。"严先生不得已走了过来,拿起硬币看了看,说:"哪面为正,哪面为负?"我说:"数字为正,花草为负。"严先生问:"为什么数字为正?"我说:"数字是硬币的价值,价值当然是正面。"

严先生自己念,一边念一边评判:"第一,春草的'手语'与陈浩智有关……你也就是瞎联系。第二,关于'手语'的解读:(一)报丧。春草希望有人告诉陈浩智她死在了七月初七。(二)替严智去探虚实,春草也许是想让他们父子相认。"

严先生啪地把纸拍在了桌子上,说:"无稽之谈。"

我说:"咱就当做个游戏,游戏,好吧?"

严先生说:"你为什么用六枚硬币?如果总是三枚对三枚,你怎么办?"

我说:"我就是给三枚对三枚的概率。如果真是这样,我认输。"

严先生说:"这可是你说的。"

我说:"君子一言。"

严先生说:"咱们丑话说在头里,你如果今晚输了,永远不许再给我提这个名字,我烦。你又不是不知道,严智是大哥的心头肉,比自己亲生的丫头都亲。"

严先生说的丫头叫严迪,正在城里的高中读书。与哥哥严智不一样,严迪是一个聪慧过人的人,自己都说自己是考试动物,一考试就兴奋。而严智一到考试就脑袋疼肚子疼,从来没有逃脱过后三名。

我虚心地说:"我知道,我知道。可如果我赢了呢?"

严先生说:"咳,我就不知道了,你为啥对这个事上心?那个人与你又没关系。"

我说:"与春草有关系,春草临终托付我了,我不能辜负她。"

严先生说:"如果你误解了春草的意思呢?"

我说:"所以要占卜啊!若是输了,就证明我领会错了,从今往后听你的,再不提那个人。"

严先生把占卜结果告诉了大哥严松林。严松林坐在炕沿上,眼睛眨巴眨巴地看着我,说:"你可别糊弄我,我没文化。"严先生说:"她干吗糊弄你?好歹她也是自家人。"我剜了严先生一眼,严先生理屈地笑了笑。我过去经常说他人在我身边,心却在严松林身上。严松林打个喷嚏都能让他惦记得合不上眼。这次大嫂春草查出了肺癌,都到了最后时刻,医院都不给用药了,严先生还到处去找偏方,祈望能有什么仙术,让人起死回生。严松林因为小儿麻痹,三十四岁才结婚。在这之前,严先生为了大哥能娶上媳妇,可谓绞尽脑汁。我听村里人说过,他终日把严松林打扮得像个新郎官,西服、领带、皮鞋、手帕,他都给置办全,还把大部分工资拿来让严松林交际。当然这都是在我跟他结婚之前的事,结婚后再这样,我肯定不依了。春草比严松林小八岁,人又长得像个仙女。村里人告诉我,仙女嫁上门不为严松林,而是为了有这样一个小叔子。

当然,我知道这是村里人会说话。

大哥将信将疑,让严先生详细说说占卜的事。严先生从春草去世那天的"手语"说起,一路讲过来,严松林已经着急了,说:"你就说占卜,我就想听占卜。"于是严先生说:"她净手焚香,两手夹住六枚硬币,突然往桌上一撒,居然六枚全正!"严先生说他一下子惊呆了,把六枚硬币逐一拿起来观瞧,真就是普普通通的硬币,都有正反面!他又摸我的手心,看有没有什么戏法。确定没有障眼法,严先生说:"你再试,你再试。"我说:"那就是第二款内容了。"我重新净手,又一次焚香。结果是五正一反。严先生一下子坐在了椅子上,看着我。我也很惊奇,一点也没想到会占卜出这样的结果。

严先生说:"你说老实话,为啥要占卜?"

我说:"我都对你说了啊。"

严先生说:"说你自己的动机。"

我说:"我能有什么动机?"

严先生说:"面对春草,我知道你内心有愧。"

我脸一红,嘴却硬:"我有什么愧?"

严先生说:"作为大嫂,她跟你说话总犯怵。到这个家从来不让你干活,总拿你当客人。你做得一点都不像个弟妹。"

我说:"我怎么不像弟妹了?厨房的一应厨具都是我买的,过去他们连个像样的菜墩和炒勺都没有。我每次来都给他们添置穿的用的,我怎么就是客人了?"

严先生不以为然:"拉倒。你知道我说的是什么意思。是你的心,从来没拿他们当亲人。"

我决定反击:"你说我内心有愧,你内心没愧?严松林内心没愧?"

严先生说:"严家对得起她。"

我说:"她的父母都八十多了,都还健康地活着。她嫁到严家活蹦乱跳的一个人,二十几年就送了一条命,她的恶病会是凭空来的?"

严先生说:"她性格不开朗。"

我说:"我不这样看。"

严松林一向对这个弟弟言听计从。严先生说完了占卜的事,严松林把头低到了裤裆里。再抬起头来,严松林满脸的泪水,抽噎了一下,说:"我对不起她……"

我看了严先生一眼。

严智又外出打工了。母亲春草过完头七他就走了,说跟单位只请了一周的假。

这是一个沉默的男孩子,戴着平光镜,谁也不知道他的心里想些什么。他在家里扫地做饭抹桌子,什么活都干。他比严森大三岁。严森今年春天才考上刑警总队的公务员。

严森是我和严先生的儿子。

严智初中毕业就不想读书了。大伯哥严松林来我家,让严先生给侄儿找点事儿干。他们兄弟一个五岁、一个十六岁时,父母就双双没了。所以严先生是大哥拉扯大的,他们兄弟之间的感情自然比别人家不同。

那时正是夏天,严松林却不让我开空调,说怕风。其实我知道,他是怕费电。他坐不惯椅子,而是靠墙坐在马扎上,抽一种大叶子烟。不一会儿的工夫,屋里就像放烟幕弹一样。

严先生什么时候看见大哥严松林,就像看见老神仙一样,眼里心里都是怜爱,都是喜气,就连他往地板上吐痰,再用脚底板蹍,都让严先生看着觉得可爱。因为家务事,我年轻的时候生了不少的气。严先生先是哄我,好话好说,后来变成了雷霆之怒。好话好说的时候,我不接受。我年轻时喜欢认死理,习惯把家务事上纲上线。雷霆之怒后,我再不言语了。我突然意识到,我不可能因为他的家事跟他离婚,因为这些人和事,在我认识他之前就已经存在了。

初中毕业的严智,身材像线儿瓠子一样。在我们老家,形容谁长得瘦,就说他像线儿瓠子。人站在那里,也像瓠子一样不直溜。初中毕业能做啥呢?严先生嘬了半天牙花子,最后决定让严智继续上学,学一技之长。严松林吃惊地说:"上学?家里一个大子儿也没有!"严先生说:"钱的事不用你管。"那时严先生下海做生意,手里大概是有几个小钱的。后来严智去一家中等专业学校学习电焊技术,毕业被一家国企招走了。那家国企,专门给高铁配送零部件。

但国企在山西,那里的情况我们一点也不知道。严智工作三年多,也不知道在企业混成了什么样。工资是有的,但很少拿回家来。据严迪说,哥哥严智有钱,手机、电脑、耳机都是高档的。那次想在网上买把吉他,查来查去,看上了一把爵士吉他,模样像小提琴,价钱超过两万!严迪说起的时候心疼得直捂心口,说:"老爸到现在还抽叶子烟,连支卷烟都不舍得买。"

别人能说什么呢?你说什么他都不吭气,眼神总是游离,你不知道是他的眼睛跟你有隔阂,还是心里跟你有隔阂。

这么多年,大伯哥严松林就来过我家三次,都是为了严智的事来的。那是第一次。第二次来商量给严智提亲。女方就在当庄,看上严智了,但被严智一口就回绝了。严松林是想让兄弟劝劝他,就答应了吧。当庄的知根知底,住得不远,将来都有个照应。可严智连口风也没有,说:"让我娶那样的女人,都不如让我死了!"谁也不知道他说的那样的女人,是哪样的女人。我问过他,但他一笑,没接话茬。最后一次,就是严森公务员录取通知下来那天,他回老家嘚瑟,结果把严松林招了来。严松林进家就哭天抹泪,让严先生想想办法,把严智调到家门口来。严先生说:"严智的企业给高铁服务,咱家门口哪有这样的企业?"严松林说:"那就让他当公务员,跟严森一样。这不是我的主意,是春草的主意。她从没跟你张过嘴,就这件事,你帮帮她吧!你们对严森有办法,就对严智有办法。对不对?"他还拍着胸脯说,"要花钱我花,三千五千都行,一分都不用你们掏!我就是卖房子卖地卖血也要让严智去当公务员!"

那一次是严先生第一次跟大哥吵架,而且吵得很凶。声音自然而然高上去,却降不下来。我给他们削苹果,切开了,却谁也没吃。严先生无论怎么解释,这年头公务员逢进必考,严松林也不相信这个弟弟对自己的儿子有办法,对他的儿子却没办法。最后还是严松林把声调降了下来,他坐在餐桌的椅子上,偏着身子,一只大手不停地抓挠那条坏腿的裤子,黑着脸喘出一口粗气,说:"你别给我嚷了。我算明白了。"严先生急得跺脚:"你明白什么了?"严松林不说他明白什么了,抓起帽子扣在脑袋上,拉开门走了。

几个月以后,春草就查出了肺癌。

4

我从田龙弯回来两天以后,陈浩智就把电话打了来。我手机上存了他的号码,上面写了"田龙弯"三个字。

他说:"你是小王吗?"

我奇怪他怎么这么称呼我,哪怕喊我全称也好啊!

他没有自报家门,而是问小智什么学校毕业的,在哪里工作,有没有五险一金之类的。

我假装不知道他是谁。我说:"对不起,你打错了。我不认识叫小智的人。"

他这才说,他是田龙弯中心小学的陈浩智。

我赶忙换了一张面孔,表示慰问,火灾,岳母的心脏病,诸如此类。他并不理会我的问候,干巴巴地说:"春草死了?"我"嗯"了一声。他说:"小智如果认祖归宗,我欢迎,他原本就是陈家的孩子。是春草当年非要较劲,自己带。"

我对他的声音非常反感,说:"他在严家生活这么多年,已经习惯了。我去找您,就是想告诉您这一点,免得您挂心。他与严家没有血缘,但严家都拿他当自己的孩子。当然,我还想告诉您,春草去世的那天是七月初七。我听春花说,是她自己很早以前就想死在七月初七那一天。"

说完这话,我就把电话挂了。把"七月初七"连说两次,这是我计划好的。挂了电话,我莫名有点兴奋,似乎吐出了心中的一口暗气。

转天,他又把电话打了过来,说想见我。我说最近忙,安排不了时间。他说他也在城里住,离我们小区就几站地的距离。

看来他做功课了。我心里想。

陈浩智第一次打来的电话让我不舒服,每个字都让我听出了戒备和算计。这让我的一些想法落了空。我的想法是,他听到春草去世的消息能够潸然泪下,然后说出对春草忏悔的话,即便他把春草当成表妹也行。如果有可能,我还想让他去看看春草。我有理由相信,春草一定希望看到他,她不可能爱上一腿长、一腿更长的严松林。

钻到肺里的癌,跟这块心病应该也有关系。

当初媒人介绍严松林,只说家口轻省,春草就点头了。至于年龄、身体,她都没怎么在意。那时严智一年零四个月,刚牙牙学语。她不像在给自己找伴侣,更像是在给自己和儿子找存身的地方。她对爱情万念俱灰,儿子是她唯一的希望,只要有人善待自己的儿子,男人多老多丑都行。

我结婚的时候,村里人抢着跟我说他们的事,说别看春草年轻、漂亮,却当不了严松林的家。严松林一大声说话,她就吓得浑身发抖。我说:"人家那么年轻,凭啥让人家发抖啊?"村里人说:"你快小点声,小心她听见。她发抖是好事,否则她那么漂亮,严松林哪里拴得住她!"

我第一次见到她,就奇怪怎么会管这样的人叫大嫂。她实在不像一个大嫂,看上去比我还年轻。瘦溜的脸,很少笑一笑。衣服穿得长短不齐。晚上在院子里洗身体,她穿了件跨栏的小背心,我才发现她原来是美人儿,眉毛、眼睛、鼻子、嘴巴、脖子,无一处不动人。这是一个不知道自己有多好看的人。整体凑在一起,既朴拙又天真,还像蹩脚的艺术家塑出的蜡像作品,在星光底下,连一点温度都没有。她说话的声音总是迟缓地到达你的耳朵里,眼皮抻着,就像对你有成见一样。其实有成见的是我。家里没有公婆,她就算长辈。头一次见面她给了我六十块钱做见面礼,脏兮兮的几张钞票,我接也不是,不接也不是。然后看她给我们做的两套结婚被褥,被面是滑溜溜的线儿替,是一种仿绸缎的产品,又窄又短。她曾经让我们把被子带回城里,我说家里被子很多,没要。

没要其实也是严先生的主意。他觉得春草这里没条好被子,正好用这两条待客用。但不知道春草会怎么想,会不会觉得我是因为看不上这两条被子而不愿意带回城里。

的确,我是没看上。但许多年以后回首往事,我得承认线儿替是当时春草心目中最好的面料。

这些问题,她活着的时候,我从来没想过。我一年回去一两次,总是来去匆匆。我回到家里,摸笤帚,笤帚有人抢,在灶前烧火,大伯哥严松林会大声吼:"怎么让婶婶烧火?你们都是干啥吃的!"饭后就算端个碗,大伯哥也会从我手中抢过去。得承认,我这样做只是做样子。可大伯哥连做样子的机会都不给我。说真的,从骨子里,我还是觉得大伯哥是亲人,不单因为他总护着我,也因为他腿上有残疾,还把小五岁的弟弟养得膘肥体壮。

有一年,严先生自作主张,把家里的几亩地都栽了苗木。当时苗木收益好,要比种粮合算得多。我理解他的心情,是想尽快帮大哥致富,但他没有告诉我。春草给我家打电话,问木槿的间距,把我问愣了。那边春草似乎知道自己闯祸了,"啪"地把电话撂了。因为这件事,我跟严先生狠狠吵了一架,我说:"我不拦着你支持家里,你何不把事情做得大大方方!"

严先生说:"这样小的事,莫非还要开会讨论研究不成?难道我连这点权利都没有吗?"严先生在那里振振有词。我苦口婆心地说:"你这样做伤害的不是我,是你大哥和大嫂。不信你现在回家看看,春草肯定是既吃不下又睡不着。"可惜我的话严先生听不懂,他是个大镜面脑袋。他肯定在想,你又没有千里眼,咋知道春草吃不下睡不着?他就知道大哥是亲人,大嫂也是亲人。春草总是偏头痛、腰背疼,听说蜂王浆好,严先生能把一个月的工资都变成蜂王浆。回家时,自行车上挂满了蜂王浆,就像一个卖蜂王浆的人。

事实证明,这件事对春草的影响很大。以后再见面,她眼神总是躲着我,就像做了多对不起我的事。我也没有积极与她改善关系的愿望。怎么改善呢?我既无心也无力。每次回家都是履行程序,有时吃顿饭,有时连饭也不吃。严松林人拙笨,却穷讲究,总说她这个菜应该这么做,那个菜应该那么做,害得她吃一顿饭不知要看多少次严松林的眼神。她不像这个家的女主人,更像一个仆人。我不敢先她之前放下筷子,因为她会惶急地给你倒水。严先生倒是对这些很享受,他两只手臂反向撑在炕上,身体大幅度向后仰斜,一副志得意满的嘴脸。我能体察他的内心,对一无所长的大哥能有一个圆满的婚姻和家庭,他从心眼里满足。他更满足的是,这一切与他的努力相关。我曾经问他对大哥大嫂这种状态的看法,他说:"很好啊!他们从不吵架,比我们还要和睦。"

离开时,严松林会将我们送出很远。我们推着单车穿村而过,路遇的行人都要站下说两句话。严松林瘸着腿走在我们的前面,像个旗手一样。

春草就站在街角的拐弯处,半个身子隐在墙后,面无表情地朝我们张望。她的脸跟衣服一个颜色,衣服又跟墙皮一个颜色,走出去不远,我就分不清哪个是春草,哪个是墙皮了。

5

火车又来了,又开过去了。这回我留意看了一眼,原来是和谐号,模样有点像子弹头。整列列车也像子弹头一样,倏忽一下就不见了。火车每天都从这里过,这里却没有车站,村里人上不去火车。它只在某个特定的时间成为风景。抱着孩子的女人会朝那里指:"瞧,火车!"是的,一定是这样。我们小的时候,曾经跑到好远的地方专门去看火车。那里是一大片麦田,火车跑过来时,一个伙伴嫌头晕,把头埋到地上。结果火车跑远了,她转向了,在外走了一夜才摸回家来。

火车由西往东行驶,固定的时间,固定的行车路线,不固定的是里面的乘客,我们在外看他们,他们一定在里面看我们。我们其实谁都看不清谁。大白菜丰腴起来了,菜心包紧了,摸了一下,有点胀手。春草的三七落了点雨,天地灰蒙蒙的。春花照例哭了一通,边哭边自己拨弄旺火。我纯粹是来陪她的。她在那里哭,我数火车的车厢,数乱了,再数已经没有机会了。当然,明天火车还会来,但我不会站在这里了。我的耳朵里,一句也没落下春花的叨叨。我心里有许多谜,我希望能在春花的叨叨中明白些什么。她说："爹也后悔,妈也后悔,早知道你这么命短,当初何苦逼你?"春花的整张脸上都是凄苦,眉毛眼睛皱到了一起,鼻涕眼泪口水一起往外涌,那种伤痛并没有因为过了三七二十一天而减少。我把春花抻了起来,说,哭两声得了,地上湿气重,坐久了小心生病。春花在我怀里挣扎了两下,自己站稳了,拍打一下屁股,裤子上明显有个湿印子。她弯腰把火星扑打灭,把水瓶里的水在周遭浇了个圆,直起身,撩了下额前的头发,望着周围的白菜说:"这片白菜长得真好!"

我说:"这里是大哥家的菜地吗?"

春花说:"他养不了这么好。"

我不再往下问,再问就更失身份了。毕竟我是严家人,却不知道严家的菜地在哪,这是笑话。我提着篮子,她扛着锨,我们往外走。春花突然说:"我姐死的那天谁的手也不抓,只想抓你的手,表嫂记得吗?"

我说:"怎么不记得?就是不知道她是什么意思。你知道吗?"

春花却没有回答我的话。春花说:"她心思细,有话不愿意说,想说时,却没有能力了。"

我说:"因为她抓我手的事,我很多天都睡不好。"

春花敏感了:"你有忌讳?"

我说:"我憋得慌。我想知道她抓我手是什么意思。"

春花说:"我也想知道。"

我说:"刚才你说爹也后悔,妈也后悔,是什么意思?"

菜地与路的连接处有条小水沟,种菜人家刚浇过水,畦背都被洇透了。春花看我小心地迈了过去才说:"春草的悲剧一半是她自找的,一半是爹妈给她的。当初陈浩智不想娶她了,可她一心想嫁。两边的娘一起以死相逼,陈浩智总算答应结婚了。结婚时,两人商量不要孩子,怕生下的孩子是傻子。可婚后不久,春草发现自己怀孕了。陈浩智主张去流产,春草答应了。两人去了乡镇卫生院,刚到那里,我爸我妈追了去,说啥也不同意他们流产,说生下的孩子无论是苶是傻,还是缺胳膊短腿,都由他们供养。可因为这件事,春草和陈浩智两个人有了矛盾。陈浩智一直不肯面对这个孩子,春草生孩子时,他跑到东北的亲戚家躲着,去了一个多月。春草在娘家坐月子,天天以泪洗面。陈浩智回来提出离婚,春草哪里肯?拖了一年多,还是春草心软了,偷偷办了离婚手续。可这件事却伤了父母的心。他们主张春草就应该拖下去,拖个几十年,最好能拖一辈子。那时家里天天鸡飞狗跳的,父母指桑骂槐,春草的日子很不好过。陈浩智来送抚养费,父母连门都不让进,像打狗一样拿着棍棒往外撵,经常把人打得鼻青脸肿。"

我问春花对此人的态度。春花笑了下,说:"那时不懂事,见了他就像见了仇人一样。不怕表嫂笑话,我那时经常想把刀子磨得快快的,有机会一刀一刀片了他。"

我说:"你现在改变看法了?"

春花说:"从打春草一生病,我就琢磨出滋味来了。"

我问是怎么琢磨出来的。

春花说:"一个月之前,我来看春草,春草在炕头躺着,大概睡糊涂了,喊了两声浩智,说:'你看我病成这样,不好看了,你快别看了。'她把一只手举起来,晃了晃。我知道她在说胡话,没喊醒她,我握住了那只手腕。春草又说：'腕子细多了，没肉了。'我说：'你也不看看我是谁。'她闭着眼睛笑了下，说：'你是浩智。'"

我问陈浩智长什么样儿。

春花说："腰背很直，黄白净子，人又有文化，跟严松林不一样。"

我问严松林什么样。

春花说："没本事，会吹牛，爱显摆，好吃懒做。"

我说："就没有优点？"

春花怒气冲冲说："咋没有？半夜醒来，亲娘祖奶奶地骂人。"

我吃惊地问为什么。

春花摇了摇头，说："谁知道他为什么。如果知道他为什么，就不那么讨人嫌了。"缓了缓，终觉得不甘心，又说，"我听姐姐说过，严松林说他还有兄弟惦记这个家。他丧声丧气地说姐姐：'你瞧瞧你，家里连个像样的人也没有！'我姐姐说：'我家里连兄弟都没有，咋惦记啊！'严松林说：'一家子穷鬼！'他居然说我们一家子都是穷鬼！他有个不是穷鬼的弟弟，就好像有多么了不起！我知道你和表兄都了不起，表嫂你说，他严松林有什么了不起的！"

我吃惊得简直要掉了下巴："大哥会那样说话？我和严先生都是普通的公职人员，我们从没觉得了不起啊！"

春花喘着粗气说："可你们是国家的人。这些话，他当然不会当你们的面说，但他会说给春草听，他就是欺负我姐娘家没人！"

我连连摇头说："不可能，不可能。"

春花说："我要是有一句谎话，就让我天打雷劈！"

我呆住了，回头想了想，有些话不是信口能编出来的。

春花真是不拿我当严家人了,说话越发口无遮拦。我不想顺着她说下去了,这样说下去会越说越没谱。我说:"大伯哥待他们母子是真心的,这些年没让严智受一点委屈。这些,你们应该都知道。"

春花说:"我姐凭啥给他洗衣做饭被他骂?不就图的这一点吗?表嫂你说,除了这一点,她还能图严松林啥?"

我说:"难道春草对他就没有一点感情?"

春花沉默一下,说:"有。"

我说:"那还说什么?"

我的意思是说,只要两人有感情,别人就别说三道四了。这一刻,我得替严家人说句话。不单严松林拿严智当亲骨肉,就是我们家严先生,又何尝说过一个不字?严智在外面上中专,严先生每个月发工资,第一件事就是给他汇生活费。我们收入都不高,这笔开支对我们家有不小的影响。

春花略显尴尬,沉默了好半天,忽然回头说:"我姐不说你们不好。她知道你们对他们娘儿俩有恩。"

轮到我不好意思了。我说:"都是一家人,哪有什么恩不恩的?但有些事情我不明白,你们跟陈浩智都是实在亲戚,你母亲是他亲姨,这些年,一点来往也没有?"

春花长出一口气,回拢了一下心神,看着远方说:"离得远,他们在城东,我们在城西,也碰不到面。我们一家也特别后悔当初做的事。连我妈都说,那些年做得太绝了,我们都没脸见他了。"

想起春草的手敷在我的手上,我心里一动。

如果是这件事,她是真的没人可托了。

6

横街的茶室我只来过一次,几个同学聚会喝多了酒,到这里来醒酒。很巧,也是这间碧螺春。记得那次一个男同学喝多了,死活不肯回家。我们陪他坐到午夜,后来实在打熬不住,我先走了。

那个喝多了的男同学,我就是从他手里要到了陈浩智的电话。

我要了一壶白芙蓉,享受了片刻独居茶室的恬淡。茶盏只比酒盅略大,我自斟自饮。服务员在外间站着,总想进来倒茶。我说:"不用你,你歇着吧!"

楼下有人响亮地问碧螺春在几楼,随后便是上楼梯的声音。楼梯很窄,而且黑,稍不小心就会碰到头。我站起身,整理了一下衣襟,迎到了门口。服务员把人送了过来,他一挑门帘,我就笑了。我说:"您和严智长得可真像!"

他说:"你是小王?"

称呼不显硌生了。

他跟我热情握手,像久别重逢一样。在这之前我一直心有芥蒂,这一刻,冰雪消融。他就是一个朴实、憨厚的邻家大哥,除了有点龅牙,跟严智几乎是一个模子刻出来的。我拼命去想春花对他的描述,直腰背,黄白净子,却跟眼前的陈浩智一点边儿都不沾。当然,那时春花眼里的陈浩智还是个年轻人。现在的他黑瘦,双腮深陷,更显得两只眼睛掉在眼眶里,像铃铛一样。他反客为主,请我坐,喊服务员沏茶。我说,茶已经沏好了,是白芙蓉。他有点犯琢磨,好像在想白芙蓉是啥。我解释说:"我喜欢喝普洱,让他们沏了一壶普洱。"他说:"今天我请客。"

我笑了笑。

房间是刀把,沙发也是刀把。此刻陈浩智坐在刀锋上,我坐在刀柄上。房间狭小,一下子就仿佛有了睦邻友好的气氛。我们各自介绍了一下工作,他重复了电话里的话,介绍那场火灾,以及小脑萎缩的岳母。我也重复地说了些安慰的话。谈到他与春草的婚姻,他是这样描述的。

"她是好人,能干,也漂亮。那时我们住在学校的家属院,每天下班回家,饭菜一准在桌上摆着。在这方面她比任何人做得都好。可是她一句话没有,我也一句话也没有,都不知该说点什么。我有时候憋急了,会央求她跟我说一句话,哪怕只说一句。她总是讨好地问我:'说什么呀?'细声细气的。我说:'要不咱们吵个架吧?'我故意把水杯摔到了地上,她马上趴到地上捡玻璃碴,一句抱怨也没有。我说:'你哪怕骂我几句呢,骂啥都行,只要有声音,这屋里就不瘆得慌。'就这样说,她也不吭气,扫地,抹桌子,洗毛巾,像猫一样在屋里转,连脚步声都听不到。我气得嚷:'这还是家吗?跟坟墓有啥区别?'"

我说:"你咋不跟她找话说?"

陈浩智说:"我说话她听不懂啊!"

一股怒火差点烧着了我。我心说,你说文言文啊!一个小学教师,你说啥了她不懂?你说家长里短,她能不懂?

我说:"她没有多少文化。订婚早,辍学早。她跟你在一起生活有压力。"

陈浩智说:"我也知道她有压力,我已经尽可能地给她减压了。"

这些话如同没说,因为死无对证。我说:"我听春花说过,你们小时候那么好。没想到结局是这个样子,太可惜了!"

陈浩智说:"是可惜。可也是没办法的事。小时候跟长大了不一样。长大了跟在婚姻中也不一样。其实我早就意识到了这一点,如果早些分手,彼此的痛苦都不会这样深。只是我说的话,没有一个人能懂。春草也不懂。"

我说:"如果不是近亲,您会选择离婚吗?"

他果断地说:"不会。那时家里穷,弟兄多,找对象结婚都不容易。我是读师范的时候才知道近亲是不能结婚的。知道了,就觉得自己犯了国法,一天到晚战战兢兢的。她们家的人说我是陈世美,这不是事实。我对表妹有感情,就是过不了心里的那道坎,跟她在一起,总感觉她像亲妹妹。"

"刚才还说找不到话说。"我气哼哼地想。

他的大眼珠子忽然有了水汽。我把纸抽往他面前推了推。他很响地擤鼻涕,擦完了,把纸巾方方正正叠好,直叠到无处可叠,才放进了垃圾桶。陈浩智又说:"我努力过,想把这段婚姻经营下去,毕竟两个家庭有特殊关系,我母亲和她母亲关系特别好,离婚会伤害很多亲人。后来实在坚持不下去了,我不想回家,不想面对春草。我爬过火车道,想让火车从我身上碾过去。结果火车过来的一刹那,我从铁轨上翻了下来。我不是怕死,我是不甘心就这么死了。我整天胡思乱想,直到生了一场大病。"

我问:"什么病?"

他说:"差点要了命的病。肠子里面长瘤子,几个月的时间就长到了鸡蛋大,便血,吃不下饭,人变得面黄肌瘦。医生说,瘤子长得这么快,十有八九是恶性的,你做两手准备吧。结果摘了才知道,是良性的。"

我说:"你摘瘤子的事,春草知道吗?"

陈浩智说:"我没告诉她,不想告诉。"

我问这是什么时候的事。他说瘤子是在东北摘的,东北还有一个姨。母亲那辈儿姐妹三个,东北的是小姨。小姨不同意他和春草的婚事,说他们糊涂。所以他去了一趟东北,解决了两件事:摘瘤子,离婚。

我算了算,那时春草正在坐月子。

我问:"你知道春草为什么想死在七月初七吗?"

他说:"还能为什么?她就是想报复我,或者羞臊我。没想到这么多年过去了,她还是放不下。"

我说:"你放下了?"

他说:"不放下还有意思吗?"

我说:"你凭什么说春草是出于报复或羞臊?"

他的两只手十指交握,"嘎吧嘎吧"撅出了声响。他说:"你说为什么?"

我说:"也许因为她忘不了你。"

他不屑地说:"她结婚了,我也结婚了,这就不应该了。"

这话说得可真正确。我的一口气被堵住了,出不来。

我为他的杯子添了水,只是象征性地,因为他一直也没怎么喝。白芙蓉的香气四处蔓延,我使劲吸了几口气,冲淡内心的积郁。他的心情显得激动,声音不由得就有些高了:"我还要怎么样呢?我不认为我做错了什么。除了离婚,我没有一样对不起她和她的家人。我能做的都做了。事情过去了这么多年,她还是不放过我,我家属知道这件事几天吃不下饭,是不是我要赔上一条命才肯善罢甘休!"

我淡淡地说:"你言重了。"

他说:"你就告诉我你找我的目的吧!"

口气非常不友好。

我说:"你如果觉得我不应该找你,我马上就走!"

说完,我站起了身。

他慌忙拦我,解释说他不是这个意思。我问他是什么意思。他头垂了片刻,突然仰起来问:"我啥时能见我儿子?"

我知道这句话他憋了半天。我说:"这件事严智还不知道,他眼下在山西打工。什么时候他回来了,我把他的想法问清楚,再跟你沟通。"

话到这里就算说完了。我们一同站起了身,他喊服务员买单。服务员说,单子已经签过了。他对我说:"那就谢谢你了,小王。"

我看着那扇雕花玻璃门,不甘心地问:"你没有什么想对春草说吗?她葬在了村北的大秦铁路这边,坟的左边有根电线杆子。"

他沉默了片刻:"她还是没有坐过火车吗?"

"哦?"我说。

我们一起朝楼下走。陈浩智说:"有一天我逼着她跟我说话,哪怕说说愿望呢。她说她这辈子最大的愿望,就是能坐回火车。"

陈浩智又问:"她还是没坐过火车?"

我说:"你关心这个吗?"

陈浩智说:"说老实话,不关心。"

我说:"她好像没有坐火车的理由。"

陈浩智说:"那也应该有人满足她的愿望。"

我问:"怎么满足?"

陈浩智说:"坐火车到哪里兜一圈,哪怕兜一圈就回来呢!"

我说:"如果婚姻没有解体,你愿意这样陪她吗?"

陈浩智说:"别说坐火车了,就是坐飞机,我也陪!"

7

严松林是一个黑黑壮壮的汉子。若不是那条残腿,他该是罕村的一个人物。他腿脚不行,却有一张好嘴,见啥人说啥话。婚丧嫁娶他去给人当知客,好吃好喝好待承。但是,春花对他一点好印象也没有,说他没本事,好吹牛,爱显摆,好吃懒做。我认真地想过春花的话,确实觉得春花对这个姐夫有成见。

下午刚上班不久,电话就响了。接通了,那边瓮声瓮气地说:"我是严松林。"我愣了半天神才反应过来。大伯哥从来没有给我打过电话。

我问他是不是有什么事,并且主动告诉他,严先生去温州出差了,得去一周的时间,等他回来,我们再一起回家。

严松林说:"我就找你,你先来家一下,行不行?"

我踌躇了半天,才勉强答应他:"好吧。"

我只得请假,开车回去了,一路走一路琢磨严松林找我会因为什么事。难道也与陈浩智有关?从他的角度,我是觉得自己做得有些过,毕竟是他养大的孩子,如果严智要跟亲爹走,大伯哥该怎么办呢?想到这一层,我忽然有些不安。我找陈浩智,主要是为了春草,还真不是为了严智。如果以后出现什么局面令我无法掌控,我就真没好日子过了,严先生会埋怨我一辈子的。感觉中,大伯哥应该出来迎我。以前只要知道我们来,他总是能迎多远就迎多远。可院子里静悄悄的。我边往里走,边喊了声"大哥"。他在屋里答应了。他坐在炕沿上,双腿耷拉着,弓着腰背抽烟。我进屋,他抬脸说了声:"来了?"屁股都没动地方。我觉得他脸色有些暗,脸上虚虚地浮着一层汗,眼睛却是明显出过水——他哭过,眼睑处都是潮湿的痕迹。我坐在炕对面的沙发上,沙发有些矬,中间的部分都塌陷了,还是我们第一次搬家的时候淘汰下来的,转眼我们已经搬了六次家了。第六次搬家,严先生特意让来自台湾的书法家写了幅字——六迁堂——镶到镜框里,挂在了墙上。每一次搬家,我们都把淘汰的家具拉回来,我有些奇怪,他们用的居然是第一次淘汰下来的,后来的那些都在哪呢?

我没有这样单独面对过大伯哥,多少有些不自在。可他几乎没看我,一直弓着腰背,眼睛看地。我终于觉得似乎有点不对劲。我站了起来,走近了端详他:"你是不是不舒服?"他说有点。自从春草去世,他觉得身上哪儿都不得劲。我有些怜悯地看着他。他还不到六十岁,突然遭遇了这样大的变故,舒服才怪?我问:"怎么个不舒服法?"他说:"也说不清楚,整天身上皱巴,没力气。我会不会跟你大嫂似的呢?"我笑了笑:"别瞎说。你以为病是那么容易得的?"我问他:"中午吃的什么饭?"他说:"啥也没吃,不想吃。"我说:"这哪行? 不吃饭哪来的力气? 你想吃什么? 我去做。"他着急地说:"我又不是不会做饭,我是真的不想吃,吃不下。"我问他找我回来因为什么事。他下了炕,一瘸一拐地去提暖水瓶,往脸盆里倒热水,说:"你先洗手。"我心里有点别扭,说:"好端端的,洗什么手?"然后他又从电视后面拿出来香烛和火机以及一个小铁盒。"我想你给我占占卜。"他把铁盒往柜子上倒,里面是硬币。"六个。"他说。

我拿起包就要走。我说:"都是闹着玩的,你别信真。"

他说:"不是信真。我就想让你给我占一下。"

我好奇地问:"你想占什么?"

他说:"我想知道我什么时候死。"

我又好气又好笑:"你是想死还是不想死?"

他突然哭了:"我想死,我对不起春草,我想去找她。"

看他认真,我就不客气了。我说:"你倒是想得好,一死一了百了,你的儿子、闺女怎么办? 都扔给我? 一个严森已经够让我操心的了,我可没能力管严智和严迪。你行行好,还是多活几年吧,等儿子、闺女结婚了再去找春草也不迟。"

他捂住脸,呜呜地哭:"我真不想活了,我活够了!"

我说:"我也活够了。谁不知道活着辛苦? 谁都想像春草那样去享福。可寿命你说了不算,我说了也不算,老天爷说了才算。"

他狠狠抹了把脸,止住了哭声。我的话似乎让他更加悲伤了,脸更显得阴暗。我说:"你口口声声说对不起春草,你为啥对不起她? 你咋对不起她了?"

他用双手捂住脸,又要哭。我赶紧说:"得了得了得了,不想说就算了……你该吃饭吃饭,该看病看病,没事去邻居家串串门,别老在家里闷着。"

他说:"我没脸见人。"

我说:"你又没偷人家,有啥没脸见人的?"

他说:"都知道我对春草不好,是我把她逼死的。"我说:"这事可不能往身上揽,明明是她有病。"他说:"有病也是我逼的。我夜里经常不让她睡觉,得听我骂她。有时候,我把她骂睡着了,又把她扯醒。有一次,我三天三宿没让她睡觉。"我大惊失色,说:"你是法西斯啊?怎么能这样对人!"他说:"春草做梦喊陈浩智,把我喊醒了。我说,你不是爱做梦吗?干脆甭睡觉了!她就是从那时开始身体慢慢不行了,整天低烧,说身子难受。我以为她身子难受是想陈浩智想的,我说她得相思病了。"大伯哥忽然抽了自己一个嘴巴,骂自己不是人,骂自己是刽子手。我冷冷地看着他,的确没想到他居然是这种人,做出这种事。看来春花说得没错。春草身体原本就不好,这样的折磨她哪里吃得消!

我狠狠地说:"你就是打光棍儿的命!女人跟了你也受罪!"

他说:"所以我想知道自己什么时候死。"

我说:"那是你的事,你可别问我。"

他口气忽然强硬起来:"你给我占占卜,不行吗?"

他孩子气地看着我,突然想给我下跪。我慌忙拦住他,把他拖回了炕上。

节气真是个好东西,说"白露早,寒露迟,秋分种麦最当时"。秋分该种麦,也该收白菜。春草六指的时候,坟前的那块白菜地变成了一垄一垄,用碌碡轧得很匀称,原来里面下了麦种。"六指"就是去世后六十天,阳历已经到了十月底,觑着眼看上去,平平的地垄里已经有了麦苗的样子,影影绰绰的。春花说,六指要烧船,我们便到镇上定了艘大船,花花绿绿的。船头有艄公,船尾还有金童玉女。春花讲价,我管埋单。回来的路上,我问春花:"六指烧船是什么意思?"春花也说不出个所以然。我到村里又问了个老人。老人是退休教师,说得头头是道。他说:"往生要去极乐世界,两个月正好走到东海福地,乘船出海,要使船和艄公。金童玉女沏茶倒水,是伺候人的。看到对岸的曼陀罗,就到极乐世界了。"

"曼陀罗又叫彼岸花。"他解释。

我心里忽然涌起一股巨大的温暖。春草出海有童男童女伺候,比在这个世界强太多了。

谁说死是悲伤的事?

烧船的时候,春花破例没有哭,也没有叨叨咕咕。叨叨咕咕的是我,只是我不好意思说出来。我心里说,春草快去极乐世界找新的生活吧。这个世界对于你来说太悲苦,你早些离开,早些托生到好人家,遇到个好男人。有风刮了过来,火苗突然舔了我的手,我急忙往后退,脚底下的一只塑料袋套在了我的鞋子上,又被另一只脚踩住,险些自己把自己绊倒。春花留心地看着我,嘴里哎哟哎哟地说,表嫂多加小心。我说没事。艄公和金童玉女最先着了火,火苗呼地一下就没顶了,估计他们很快就能跟春草做伴了。我没有发出声音,但嘴唇是翕动的。春花奇怪地看着我,我看她时,她就去看火苗。船的骨骼是秫秸,要想烧得充分得费些时间。春花走过来,我们并肩站在麦垄上。我奇怪她怎么还不哭,看来她是不想哭了。

"我在家里哭完了。"春花的脸被火光映得通红。

我问:"怎么不到坟地来哭?"

春花说:"老在表嫂面前哭,不礼貌。"

我打了她一下,怪她不该这么想,见外了。嫡亲的姐姐,当然想哭就哭。春花说:"我心眼直,说话不会拐弯,要是说错了话,表嫂多担待。"我奇怪地说:"你没说错什么。"她说:"我姐夫其实人不赖,也知道心疼人。我姐得病那段时间,他成宿成宿不睡觉,陪着。有一次,我姐说想吃冰棍,那时还是正月底,村里的小卖部根本没卖的。他特意跑到城里去买,买冰棍之前,还特意买了冰箱。"

我明白了,她此番道歉是为过去说过的话,春草三七的时候,她说过严松林的坏话,现在一定是后悔了。

我说:"我知道大伯哥这个人,他是有很多地方做得不对。"

春花说:"泥人还有个土性呢,哪能事事都做得对?"

想起过去春花对他的评价,那应该是心里话。她现在是在对我客气,我不喜欢她对我客气。我说:"过去的事就过去吧,不管谁是谁非。春草已经作古了,再说什么也没意义了。"

春花说:"表嫂不生我的气就好。"

我搂了一下她的肩:"你帮了我这么多的忙,咋会生你的气呢?"

火车呼地一下蹿了出来,我和春花都没防备,感觉有点像地动山摇。今天怎么觉得时间有点晚,我掏出手机看了下,意识到不是时间晚,是天短了。我问春花:"春草活着的时候,有没有说起过她想坐火车?"春花说:"说过不止一次,她说她就想坐这辆,火车上哪,她就跟着上哪,然后永远都不再回来。"

8

严先生基本算一个好脾气的人。如果我不刻意找碴儿,他很少找我的碴儿。但有一条底线不能碰,那就是,我不能随意讲他家人的坏话。如果春花讲严松林的话由我说出来,他必定不饶我。在这方面,他是个顽固分子。在他眼里,大哥严松林就是一朵花,谁说这朵花不好看,那就是他的仇人。不过,到底是读过书的人,他也算开明人士。我找陈浩智的事,他简单听了我几句"汇报",没咋往心里去。他知道我心软,觉得既然春草有临终之托,就没有不忠人之事的道理。

他从温州回来的第二天,独自回家去看严松林。这天我休假,胃有点寒,倚在床头不想动。夜色漫上了四楼,我隔窗看着外面晦暗的天空,想严先生应该回来了。我刚要拨电话,外面门响了。严先生换拖鞋、换衣服,然后拖拖沓沓往这边走,坐在了床沿上。夜色有点深了,我只能看见他的脸,却没有看清他的神情。他没开灯,背对着我坐着。我有点奇怪,问他怎么回来得这么晚。他突然站起身,厉声说:"你干的好事!"吓了我一跳。我骂了一句"神经病",往被子里缩了缩身子。严先生说:"你真以为自己有本事啊,还跑回家去占卜。大哥一天到晚哭,他让你的占卜结果吓着了。"我不屑于跟他说什么,望着窗外。严先生悲愤地说:"真是操不完的心!大哥低烧很长时间了,他总疑心自己有病,你倒好,不去帮他的忙,偏去火上浇油!"

我不理他,由他吵嚷。严先生最终吵不出自信了。看他说完了,我才说:"你搞清楚好不好?不是我要去给他占卜,是他死乞白赖甚至要给我下跪求我占卜,说自己活够了,说最好能跟春草得一样的病,然后去找春草。"严先生说:"他这话你也信,你三岁啊!占卜结果三对三,他就以为自己大限到了,整夜睡不好觉,说自己现在的情形跟春草发病时的状况一模一样。他哪里想死,他是怕死!"我激灵一下,意识到自己被严松林骗了。他苦艾艾地让我占卜,原来另有隐情。那天的占卜很奇怪,严松林就问两样:自己会不会跟春草得一样的病,会不会像春草一样人生半路上就死掉。说真的,我没认真对待。占卜的结果我也不怎么信。硬币随意在手里摇了摇,然后撒了下去,居然是三对三。我有些吃惊,这不是最坏的结果,但也难说是好结果。又摇一组,还是三对三。严松林趴在桌子上看了好久,指着正面的三枚硬币说,这是春草,又指着另三枚说,这是我。意思是我跟春草一模一样?想到刚才他还寻死觅活,我故意激将,说:"这样大的概率,你要善待自己,要多加小心,不要总把死呀活呀的挂嘴上。"严松林坐在炕沿上出长气,半天没吭声。我要走了,他说了一句:"春草这是来叫我了。"

我没理会,我觉得他是在发癔症。他眼下陷在对春草的愧疚中不能自拔,过一段就好了。

原来他是个骗子!

我那晚跟严先生深刻地谈了谈心。我把春花对我说的话,一股脑地告诉了他。过去我总怕这些话伤害他,他对哥哥的感情,说真的有些脆弱。春花的话概括起来就两点:严松林的优越感,严松林虐待老婆。表面上看,严松林虐待老婆是因为感情,春草的心不在他身上。可骨子里,还是因为他有优越感。他不一心对人,人家怎么会一心对他?他比人家大那么多,模样没人家周正,身体又有残疾,为什么还有优越感呢?我点着严先生说:"就因为有你这样一个弟弟!你害了严松林,也害了春草!"

严先生哪里相信我的话,大声说:"你胡说这些有意思吗?"我掰开揉碎地跟他讲,严先生总把哥哥的事当成自己的事,那么尽心尽力。这是好事。可有些时候,又不是好事。不仅让严松林滋生了一些不应有的想法,让他在春草面前高高在上,还让春草产生了不切实际的幻想。比如,对待孩子的问题,他们觉得,严森能当公务员,他们的儿子严智也能当。因为从小我们就拿严智当自己的儿子,买什么东西都是双份的。这让他们觉得,凡是严森有的,严智也应该有。严智没有,就是做叔婶的没尽心。他们也不想想,严森是什么学历,严智是什么学历……严先生不耐烦地打断我,说:"你快别胡说了,这都是哪跟哪?"我说:"是我胡说吗?大哥最后一次来家里怎么说的你忘了?他说让严智当公务员,这不是他的主意,是春草的主意,说春草从没为啥事张过嘴,这回一定要帮帮她。他还拍着胸脯说,送礼花钱他花,三千五千,就是卖房子、卖地、卖血也要让严智当公务员。他以为三五千就能买个公务员身份,你不记得了?"

严先生愣住了。

我又说:"外面的形势他们不了解,因为不了解而误解。他们以为你无所不能,大哥说不定是给春草打了保票的。春草在这个家里的所有指望就是她儿子,她儿子的所有指望是你这个叔叔。可关键时刻,你让他们失望了。你体会不了春草的心情,但作为女人,我能。"

严先生开始胡搅蛮缠:"你能什么能!"

我说:"这件事不久春草就查出了癌……"

严先生用手一划拉,床上的两本书"哗啦"一声,撞到了对面的墙上。

早上我还没有起床,严先生已经穿戴整齐了,手里提着一个旅行包。他站在门口说,他又要出差了,去廊坊,三天,让我上午十点去医院取个CT片子,顺便找个大夫看看。昨晚的气还在心里积郁,我捏着鼻子问,是谁的片子。他说是大哥的。昨天回来那么晚,就是去医院给他照了个CT,然后又把他送回了家。严先生说完就走了。我朝他的背影翻了半天白眼,若不是有求于我,他可能出差都不跟我打招呼。

下午取了片子,我直接去了内科专家门诊。大夫把片子放在显影屏上看了一眼,问:"病人是你什么人?"我说:"大伯哥。"大夫说:"肺癌晚期,赶紧让病人来住院吧!"我狐疑地接过片子,在楼道里踌躇了片刻,便飞奔着下楼,来到了另一家中医院。这里的内科大夫是我的同学。她举着片子站在窗前,看了又看,回头问我是谁的片子。我说:"真的是肺癌晚期?"同学吃惊地说:"有眼都能看得出来……到底是谁的片子?"我一下子坐在木排椅上,人都要虚脱了。同学显然想到别处去了,一下抱住了我。我挣巴了一下,说:"这个人是我大伯哥,前几个月刚死了老婆。"同学揉了我一把,说:"你也不早说,吓死我了!"

我从医院踩着棉花下的楼,靠在路边的一棵槐树上待了半天。眼前都是人流车流,绵延不断,老的、小的,在日光里都活蹦乱跳。为什么别人都能活蹦乱跳呢?我不知道这件事怎么对严先生说。这样的事让他怎么接受?还有我的占卜,两组三对三,正面为阳,反面为阴。老实说,我也不知道里面的玄机。

汽车喇叭声震耳欲聋,我借着声音的掩护,可嗓子干号了两声。

9

严松林长癌的部位甚至与春草的一样,这让人觉得他们共同生活的那个房间甚为诡异,好像那些癌细胞就在那里潜伏着,偷听他们说话,偷看他们吃饭,稍不留神,就混进他们的肺里,像麻雀一样在那里搭窝,然后开始蚕食和蔓延。它们侵蚀过的地方与正常的肌理不一样。我仔细看了春草的骨灰,粉白颜色的都是焚烧充分的健康骨骼,那些黑而粘连的东西就是病灶。那些不可一世的癌细胞,在熊熊烈火中变成了煤焦子,让人想起八卦炉中的妖怪。严先生回来的那个晚上,第一句话就问我片子的结果,我没说实情。我一直往后慎着慎着慎着,一旦告诉了他,他的天就塌了。那就让他好好吃顿饭,好好睡个觉吧。可我的神情没藏住秘密,严先生惶急地开了屋里所有的灯,把片子放在灯光底下。我指给他看肺部的那一片阴影,那片阴影像一幅地图,能够与春草的"地图"重合,严先生一下捂住了嘴。

一夜之间,严先生的头发全白了。

几天没回家,家里有了很大变化。后院凭空横起一堵墙,把阔大的院落截取了三分之二。正房的屋顶多了两只烟囱。烟囱是红砖垒砌的,四方形,从远处能看出昂首挺立的姿态。前院豁亮了许多,那棵高大的紫桑树不见了。原来严先生这几天一直没闲着,他从远处请来了风水先生。家里连续出这样大的事,他开始相信超自然的力量了。那堵墙是为了挡邪魔,因为后院比前院长。房顶的烟囱是为了压厢房,因为厢房比正房高。我为那棵桑树感到惋惜,桑葚有白的,有黑的,紫色的桑葚很少见,又大又甜。我知道民间有"前不栽桑,后不种柳"的古训,风水先生一定把"桑"跟"丧"画等号了,这是他们惯用的伎俩。桑树还是严先生的父亲栽的,好端端地长了几十年,桑葚成熟的时候能吸引很多人,现在因为风水先生的一句话,被锯了。

我刚试图为桑树说句话,严先生吼了声:"你就知道吃!"

严松林瘦脱了形。几个月的时间,一个壮汉就成了柴火捆子,走路绊蒜,紫桑葚样的嘴唇总张着,似乎连闭合的力气也没有。不知道是癌细胞的力量太强大,还是他的精神垮得太彻底了。开始,我们也想瞒着他。可实在瞒不了。医院里走过的科室,见过的大夫,那些闪烁其词的表达方式,他都懂。他从那里走出来的情境还不长。但他还有幻想,期望是大夫误诊,期望还有更高明的大夫推翻原来的结果。明明知道没有手术的希望,他还是苦苦哀求,去大医院把肺割了去,别舍不得花钱,实在不行就卖房。我还没活够呢!他说这些,是在折磨严先生。严先生不得不照他说的去做,今天去这家医院,明天去那家医院,但哪家医院都不肯为他手术。那些病变的细胞像芝麻一样在胸腔里散落。严松林迷恋仪器,总希望做各种检查。于是那些昂贵的检查就成了他的安慰剂。重症病房今天走一个、明天又走一个,严松林终于不得不接受现实,他吵着要回家。

我和春花都相信,他是能够出来走走,晒晒太阳的。春天了,空气中的暖风,天上飞翔的鸟儿,槐花的香气,园子里的菠菜和香菜,都很招人,出来看一看,也换换心情啊。可他一天到晚在炕上躺着,不见人,也不愿意有人来看他。街坊邻居来,他闭眼装睡。听见我说话,他突然就把眼睛睁开了,盯着我,嘴巴一张一合,说了两个字:"占——卜。"说完,他便皱起眉心,侧过头去,眼泪流了一脸。

他一定以为是我的占卜给他带来了坏运气,如果不占卜,他还能健健康康地活着。

我叹了口气,早知如此,严松林你何必当初?

严智辞工来看护父亲已经两个多月了。严迪对他不满意,说他饭也做不好,又不给父亲刷牙、洗手、洗脸。我对严迪说:"你的任务就是好好上学,其余什么都不要管。"严迪委屈地说:"我爸敢情不是他爸,他不心疼。"我看着眼前这个小学究,齐耳短发,两片圆圆的近视镜烁烁放光,说:"你怎么能说这种话……要不,你休学来伺候病人?"严迪一下子不言语了。她勾着头瞅了半天,气哼哼地说:"您是不知道,他在另一个房间玩电脑,半天半天也不去看我爸,我爸经常连口水都喝不上。"我问她怎么知道,她说:"我爸现在神志还清醒呢,他就这样!"说完,她抽噎了一下,摘下了眼镜,用袖子去抹脸。严智在堂屋露了一下脸,朝我和严迪看了看,又拐回了房间。我每次来,他除了叫我一声,从来没有一句多余的话,我也不知道应该跟他说点什么。严迪又说:"有一天晚上,我不放心,从学校偷着跑了回来。您知道严智在干什么吗?他在弹吉他!我爸最恨他弹吉他,有一次差点用斧头把吉他劈了。他现在这样,分明是要把人气死!"我说:"是那把爵士吉他?"严迪点点头。我说:"我怎么一直没有看见?"严迪说:"他总藏在柜子里,您当然看不到。"我对严迪说:"严智每天面对病人,心情也需要调剂和释放,要理解哥哥,不要一味苛责他。将来父亲不在了,你和哥哥彼此才是亲人。现在他在代你尽孝,你应该感谢他。"严迪不言语,但看得出,她并不赞同我的话。我问她是怎么知道哥哥的身世的。她说她小的时候就知道,父母吵嘴,把这个秘密说了出来。她和哥哥吵嘴,又把这个秘密传递了出去。所以严智很少叫爸爸,因为这个,小时候还挨过打。

这倒是个新情况。我和严先生从没听严松林说起过。

我们偶尔回家,能碰到春花。春花的家离这里十几里,她骑一辆小摩托,总在工余时间跑过来干这干那,尽显劳动妇女朴实善良的本色。这天我刚走进大门,见春花蹲在院子里收拾鱼,是几条鲫鱼,收拾完了的还在蹦跳,让我觉得自己的胸腔似乎都被掏空了。我找了个板凳放到了春花的屁股底下,自己打开了一个马扎。春花说:"这几条鲫鱼是在村里的沙坑里钓的,水干净得都能捧了喝,鱼干净得连肠肚都透明,所以特意拿来熬鱼汤,给病人滋补滋补。"我挽起袖子要帮忙,春花赶忙说:"别沾手了,省得弄一手腥气。"春花用一只汤勺刮鱼鳞,动作一下比一下慢,最后停下了。她皱着眉头说:"表嫂,我这些日子心里不得劲。"

我问她:"怎么了?"

春花说:"我不拿表嫂当外人,心里有啥话说啥话,表嫂别笑话我就行——看那意思,姐夫熬不了多久了,我姐走还不到一年呢。"

我没听出她这话是啥意思。

春花说:"要说也没啥意思,我就是替我姐犯难。"

我问犯啥难。春花把鱼和汤勺扔进盆子里,站起了身说:"表嫂跟我来。"

我跟在春花的身后走到了东稍间。铁门上挂了把锁,春花伸手摘了下来,推开铁门,里面一股呛鼻子的尘埃味。这里是毛坯房,被严松林当成了储藏间。过去我从门缝往里看过一眼,知道这屋里都是破烂。我还劝过春草,这样一间大房子装破烂多可惜啊,把里面的东西能卖就卖掉,不能卖的就扔掉。孩子都大了,把房子收拾出来多好。春草手拿笤帚笑了笑,没有说什么。我还记得她甩了两下笤帚,像有水一样,可那上面明明什么也没有。

"表嫂看着眼熟吗?"春花问。

里面几乎没有地方落脚,那些杂物你压我摞地蒙着不知多少年的灰尘,让我都难喘口气。透过那些尘埃,我努力看清了那些东西的面目,沙发、电视柜、五斗橱、衣架、餐桌、写字台、电镀椅、大衣柜、洗衣机、微波炉……买的,找木匠打的,也有单位发的,县内家具店的,县外批发市场的,似乎是唐、宋、元、明、清的混合交响乐,惊得我目瞪口呆。我前面说过,我搬过六次家,现在严松林屋里的沙发是我们最早淘汰下来的。后来更迭频繁,有时候五年,有时候三年。严先生每次都宝贝似的把淘汰的家具拉回来,却从来也不过问去了哪里。原来它们都在这里集合,占了这样一间大房子!我问:"这是怎么回事?"春花说:"你们拉回来的东西,姐夫不舍得用,也坚决不给别人用。"我指着它们,吃惊地说:"不舍得用……就放在这里?"

春花说:"有一次,春草想把一台电视拉回娘家,被严松林狠狠骂了一顿。严松林说,电视是我兄弟拉回来的,你爹你妈看了也不怕烧眼!"春花指给我看。那台电视机眼下就在墙角的地上,被桌腿挡住了半张脸。我搭一眼就知道,这是我家的第一台21吋彩色电视,亚运会那年买的,就为了看现场直播。后来淘汰下来拉回家,严先生觉得自己看新的、给大哥旧的不合适,又买了台新的送了回来。记得当时我还责怪他,一台电视两千四,你这是烧包啊!严先生说,大哥的丈人家穷得屋顶掉渣,送给他们准是宝贝。原来这些想法都是我们的良好愿望,这个严松林,他把我们的愿望囫囵个儿地埋葬了!

真的,我都想哭一场,替这些家具,替可怜的春草。她这些年的委屈,有相当一部分是严先生的"顾家"带给她的,只是严先生做梦也不会想到,来自他的伤害这么直接且深入,就像伤口明明白白地摆在这里,春草想忘记都不可能。可惜这些事情我知道得太晚了,于春草不能弥补万一。我从这个杂货间走了出来,内心五味杂陈。

鲫鱼都从盆子里蹦了出来。它们不知道,即使蹦出来,也不会改变际遇。

也许它们已经不奢望能改变什么,蹦出来只是因为太难受了。

10

陈浩智来了两次电话,我都没接到。他有天晚上发手机短信要严智的电话号码,我没有给他。在取得严智的同意之前,我不会再联系他。显而易见的是,这个时候不适合跟严智谈诸如此类的话题。我知道陈浩智有点沉不住气了。他有两个女儿,这个儿子曾经在他的记忆深处隐匿,如果没有人翻动,那个角落会一直被尘封。现在,被人掀开了一角,他可以窥视了,便想把整张面纱都揭去,他太想见到这个儿子了。我能够想象他坐卧不宁的样子。儿子是男人的一条根,把这条根归拢到自己这棵树下,大概是目前陈浩智最想做的事。

我找陈浩智,完全是因为春草死在七月初七,而不是严智与他的父子情。厘清这一点,对我下一步的举措很有必要。父子情只是副产品。如今,副产品有了取而代之成主产品的趋势,多少有些打消了我对这件事的热情。我期待的戏剧性的场面一个也没有出现。比如,陈浩智手捧鲜花来到春草墓前,忏悔,或者去拜见他的亲姨——春草的父母。这些对春草来说都是安慰。从春花那里了解越多,我越想安慰这个可怜的女人,哪怕这种安慰她一点也感受不到,我相信她有在天之灵。

可陈浩智眼里只有儿子,这不能不让我失望。

我撞见了严智弹吉他。那天到村庄所在的白河镇下乡,中午吃完饭,我顺便回了家。回家这样的概念,只是为了说话方便,其实在我的心里,从没把这里当作家。这一点,严先生经常流露对我的不满。而我回敬他的理由是:"这里没有一寸土、一片瓦是属于我的,怎么可能让我有家的概念呢?"

午后的村庄很安静,平展的水泥路上卧着一条狗,东瞅西望。单位的司机把车停好,想随我进去。我踌躇了一下,告诉他:"你在外面等吧!"

我听见了若隐若现的吉他声。推开大门,我看见吉他手严智坐在一把椅子上,勾着头,专注地拨弄着琴弦。他的对面坐着一个穿着粉色衣服的女孩,跷着二郎腿,胳膊肘顶在膝盖上,手托住下巴,听得入神。女孩发现了我,迅速站起身来,告诉了严智,匆忙说了句什么,便低着头从我的面前走了过去。看来我来得不是时候。我喊住女孩,告诉她,你待在这里吧,我一会儿就走。女孩头也不回地说了两个字:"不了。"我让严智去送她,严智局促地拿着吉他不知怎么好。我把吉他接了过来,重复:"快去送送人家!"严智迟疑地往外走,门口停着女孩的自行车。没容严智走到,女孩已经把车子推出了门口,骑了上去。消失之前,我看见了她用力蹬车的一只脚。

我把吉他小心地放好,走进了屋里。严松林侧着身子朝外躺着,均匀的呼吸平稳流畅,似乎正处于深睡眠,头发浓黑茂密,曾因化疗而脱发的地方都像韭菜一样长齐了。我喊了他两声。他用力挑了下眉毛,却没能睁开眼睛。屋里有一股不洁的气味,很难闻。我看了看窗子,都打开了,可那种气味很难流出去。眼下这个人已经离死亡很近了。严智面色羞愧地进来了。我知道他为什么面色羞愧,一定是因为弹吉他。但我不是严迪,我不觉得他弹吉他大逆不道。这个与严家没有任何血缘的孩子,此刻在代替严家人尽责。我拉他出来了,坐在刚才女孩坐过的椅子上。我先问病人中午吃了什么,什么时候清醒,有没有说过什么。严智说:"已经有两天没有说话了,前两天还能骂人,现在安静了。""吃饭呢?"我问。严智说:"早晨吃的蛋羹和牛奶,过去总想吃肉,现在也不顾得了。"严智站着说话,我让他坐,可他仍然站着。我说:"你的吉他弹得真好听,跟谁学的?"他说:"没跟谁学,自己喜欢,都是摸索出来的。"我朝吉他看了一眼,价值两万的爵士果然是富贵相。我又问女孩,原来是在网上认识的,在一家幼儿园当老师。我鼓励说:"真不错,好好谈,争取能谈成。"严智羞涩地笑了下,说:"就是有点小,长得也不好看。"我想了想,没怎么看清女孩的脸,但整体轮廓还清爽。我说:"长得好看不重要。她是哪的人?叫什么名字?"严智说:"城东田龙弯的,叫林青霞。"我怔了下,心说怎么都那么熟悉。但来不及多想,我说:"名字也清爽,挺好的。"

我走的时候,又进去看了眼严松林,他翻了个身,仰面躺着。我喊了声大哥,他"哼"了一声,却是潜意识的,在胸腔里。严智送我出来,走到大门口,我忽然想起了我那次去田龙弯,一群小孩子问我去哪里,我随口说了声去林青霞家。

怎么那么巧!

我发现,要跟严先生说清楚我的感觉很困难。他说家具之类的东西送给了大哥,大哥就有权处置,给谁或不给谁,或者劈了烧火,或者放到房子里囤积起来,都是他的自由。我管这种行为叫"病"。可严先生说,这是因为大哥跟他的感情深,不舍得把兄弟使用过的东西送给别人。我追问:"别人是谁?老婆是别人?岳母是别人?敢情给严家当媳妇的都不是女主人,是丫头、老妈子。"严先生说:"你甭跟我抬杠,你知道我说的不是这个意思。"我说:"一台旧电视送给岳母看,这是多顺理成章的事啊,他居然说'电视是我兄弟拉回来的,你爹你妈看了也不怕烧眼'!这么难听的话都能说出口,伤人能伤到骨头里。"

严先生说:"大哥不会说这样的话。"我说:"你的意思是春花撒谎? 她有什么必要撒谎?"严先生说:"家里的事你不懂,你不要光听春花的一面之词。我过去听大哥说过,春花总来家里踅摸东西,手推车、核桃板、电锯、电钻,只要家里有的,她总想方设法弄回自己的家里,用不着的,就卖钱花。春草心肠软,人家要,她不好意思不给。"

我鄙夷:"你们家都有什么啊?"

严先生立刻炸了:"我就讨厌你这种腔调! 什么都是你们家,那不是你的家? 难怪你总为外人说话! 我告诉你,春花是一个心机很深的人,你不要以为她来家里做点事情就是雷锋,她从来都是无利不起早!"

我还没来得及反驳,春花居然打来了电话。我们互相留了号码,是怕家里万一有什么事情需要沟通。这是她第一次给我打电话。我换成一张笑脸对她,她客气了半天,才说出打电话的原因。她家二丫头今年中考,原本想在当地的中学读书,可二丫头受了严迪的蛊惑,非要到城里最好的一中来读书,问我能不能想想办法。

若是别人,我肯定就要推托了。中考在即,现在说这事肯定晚了。可因为对方是春花,春草的妹妹,我连余地都没给自己留,毫不犹豫地说,行,你等我消息吧。

严先生幸灾乐祸地看着我,那意思仿佛在说,让我说准了吧? 无利不起早吧? 我见不得他那副嘴脸,正色说:"春花找我是信任我,你不要凡事都往俗里想。"严先生说:"我知道,谁的话你都信,就是不信我说的。"我说:"都奇了怪了,我帮春花是为了春草。春草是谁嫂子你好像忘了。当初好像有人车上挂满蜂王浆来看春草,我没说错吧?"

11

厢房是厨房,靠墙有两张写字台,分别是我们哪两次搬家的产物,看着熟,却已经想不起它们在我们家时的样子了。一张写字台里装着纸钱,另一张写字台里也装着纸钱。人去世时,家里会接到很多纸钱,都是乡邻亲友吊唁时送来的。送葬时烧一部分,还要留下一大部分,大小忌日焚烧,一直到最后一个周年——三周年忌日,全部焚烧干净,亡人才算与这个家庭没了牵扯。规矩是铁的,家家如此。有春花做主持,这些礼数一点也不用我操心。两张写字台里都装着纸钱,却不是一回事。左边的这一个是春草的,右边的这一个是严松林的。我们曾经预想他也许会跟春草的忌日重合,但他到底没熬到那一天。春草的坟墓被挖开了,把严松林的棺木放了下去。就像两个人,严松林的棺木比春草的棺木长了一截,下葬时费了不少的力气。乡下女人的那种哭法我不会,凄凄惨惨坐在那里哭的仍是春花一个人。严智和严迪守在两旁,严智戴着孝帽,严迪戴着白布条。他们没有哭,脸上只有忧戚。春花一张愁苦的脸上除了眼泪就是鼻涕。她哭姐夫,述说他的种种好处,曾经的惦记,一看就是真心的。人死为大。此刻,严松林的缺点都被死亡覆盖了,他成了完人,品德高尚。我一边听春花哭,一边用眼睛追寻着严先生。他的脸上看不到悲伤,仿佛所有的悲伤都转化成了力量。卸杠时,他用力抻拽绳索,以防棺木倾斜,他甚至趴在泥土上,查看棺木的底部边缘会不会与两侧的泥墙摩擦。眼下,他又拿过来别人手里的铁锨,埋头往坟墓中填土。偶尔仰起脸来,竟是若有所思。春草的棺木是黑色的,严松林的棺木是红色的,那些潮湿的泥土喷溅到棺木上,很快混淆了它们本体的颜色。我把春花搀了起来。春花走到墓穴旁看了一眼,回头对我说:"没想到都这么命短,都是苦命人。"我应了一声。春花说:"春草更命苦,她在那边还没消停几天呢。"这话让我愣了一下,随后我便懂了。回想某天她收拾鱼时谈起严松林的不久于人世,说替姐姐犯难。当时我还不理解,原来春花还有这样的心思。到底是嫡亲的姐姐啊!火车咣当咣当又开了过来,朝东方跑,把春花的声音裹挟了。春花大概以为我没听见她的话,自言自语了句:"人都死了,啥也不说了。"

坟包攒了起来,比原来大了许多。大家敲打锨上的土,或者用脚后跟蹬,准备回家。没提防地,严迪忽然扑了上去,匍匐在了坟包上,把脸紧紧贴在了泥土上。我和春花同时过去拉她,却险些把我们捌倒。严迪边哭边说:"爸爸你受苦了,我知道你受苦了!你有苦都没处去说啊!"春花说:"他可没算受苦,一直不疼不痒,像睡觉样就走了。"严迪从坟包上爬了起来,痛斥说:"你知道什么?你什么也不知道!往外抬的时候我看得真真的,后背上的窟窿烂得碗口大,脓血溅了我一身,比厕所还臭!"我喝了一声:"你胡说什么!"严迪脸一寒,一下子闭上了嘴。我喊严智快拉妹妹回家。严智过来拉她,严迪却一甩袖子,走开了。

春花小声问我:"是真的吗?"

我无力地回答:"不说了,都过去了。"

春花凑近了我,神秘地说:"听说表嫂会占卜?"

我说:"都是闹着玩的。"

我想跟她解释一下第一次占卜的事,可话到嘴边,却发现很难说清楚。

回来的路上,我告诉春花孩子上学的事说好了,计划外招生要交三万的借读费,我跟局长是同学,人家给了个情面,费用减了一半。春花很激动,有点语无伦次,当即就拿出了手机给女儿打电话。就在这个时候,我的电话响了,是我的老同学教育局长打来的,说:"你给孩子找爹的事,怎么没下文分解了?人家陈浩智老师那边都等急了,找到我这里来了!"

12

星期六,严智背着吉他来我家,打扮得像个流行歌手,牛仔裤,高勒皮鞋,小格子的鳄鱼衬衫,头发挑起了一缕黄,被保湿摩丝处理得根根透亮。我让他到家里来串门,却没告诉他什么事。我让他猜。严智说:"给我找女朋友?"我摇摇头。又说:"给我找新工作了?"我又摇头。他说:"那我就不知道了。"我说:"你二十七岁了,是大男孩了,有些事情该知道了。"他有些紧张地看着我,突兀地说:"是不是给我找到亲爸了?"所有的拐弯抹角、旁敲侧击都用不上了,我坦陈说:"我下乡去田龙弯,随便一打听就见到了人。"严智立刻仰脸朝向屋顶,防止眼泪掉下来。我扯了两张面巾纸给他,他像女孩子样小心地拭了下眼睑。"他什么样?"听上去严智问得漫不经心。我把我知道的情况和盘托出。他是小学教师,妻子是村里人,有两个女儿,大女儿读大学,小女儿读高中,眼下在城里住,他和其他同事包了一辆车,每天接送他们上下班。严智叹了一口气,说:"他也是穷人,当初为啥要抛弃我妈?"我说:"那个时候人人都穷,穷不是离婚的理由。"严智说:"他知道我妈受了多少委屈吗?"一句话让我掉了眼泪。严智歪着头,愤愤的一张脸上写满了不甘心。我突然意识到我们都小瞧严智了,他不是没想法的孩子。

我说:"他眼下就在城里,你见见他吧!"

他说:"原本我想自己千里寻找……没想到这么快就能见到了。"

我笑了笑,说:"县境内也不过百里,哪有千里的说法。"

我赶紧打通了陈浩智的电话,陈浩智说半个钟头以后到。可我们左等右等,一个小时过去了,依然没见到他的影子。我把电话拨通了,问他人在哪,他说就在我们小区,只是找不到我们的楼号。我跑到外面等,又是很久,陈浩智终于出现了。他推一辆老旧的自行车,塑料袋在后车座上打了个结,两侧一边吊着一只西瓜。他走到我家院子里,严智迎了出来。我还不知道怎么介绍,陈浩智眼巴巴地说:"这是小智吧?"严智接他手中的西瓜,他却一下抓住了严智的手,似乎是想握一握。不知有意还是无意,严智没有让自己的手多做停留。

他们坐在客厅的沙发里,我沏好了茶,就回了卧室。没来由地,我有些紧张,打开电脑发了条微博:"男孩子一岁半时父母离婚了,从此再没见过父亲。我下乡的时候偶然知道了这件事,把这对父子约到了我家。眼下他们就坐在我家沙发里,会谈些什么呢?连我都忐忑。"事实当然不是微博说的那样,里面隐藏了太多的内容。我不是网络大V,半天了微博都还荒凉着,粉我的人除了卖衣服的就是推销化妆品的,他们对这样一个重大事件没一点兴趣。

十五分钟以后,严智在外面喊我,我到客厅一看,他把吉他背好了,一副要走的架势。我奇怪地说:"他……人呢?"严智说:"走了。"我说:"怎么这么快?你们没好好谈谈?"严智不屑地说:"跟他有什么好谈的?"我的心一凉,说:"你不想认这门亲?"严智硬邦邦地说:"不想认。"我说:"他没跟你说什么?"严智说:"他想要我的电话号码,我没给他。"

我给严智倒了一杯茶,严智却没有接。我咽了几口唾沫才说:"你妈……肯定不希望你这样。"

严智说:"我妈是我妈,我是我。她过去管不了我的事,现在更管不了。您还有事吗?要是没有什么事,我该走了。"

严智竹竿样的身子晃出了门,那把爵士吉他吊在屁股上,尤其打眼。绿地里,小区的工人正在拔草,他们直起腰身,羡慕地打量着这个奇怪的年轻人。

有人问我严智背着的是什么,我有几分自豪地说:"爵士吉他。"

我没有跟严先生说起这对父子会面的事。我觉得,这件事乏善可陈。

13

一场大雨从夜里就下,早上起来,天地还混沌一片。往昔这个时候,我和严先生各奔单位吃早餐,今天只得在家里煮面。我煮面的时候,严先生到厨房问我:"电子挂历怎么出问题了?时间、日期都错乱了。"我说:"它效力十多年了,看来该换新的了。"我拿着汤勺走过去看了一眼,明明是早上七点多,却是十九点。日期乱七八糟的,不知退回到了什么朝代。我见不得它如此混乱,一拔插销,那些跳动的红色数字都不见了。严先生顺势把它扔到了院子里,回来说:"外面的雨小多了。"吃了面出来,天空果然就放晴了。空气湿润、洁净、通透,天和地都是新的。来到办公室,先开窗通风,杂七杂八的事务忙了一上午。公务处理完了,又快到午饭时间了。我忙不迭地给自己泡了杯咖啡,浏览网页,还没看两眼,手机突然响了。

春花说:"表嫂,你们今天没空就不用来了。"

我激灵了一下,嘴里应着,赶忙伸手去翻台历,才发现今天是七月初七——春草一周年忌日。

该死!我居然把这么重要的事忘了。我的眼前立刻出现了白菜地,往东奔跑的火车,那坨庞大臃肿的坟头,以及春花悲伤愁苦的脸。地里那样潮湿,也不知她有没有坐下。我不在那里,都没人搀扶她。

我没有勇气说自己忘了,只能扯谎说:"今天有个会,想散了会再赶过去,可实在是太晚了,我这里正犹豫呢。"

春花赶忙说:"我知道表嫂忙,就一个人把坟上了。这边雨大,地里都是泥。城里那边雨大吗?"

我说:"雨也大。"

春花说:"这样大的雨,却有一件怪事。"

春花停顿了一下。

我等着听怪事是什么。

春花说:"我来到了春草的坟前,有一大片泥脚印。坟上插着一大把花,白的,很香,像大肉花。"

我一听就知道了,是百合。

春花说:"不知道是谁来看春草了。表嫂,你知道吗?"

我说:"不知道。"

放下电话,我拨通了严先生的手机,问他今天是什么日子。他想了下才说:"哎呀,瞧我这记性!"

我拿出了几枚硬币,又有了占卜的欲望,可想了想,却发现没有啥可占的。